Ramona Romeiko

Under the Spell of Darkness

the Magic of Hearts

Band 1

Ramona Romeiko

UNDER THE SPELL OF DARKNESS
THE MAGIC OF HEARTS

Dark Romance Roman

2. Auflage

Impressum

Bibliografische Information der
Deutschen Nationalbibliothek:
Die Deutsche Nationalbibliothek verzeichnet diese
Publikation in der Deutschen Nationalbibliografie;
detaillierte bibliografische Daten sind im Internet
über http://dnb.dnb.de abrufbar.

ISBN: 9783759769473

© Ramona Romeiko

Herstellung und Verlag:
BoD – Books on Demand, Norderstedt
Covergestaltung:
© Ramona Romeiko und www.Insel-Design.de
Deutsche Erstausgabe 2024
www.ramona-romeiko.de

Vielen herzlichen Dank

für den Kauf meines Buches.

Ich wünsche Dir viel Spaß beim Lesen!

Ramona
Poncillo

Triggerwarnung

Dieser Roman enthält folgende potenziell belastende Themen, die einige Leserinnen und Leser emotional beeinflussen könnten: Gewalt, Dunkle Magie, Intrigen und Täuschung, Zwang und Manipulation, Beziehungsdynamiken. Bitte seien Sie sich bewusst, dass diese Themen in der Geschichte vorkommen, und nehmen Sie Rücksicht auf Ihre eigenen emotionalen Grenzen, wenn Sie den Roman lesen. Es ist ratsam, vor dem Lesen des Romans geeignete Vorkehrungen zu treffen oder zu überlegen, ob dieser Roman für Sie infrage kommt.

Danksagung

Mein aufrichtiger Dank geht an all jene, die in meinem Leben mitgewirkt und mich auf meiner Schreibreise begleitet haben. Alexander Passin, der das wundervolle Cover für dieses Buch geschaffen hat. Meinen Lesern, die mir die Freude und Ehre gegeben haben, ihre Zeit und Gedanken meinem Werk zu widmen. Und nicht zuletzt meiner Muse Mr. X, der mich mit dieser Inspiration gesegnet hat. Dieses Buch wäre ohne eure Unterstützung und euer Vertrauen nicht möglich gewesen. Von Herzen, Danke! Sollten sich herausstellen, dass es Übereinstimmungen mit Namen oder Ähnlichem ergeben, ist dies definitiv reiner Zufall!

Erzähler

Lyanna Parker hatte ein Leben voller Schmerz und Enttäuschung hinter sich gelassen. In ihrer früheren Heimat fühlte sie sich geborgen und glücklich, bis an jenem Tag, der ihre Welt erschüttert hatte. Die endlosen Tränen und schlaflosen Nächte hatten sie gezeichnet und dazu geführt, dass sie sich von der Welt und den Menschen zurückzog.

Die scharfen Worte und gemeinen Taten ihrer Freunde und Mitmenschen hatten an ihrem Selbstwert gezehrt. Sie fühlte sich einsam und unverstanden, und das Leben schien keine Freude mehr zu bieten.

An solchen Tagen verfluchte sie ihre Gaben. Schließlich hatte sie genug. Sie entschied sich, einen Neuanfang zu wagen, um den Schatten der Vergangenheit hinter sich zu lassen. Lyanna packte ihre Sachen, zog in eine neue Stadt und hoffte, dass sie hier endlich den Frieden und die Liebe für ihr gebrochenes Herz finden würde.

Ihr Umzug war nicht nur geografisch, sondern auch eine Reise der Selbstheilung. Lyanna wollte sich selbst wiederfinden und an die Macht der Liebe glauben. Sie sehnte sich danach, sich in den warmen Mantel der Geborgenheit und des Glücks einzuhüllen, den sie so lange vermisst hatte.

Als sie in der neuen Stadt ankam, war sie noch unsicher, aber auch voller Hoffnung.

Sie lebte am Stadtrand in einer einfachen, bescheidenen Zweizimmerwohnung in einem alten, baufälligen Gebäude. Die Umgebung war geprägt von Armut und sozialen Problemen, und das Viertel, in dem sie sich befand, galt als problematisch.

Da sie nur wenig Ersparnisse hatte, konnte sie sich keine andere Wohnung in einem anderen Stadtteil leisten. Ihre Wohnung war winzig, aber liebevoll eingerichtet. Trotz der einfachen Verhältnisse hatte Lyanna es geschafft, einen gemütlichen und sauberen Rückzugsort zu schaffen. Die Wände waren mit warmen Farben gestrichen, und selbst gebaute Regale schmückten den Raum. Ihre Wohnung war ein Ort der Geborgenheit, an dem sie versuchte, die düsteren Erinnerungen der Vergangenheit hinter sich zu lassen.

Einige Tage verbrachte sie damit, sich in ihrer neuen Umgebung zurechtzufinden. Die Arbeitssuche gestaltete sich schwieriger als erwartet, und sie war sich bewusst, dass sie bald eine Anstellung finden musste, um ihren Lebensunterhalt bestreiten zu können. Die Zeiten waren hart, und sie hatte keine Ahnung, wie anspruchsvoll das Leben am Stadtrand sein konnte.

An einem späten Nachmittag, als die Sonne langsam hinter den heruntergekommenen Gebäuden verschwand, beschloss sie, eine kurze Auszeit zu nehmen. Die Sehnsucht lockte mal wieder durch die engen Gassen zu schlendern und die Stadt bei Sonnenuntergang zu erkunden. Die Abendluft war erfrischend, und die Dunkelheit, die langsam einsetzte, hatte etwas Beruhigendes an sich.

Lyanna zog ihre einfache Jacke zu ihrem schlichten Outfit an, schloss die Tür ihrer kleinen Wohnung und machte sich auf den Weg. Sie wusste, dass sie weiterhin nach Arbeit suchen musste, aber in diesem Augenblick lechzte sie sich einfach danach, die Stadt zu erkunden und den Kopf freizubekommen.

Die Stadt lag unter dem Schleier der Nacht, und der silberne Glanz des Vollmonds erleuchtete die engen, verwinkelten Gassen. Lyanna war eine Frau von außergewöhnlicher Schönheit und Güte; ihre dunkelblonden Haare umrahmten ihr Gesicht, und ihre smaragdgrünen Augen schienen ein tiefes Geheimnis zu bewahren. Sie hatte eine elegante Statur, die schlank und doch kurvenreich war. Ein auffälliges Tattoo schmückte ihren Arm und verlieh ihrer Erscheinung einen Hauch von Mystik.

An diesem Abend hatte sie das Verlangen, den nächtlichen Schleier der Dunkelheit zu durchbrechen und sich der Faszination der Nacht hinzugeben.

Während sie durch die verlassenen Straßen schlenderte, spürte sie, wie die Dunkelheit sie sanft umhüllte und ihr eine seltsame, aber verlockende Aura verlieh. Ein Windstoß strich durch ihre offenen Haare, und sie fühlte, dass dieser Abend etwas Besonderes bringen würde, etwas, das ihr Leben für immer verändern sollte.

*

In der Zwischenzeit, in einem prächtigen Anwesen, das von dichten Wäldern umgeben war, versammelten sich wichtige Persönlichkeiten der Stadt.

Dieses majestätische Anwesen erstreckte sich über mehrere Hektar Land und war von einem dichten Wald umgeben, der es vor neugierigen Blicken schützte. Das Hauptgebäude war eine Villa von atemberaubender Schönheit, geschmückt mit kunstvoll verzierten Säulen und einem eindrucksvollen Eingangstor. Das Mauerwerk trug die Spuren einer langen Geschichte und war Zeuge vergangener Zeiten.

Ein verborgener Raum, in dem sich die Männer versammelt haben, befand sich tief im Inneren des

Anwesens. Die Wände waren mit schweren, dunklen Vorhängen verhängt, die jeden Lichtstrahl aussperrten. Ein antiker Kronleuchter hing von der Decke und warf schummriges Licht auf den Raum. In einer Ecke stand ein Bücherschrank voller uralter Schriften, und ein alter, edel aussehender Teppich schmückte den Boden.

Die Familie, das Caelus-Syndikat, die dieses prächtige Anwesen ihr Zuhause nannte, hatte in der Stadt einen außergewöhnlichen sozialen Status inne. Allerdings wurde ihr Leben für immer durch eine gezielte Tragödie geprägt.

Das Familienoberhaupt und seine Ehefrau wurden bei einem rätselhaften Verkehrsunfall getötet, als ihre Söhne gerade 18 Jahre alt waren. Diese schicksalhafte Wendung veränderte ihr Leben auf dramatische Weise und führte dazu, dass die Drillinge schnell in eine Welt voller Geheimnisse und Machtkämpfe eintauchten.

Das Familienoberhaupt war ein äußerst mächtiger Don, der in der Stadt ein erhebliches Maß an Reichtum, Einfluss und Respekt genoss. Seine Entscheidungen und Geschäftspraktiken erstreckten sich weit über die Stadtgrenzen hinaus, und er war in der Geschäftswelt und der politischen Arena gleichermaßen präsent.

Arvid, das Familienoberhaupt, wurde von einer kühlen Rationalität und Sturheit geprägt. Er galt als hochintelligent, zielstrebig und gewissenhaft in seinen Bemühungen. Seine starke Intuition und sein ausgeprägter Sinn für Fairness machten ihn zu einem respektierten, wenn auch manchmal gefürchteten Mann. Seine autoritäre Persönlichkeit lenkte die Geschicke seiner Familie und seines Unternehmens.

An seiner Seite stand Kadira, seine herzliche, liebevolle Frau. Sie war loyal, großzügig und makellos. Ihr Reiz und ihre Anmut waren in der Gesellschaft geschätzt.

Die Caelus-Brüder, jeder mit seiner eigenen Persönlichkeit, waren vielschichtige Individuen.

Apollo, der Älteste, war Unternehmer und teilte überwiegend die Macht und die Geschäfte seines Vaters. Er war machtbewusst und stets zielstrebig, und seine manipulativen Fähigkeiten machten ihn zu einer Schlüsselfigur in der Familie. Er ist unglaublich intelligent und strategisch denkend. Seine Fähigkeit, andere zu beeinflussen und zu kontrollieren, ist beunruhigend. Sein dominantes Wesen und sein Charisma waren ebenso prägnant wie sein beschützender Instinkt für seine Brüder. Apollo konnte ebenso liebevoll wie rücksichtslos sein, dennoch machten ihn seine Kaltblütigkeit und Bereitschaft über Leichen zu gehen, zu einem gefürchteten Mann wie seinen Vater Arvid.

Aiden, der Mittlere, verfolgte eine Karriere in der Politik und hatte sich als einflussreicher Politiker etabliert, aber im Verborgenen eine gänzlich andere Seite hat. Aiden ist bereit, schmutzige politische Spiele zu spielen, um seine Ziele zu erreichen. Sein Einfluss reicht tief in die politische Welt der Stadt. Obwohl er seine eigenen politischen Ambitionen hatte, unterstützte er seinen Bruder Apollo in geschäftlichen Angelegenheiten. Sein politisches Netzwerk und seine Fähigkeit, die öffentliche Meinung zu beeinflussen, machten ihn zu einem wertvollen Verbündeten für die Familie.

Aurel ist der jüngste der Caelus-Brüder und unterscheidet sich stark von seinen beiden älteren Geschwistern. Er hat ein sanftes und einfühlsames Erscheinungsbild. Seine Kleidung ist oft nicht schlichter und eleganter, und seine braunen Haare sind weich und leicht gewellt. Seine wassergrünen Augen strahlen Mitgefühl und eine tiefe emotionale Tiefe aus, wie die seiner Mutter Kadira.

Obwohl Aurel im Finanzwesen arbeitet, hat er sich geschworen, sein Mitgefühl und seine Herzensgüte zu bewahren. Er ist der Einzige von den Dreien, der sich weigert, seine moralischen Werte für Macht oder Geld zu opfern.

Die drei jungen Männer arbeiteten jeweils in verschiedenen Bereichen und brachten ihre individuellen Fähigkeiten und Netzwerke in die

Familie ein, um den Einfluss und die Macht der Familie weiter auszubauen.

Die Brüder saßen in dem Kaminzimmer des Westflügels. Sanfte Klänge des Klaviers ertönten. Aurel spielt leidenschaftlich gern Klavier und hat eine außergewöhnliche musikalische Begabung. Seine Musik drückt oft die Melancholie und die Geheimnisse aus, die sie umgeben.

Währenddessen war zwischen Apollo und Aiden eine subtile Kommunikation im Gange. Ihre Blicke trafen sich für einen flüchtigen Moment, und ihre Augen sprachen eine Sprache, die nur sie beide verstanden. Apollo hatte diesen Abend arrangiert, und Aiden, der in der politischen Welt der Stadt gut vernetzt war, hatte einige Geheimnisse entdeckt, die von Interesse sein könnten.

Apollo neigte leicht seinen Kopf, und Aiden antwortete mit einem fast unmerklichen Nicken. Sie verstanden sich ohne Worte, wie es Brüder tun, die ein Leben lang miteinander verbracht hatten. Doch dieses Mal war es mehr als die Vertrautheit der Familie – es ging um Geheimnisse und Macht.

Apollo hob leicht eine Augenbraue, und sein Blick wanderte unauffällig in Richtung der Tür. Aiden nickte kaum merklich und ließ seinen Blick durch den Raum schweifen, als ob er nach etwas Bestimmtem suchte.

Aurel, der die Musik auf dem Klavier spielte, bemerkte die subtile Kommunikation zwischen seinen Brüdern. Er wusste, dass sie in dieser Nacht etwas vorhatten, aber er hatte nicht alle Einzelheiten. Dennoch vertraute er darauf, dass ihre Absichten gut waren und sie das Richtige tun würden.

"Die Welt da draußen hat keine Ahnung, wer wir wirklich sind", murmelte Apollo und erhob sich von seinem Sessel. "Aber heute Nacht sollten wir mal wieder zeigen, wer wir sind."

Aurel spielte weiter auf dem Klavier, doch sein Blick war weit weg. "Was hast du vor?"

Sie teilten einen finsteren Blick, der mehr sagte als Worte. All das, was sie bewahrten, verbanden sie auf eine Weise, die niemand sonst verstehen konnte.

Sie wussten, dass sie gefährliche Wege beschritten, dass sie im Verborgenen mächtige Kräfte hüteten, die die Welt verändern konnten. Doch in dieser Nacht sollten sie auf eine Frau treffen, die das Schicksal auf eine Weise verändern würde, die sie nie für möglich gehalten hätten.

*

Lyanna spazierte weiter durch die schattigen Gassen der Stadt, als sie plötzlich eine unwiderstehliche Anziehungskraft in eine bestimmte Richtung zog. Ihr Herz schlug schneller, als ob es den Rhythmus eines geheimen Liedes erkannt hätte. Ihr Weg führte sie zu einem alten Park, der in der Dunkelheit fast unheimlich wirkte. Hohe Bäume warfen lange Schatten, und das Rascheln der Blätter im Wind erzeugte eine geheimnisvolle Atmosphäre.

Sie blieb am Rande des Parks stehen und spürte, wie die Dunkelheit sich um sie herum verdichtete. Ihr Herzschlag wurde lauter, und sie konnte das leise Murmeln von Stimmen in der Nähe hören.

Das Flüstern schien die Dunkelheit selbst zu sein, die ihre Neugier weckte und sie tiefer in den Park zog.

Die Bäume um sie herum flüsterten geheimnis-volle Geschichten, und die Sterne am Himmel schienen ihre Augen zu sein, die von oben auf sie hinabblickten. Lyanna fühlte, dass sie an einem Ort angekommen war, an dem die Grenze zwischen Realität und Fantasie verschwamm.

In der Ferne tauchten plötzlich drei Gestalten auf. Sie schritten mit einer unheimlichen Anmut auf sie zu, als ob sie die Beherrscher dieser ge-heimnisvollen Nacht wären. Ihre Anwesenheit war intensiv, und ihre Augen leuchteten in der Dunkel-heit.

Die Männer waren in eleganten Anzügen gekleidet, wie Schatten der Nacht, die aus den tiefsten
Geheimnissen emporstiegen. Lyanna stand wie ver-
steinert hinter einem Baum. Ihren Atem hatte sie
unbewusst angehalten.

Sie blieb für einen Moment im Dunkeln verborgen, beobachtend, wie die drei mysteriösen
Herren tiefer in den Park gingen. Das Flüstern der
Blätter und die unheimliche Atmosphäre des Ortes
hatten sie gleichermaßen angezogen und abge-
stoßen. Ihr Herz pochte vor Aufregung, aber auch
vor Angst. Die Männer verschwanden aus ihrem
Sichtfeld, und sie hörte, wie sie leise miteinander
sprachen.

Während sie darüber nachdachte, was sie tun
sollte, nahm sie den Klang von Musik und gedämpftem Gelächter wahr. Die Männer schienen in
eine bestimmte Richtung zu gehen, die sie nicht
sehen konnte.

Ihre Neugierde wurde schließlich stärker als ihre
Furcht, und so entschloss sie sich, ihnen zu folgen.
Woher kam der Klang der Musik. Sie schlich vorsichtig durch die Bäume und näherte sich dem Ort,
an dem die Gestalten verschwunden waren.

Schließlich erreichte sie eine prächtige Villa. Das
beeindruckende Gebäude war in der Stadt als ein
reiner Herrenclub bekannt. Es strahlte Eleganz
und Exklusivität aus und befand sich in einer der

nobelsten Gegenden der Stadt. Das äußere Gelände des Clubs war sorgfältig gestaltet und verlieh ihm das gewisse Etwas.

Die Fassade des Gebäudes war aus dunklem, poliertem Stein gefertigt, der im schwachen Licht der Straßenlaternen schimmerte. Große, hohe Fenster waren von schweren, dunklen Vorhängen umrahmt und ließen nur wenig von dem inneren Geschehen erahnen.

Über dem Eingang des Clubs prangte ein elegantes Wappen, das die Exklusivität des Ortes betonte. Das Wappen zeigte ein verschlungenes Muster aus Buchstaben und Symbolen.

Sie musste schon seit Stunden in der Dunkelheit unterwegs gewesen sein, um hier zu landen. Lyanna hatte keine Ahnung, in welchem Stadtteil sie war, also rankte sie sich durch, um nach einem Weg nach Hause zu fragen.

Vor dem Eingang des Clubs standen zwei imposante Türsteher, die wie Wächter wirkten. Sie waren in dunkle Anzüge gekleidet und hatten einen undurchdringlichen Ausdruck, während sie darauf achteten, wer den Club betreten durfte.

Der Herrenclub war nicht nur eine Stätte der Begegnung, sondern auch ein Ort des Rätsels und der Verschwiegenheit. Die Dunkelheit, die das Gebäude umgab, schien die Mysterien zu verstärken, die im Inneren auf die Gäste warteten.

Die gesamte Atmosphäre des Clubs war von einer Macht durchdrungen, und Lyanna konnte spüren, dass sie an einen Ort gelangt war, der weit mehr verbarg, als auf den ersten Blick sichtbar war.

Sie schlich näher an den Eingang des Clubs heran und beobachtete die Männer, die bereits im Inneren verschwunden waren. Doch als sie versuchte, den Club zu betreten, wurde sie von den beiden Türstehern gestoppt.

"Entschuldigung, Madame, aber der Zutritt ist nur für Mitglieder oder geladenen Gästen mit Begleitung gestattet", erklärte einer der Türsteher mit einem unerbittlichen Blick auf sie.

Aiden, einer der Gäste, hatte sie am Eingang bemerkt, und seine Neugier war geweckt. Er konnte erkennen, dass Lyanna nicht aus dieser Stadt stammte, und ihr schlichtes Tagesoutfit passte nicht zu den elegant gekleideten Gästen.

Er beobachtete sie aus der Ferne und ein gewisser Respekt wuchs in ihm. Sie wirkte nicht wie ein ungebetener Eindringling, sondern eher wie eine zufällige Entdeckung in diesem Ort.

Nach einer Weile des Beobachtens, beschloss er, sich ihr zu nähern. Als er auf sie zutrat, fiel ihm auf, wie außergewöhnlich sie aussah. Ihre dunkelblonden Haare und die smaragdgrünen Augen verliehen ihr eine einzigartige Schönheit, die nicht zu übersehen war.

"Entschuldigung, ich konnte nicht umhin zu bemerken, dass Sie nicht von hier zu sein scheinen", sprach Aiden sie an. Seine Stimme war freundlich und höflich. Er hatte gelernt, sein Charisma und seinen Charme einzusetzen, wenn es nötig war.

Lyanna zuckte leicht zusammen und wandte sich Aiden zu. Sie war überrascht von seiner plötzlichen Ansprache. "Oh, ähm... Nein, ich bin neu in der Stadt und habe mich verlaufen. Ich wollte eigentlich nur nach dem Weg nach Hause fragen."

Aiden lächelte und erwiderte: "Das ist ein merkwürdiger Ort, um sich zu verlaufen. Sie sind weit abseits der üblichen Wege."

Lyanna nickte und spürte eine gewisse Unsicherheit in seiner Gegenwart. "Ja, das stimmt. Ich hatte nicht erwartet, hierherzugelangen. Ein Freund hat mir den Weg gezeigt, aber dann habe ich mich verirrt."

Aiden schien, ihre Geschichte zu akzeptieren. "Nun, ich bin froh, dass Sie hierher gefunden haben. Mein Name ist Aiden, und Sie sind?"
"Lyanna", antwortete sie zögernd.

"Aiden!", rief Apollo aus der Ferne, die beiden beobachtete. "Komm her, ich möchte, dir jemanden vorstellen."

Aiden warf einen letzten Blick auf sie und versicherte ihr: "Entschuldigen Sie mich, Lyanna. Es war eine Freude, Sie kennenzulernen."

Aiden sah noch einmal zu ihr hinüber und bemerkte, wie sie unschlüssig umherlief. Mit einem letzten Blick auf sie drehte er sich um und ging zu den Türstehern zurück.

Er flüsterte ein paar Worte zu den grimmigen Wächtern, die sofort nickten und Verständnis zeigten. Einer der Türsteher griff nach einem Mobiltelefon und beauftragte ein Taxi, um sicherzustellen, dass Lyanna sicher nach Hause kam.

Mit einem freundlichen Lächeln sagte Aiden: "Lyanna, ich habe ein Taxi für Sie gerufen, um sicherzustellen, dass Sie sicher nach Hause kommen. Die Kosten übernehme ich gerne. Sie sollten nicht allein in dieser fremden Stadt umherirren."

Lyanna war überrascht, aber sie spürte auch eine gewisse Erleichterung. „Vielen Dank Aiden." Sie neigte leicht beschämt ihren Kopf.

Die Fahrt durch die nächtlichen Straßen war ruhig, und während sie durch das Fenster blickte, konnte sie nicht aufhören, über die Begegnung mit dem gutaussehenden, reizenden Mann und den Herrenclub nachzudenken. Ihre Neugierde und das Gefühl, dass etwas Ungewöhnliches vor sich ging, wuchsen mit jeder Minute.

*

Währenddessen folgte Aiden Apollo in eine abgelegene Ecke des Clubs, wo die Dunkelheit und der Klang der Musik die Atmosphäre durchdrangen. Er konnte spüren, dass sein Bruder etwas auf dem Herzen hatte.

Apollo wandte sich an Aiden und flüsterte leise, doch mit Entschlossenheit: "Aiden, vergiss die Frau. Sie ist undurchsichtig, anders. Sie hat etwas an sich." Aiden runzelte die Stirn, nicht sicher, was sein Bruder meinte. "Wer, Lyanna?"

Apollo nickte. "Ja, Lyanna. Falls sie so heißt. Ich habe es in ihren Augen gesehen, Aiden. Diese Frau ist nicht zufällig hier. Sie hat eine besondere Aura um sich, eine, die ich noch nie zuvor erlebt habe."

Aiden war skeptisch. "Bist du sicher, dass du dich nicht irrst?"

Apollo schüttelte den Kopf. "Glaub mir, Bruder, ich habe in meinem Leben schon viele Menschen getroffen, aber keiner von ihnen hatte diese Ausstrahlung. Ich kann sie nicht lesen. Sie ist nicht zufällig hier, und ich habe das Gefühl, dass sie Ärger mit sich bringt."

Aiden, der seinem Bruder vertraute, ließ sich auf Apollos Worte ein. "Was schlägst du vor?"

Apollo zögerte einen Moment und sagte dann: "Du weißt doch...mache deine Feinde zu deinen Freunden, um immer einen Schritt voraus sein zu können. Lass sie uns näher kennenlernen, Aiden. Ich will sehen, was sie verbirgt oder für wen sie arbeitet. Vielleicht ist sie doch ein verlorenes Schaf oder sogar unser Schlüssel."

Aiden warf einen nachdenklichen Blick auf seinen Bruder. "Unser Schlüssel? Da denke ich doch eher an das Schaf." Apollo und Aiden lachten lauthals.

"Dann werden wir sie im Auge behalten. Auf jeden Fall wird es eine interessante Reise, die wir nie vergessen werden, Aiden."

*

Am nächsten Morgen wachte Lyanna mit einem brennenden Verlangen auf. Die Begegnung mit Aiden und dem anderen Mann, der aussah wie sein Zwilling, und dem geheimnisvollen Club hatte eine unruhige Nacht beschert. Ihre Gedanken hatten sich ständig um die Geschehnisse des Vorabends gedreht, und sie konnte einfach nicht aufhören, über die mysteriöse Aura nachzudenken, die sie an den beiden Männern bemerkt hatte.

Ein Blick aus dem Fenster verriet, dass die Sonne bereits am Himmel stand. Lyanna stand auf und beschloss, dass es an der Zeit war, die Realität wieder aufzunehmen. Sie wusste, dass sie dringend Arbeit finden musste, um ihren Lebensunterhalt zu bestreiten und eine gewisse Stabilität in ihrem neuen Leben zu finden.

Nachdem sie sich fertig gemacht hatte, verließ sie ihre bescheidene Wohnung und machte sich auf den Weg in die Stadt. Der Gedanke, keine Arbeit zu finden, versetzte sie in ein Unbehagen, aber sie konnte die Dringlichkeit nicht länger ignorieren.

Lyanna streifte durch die belebten Straßen der Stadt, vorbei an Geschäften und Menschen, die scheinbar mühelos ihr Leben führten. Ihr Blick fiel auf die verschiedenen Plakate und Anzeigen, auf denen Jobs und Karrieremöglichkeiten angepriesen wurden.

In einem nahegelegenen Café setzte sie sich, um ihren Plan für den Tag zu überdenken. Sie nahm ihr Smartphone zur Hand und begann, die verschiedenen Stellenangebote und Stellenmärkte zu durchforsten. Lyanna hatte zwar eine Ausbildung und ein wenig Berufserfahrung, die sie vorweisen konnte, aber sie war entschlossen, ihr Leben zu ändern, eine andere Möglichkeit zu finden, um wieder Freude in ihr Leben zu bringen.

Nach einigen Stunden der Suche und zahlreichen gesendeten Bewerbungen wurde sie auf eine Annonce von einem Café aufmerksam, das einen Kellner suchte. Die Stellenbeschreibung klang machbar, und es war ein Job, den sie gerne annehmen würde.

Lyanna füllte den Bewerbungsbogen aus, in der Hoffnung, dass sie eine Einladung zum Vorstellungsgespräch erhalten würde. Sie war sich ihrer Fähigkeiten und ihrer Bereitschaft, hart zu arbeiten, bewusst, und sie hoffte, dass ein kleiner Kellnerjob der Anfang war. Nachdem sie ihre Bewerbung abgeschickt hatte, machte sie sich auf den Heimweg.

Sie verbrachte den Rest des Tages mit unruhigem Warten. In der Café-Anzeige stand, dass man am selben Tag noch mit einer Antwort rechnen könne. Die Stunden vergingen langsam, während sie immer wieder ihr Telefon auf Mails oder Anrufe checkte.

Es war schon früher Abend, als schließlich ihr Smartphone klingelte. Mit zittrigen Händen nahm sie den Anruf entgegen.

"Mrs. Lyanna Parker, hier ist Mr. Rodriguez, der Inhaber des Cafés au Soleil. Ich habe ihre Bewerbung erhalten und war von dem Lebenslauf beeindruckt", begann er höflich.

Lyanna atmete tief durch, um ihre Aufregung zu zügeln, und antwortete: "Vielen Dank, Mr. Rodriguez. Es ist erfreulich, von Ihnen zu hören."

Mr. Rodriguez fuhr fort: "Ich würde gerne ein Vorstellungsgespräch mit Ihnen führen. Wäre es möglich, dass Sie morgen um 10 Uhr im Café vorbeischauen?" Lyanna war überglücklich. "Ja, natürlich, morgen um 10 Uhr klingt großartig. Ich werde da sein."

Der Cafébesitzer lächelte am anderen Ende der Leitung. "Perfekt. Wir werden uns morgen im Café sehen. Machen Sie sich bereit, ein Teil unseres Teams zu werden, Lyanna." Nachdem sie das Gespräch beendet hatte, konnte sie ihr Glück kaum fassen.

*

Sie war schon früh am Morgen aufgestanden, um sicherzustellen, dass sie genug Zeit hatte, sich vorzubereiten. Nachdem sie sich angezogen und gefrühstückt hatte, überprüfte sie ein letztes Mal ihren Lebenslauf und sammelte ihre Gedanken.

Das Café war zu Fuß erreichbar, und sie wollte früh genug dort sein, um einen guten ersten Eindruck zu hinterlassen. Die morgendliche Sonne schien, und die Stadt erwachte langsam zum Leben. Der Weg zum Café führte sie durch die belebten Straßen, und sie konnte die aufkommende Aufregung spüren.

Pünktlich um 10 Uhr erreichte sie das Café au Soleil. Sie trat ein und wurde von einem angenehmen Duft von frisch gebrühtem Kaffee und frischen Croissants empfangen. Der Cafébesitzer, Mr. Rodriguez, wartete bereits auf sie, und sein freundliches Lächeln half, ihre Nervosität etwas zu lindern.

Das Vorstellungsgespräch verlief gut. Mr. Rodriguez stellte ihr einige Fragen über ihre bisherige Erfahrung und ihre Gründe, im Café zu arbeiten. Lyanna konnte ihre Begeisterung für die Stelle und ihre Leidenschaft für gutes Essen und guten Service deutlich zum Ausdruck bringen. Sie erzählte ihm von ihren bisherigen Erfahrungen in anderen Cafés und Restaurants und betonte ihre Bereitschaft, hart zu arbeiten.

Am Ende des Gesprächs erhielt sie die erfreuliche Nachricht, dass sie die Stelle bekommen hatte. Sie sollte am nächsten Tag anfangen und zunächst als Kellnerin arbeiten. Lyanna verließ das Café au Soleil mit einem breiten Lächeln auf den Lippen und freute sich auf ihren ersten Arbeitstag. Endlich hatte sie eine neue berufliche Perspektive gefunden und war gespannt auf die Herausforderungen, die vor ihr lagen.

Lyanna

Am nächsten Morgen strahlten die Sonne und ich um die Wette. Mit fröhlichem Herzen machte ich mich auf den Weg zu meinem neuen Arbeitsplatz im Café au Soleil. Ich konnte es kaum erwarten, die neuen Kollegen kennenzulernen und in den Tagesablauf einzusteigen.

Als ich das Café betrat, wurde ich von einem freundlichen Lächeln und herzlichen Grüßen empfangen. Es war erfreulich zu sehen, wie offen und einladend alle waren. Schnell stellte ich mich meinen Kollegen vor, und ich spürte, dass ich um mich herum eine nette Gemeinschaft hatte. Alle waren hilfsbereit und geduldig, als sie mir die Abläufe und Aufgaben erklärten.

Während meines ersten Arbeitstags knüpfte ich Kontakte und fand in meinen Kollegen neue Freunde. Es war erfrischend, so viele gleichaltrige und enthusiastische Menschen um sich zu haben.

Es stellte sich heraus, dass einige meiner Kollegen in der Nähe meines Viertels wohnten, und wir verabredeten uns, gemeinsam nach der Arbeit nach Hause zu gehen. Besonders gut verstand ich mich mit Emily, einer lebensfrohen jungen Frau.

Wir teilten ähnliche Interessen und Hobbys, hauptsächlich unsere Leidenschaft für Bücher. Wir begannen, Bücher zu tauschen und diskutierten stundenlang über unsere Lieblingsautoren. Diese gemeinsame Leidenschaft schweißte uns schnell zusammen.

Aber nicht nur Emily wurde zu einer Freundin. Auch Jason, der sich um die Backwaren und das Gebäck kümmerte. Er war ein witziger und geselliger Mensch. Er liebte es, Witze zu machen und die Stimmung im Café aufzulockern. Dank seiner humorvollen Art verging die Arbeitszeit wie im Flug.

Die nächsten Tage verflogen, und ich fand mich immer besser in den Abläufen des Cafés und der lebendigen Stadt zurecht. Unsere Mittagspausen verbrachten wir oft in einem nahegelegenen Park. Wir packten unsere Picknickkörbe und genossen die frische Luft, teilten Geschichten und Lacher. Es war, als hätte ich endlich einen Platz gefunden, an dem ich hingehörte.

Trotz all dieser positiven Veränderungen konnte ich die Nacht meiner Ankunft nicht vergessen. Immer wieder tauchte die Frage auf: Wer sind diese mysteriösen Männer, und würde ich ihnen noch einmal begegnen?

Apollo

Ich saß in meinem groß geschnittenen Büro im Anwesen und starrte auf die Akten, die sich auf dem Mahagonischreibtisch türmten. Die Geschäfte erforderten ständige Überwachung und einen klaren Vorsprung gegenüber der Konkurrenz. Doch hatte eine Sache meine Aufmerksamkeit erregt – die mysteriöse Frau, Lyanna, die wir in dieser Nacht getroffen hatten. Ihre Anwesenheit war mir ein Rätsel, das ich entschlüsseln wollte. Etwas hatte diese Frau an sich, was mich nicht in Ruhe ließ.

Mit einem finsteren Blick wandte ich mich an meinen engsten Mitarbeiter Erol, einen erfahrenen und loyalen Vertrauten, den ich in mein Büro orderte. "Hört zu, ich habe eine Aufgabe für dich. Wir benötigen Informationen über eine Frau namens Lyanna. Ich möchte alles über sie erfahren – wer sie ist, woher sie kommt und vor allem, warum sie uns den Abend gefolgt ist."

Erol, der seine Entschlossenheit spürte, nickte eifrig. "Ich werde mein Bestes tun, Boss."

"Schleust unsere besten Leute in die Cafés und Bars der Stadt ein. Findet heraus, wo sich diese Lyanna aufhält und wer ihre Verbindungen sind."

Meine Befehle wurden mit eiserner Entschlossenheit ausgesprochen, und jeder meiner Mitarbeiter wusste, dass er keine Fehler machen durfte. Ich hatte wenig Geduld für Versäumnisse oder Nachlässigkeiten.

Erol verließ das Büro und machte sich sofort an seine Aufgabe.

Im Türrahmen standen bereits Aiden und Aurel, die ich zu mir rufen ließ. Sie betraten den Raum und schlossen die Tür hinter sich.

Ich schlug energisch auf die Papiere. "Die Geschäfte müssen effizienter laufen, Aiden. Unsere Konkurrenten werden immer stärker, und wir können uns keine Schwächen erlauben."

Aiden betrachtete die Dokumente mit einem ruhigen und diplomatischen Blick. "Ich verstehe deine Besorgnis, Apollo. Ich arbeite bereits daran, die internen Prozesse zu optimieren und die Beziehungen zu unseren Verbündeten zu stärken. Weißt du schon was über diese Frau?"

Aurel fügte energisch hinzu: "Nicht vergessen, dass die Finanzen unseres Familienimperiums ebenfalls in Gefahr sind. Die Käufer werden aufsässig Apollo. Es gibt zu viele offene Posten."

Ich nickte zustimmend. "Du hast recht, Aurel", sagte ich ernst. "Ich werde einige unserer zuverlässigen Männer zu den Käufern schicken für ein klärendes Gespräch."

Wir wussten, dass in dieser Welt der Macht, des Verbrechens und der Geheimnisse kein Platz für Mimosen ist. Unsere Familie und das Vermögen waren aufs Engste mit den illegalen Geschäften verbunden, die wir leiteten, und wir würden alles tun, um das zu schützen.

Mit ernstem Blick wendete ich mich meinen Brüdern zu: „Wir müssen über diese unbekannte Frau ...Lyanna .... sprechen. Erol ist bereits auf sie angesetzt. Aiden hast du was über sie herausgefunden?"

Aiden antwortete sehr ernst: „Ich habe einiges erfahren. Sie ist neu in der Stadt, auf der Suche nach Arbeit. Keine kriminelle Vergangenheit oder Verbindungen zu kriminellen Gruppen. Es scheint, als sei sie uns zufällig gefolgt."

Aurel wirkte ein wenig besorgt. „Könnte sie uns in Schwierigkeiten bringen?"

„Das wissen wir bisher nicht. Es ist unklar, ob sie eine Bedrohung darstellt. Aber wir können es nicht dem Zufall überlassen. Nach wie vor, Erol ist dran. Er hört sich in der Stadt um, versucht herauszufinden, warum sie hier ist und was sie weiß. Ihr Auftreten ist gerade ein ungünstiger Zeitpunkt", antwortete ich energisch.

„Gut. Jetzt, zu den Geschäften. Aiden, wie sieht es mit der bevorstehenden Drogenlieferung aus? Alles für morgen vorbereitet?"

„Ja. Ich habe alle notwendigen Vorkehrungen getroffen. Unsere Leute sind bereit, die Ware zu übernehmen. Aber du weißt, dass es einige Widerstände in dieser Gegend gibt. Einige Leute müssen vielleicht ‚überzeugt' werden, den Mund zu halten."

„Das ist deine Aufgabe, Aiden. Ich erwarte, dass alles glattläuft. Keine Kompromisse."

„Vertrau mir, es wird erledigt. Wir sollten auch nicht vergessen, dass am Abend ein Treffen mit unserem Waffenlieferanten angesetzt ist. Wir müssen sicherstellen, dass die Waffen rechtzeitig eintreffen."

„Ja, das Treffen ist wichtig. Aiden, du wirst mit mir dort sein, um sicherzustellen, dass alles nach Plan verläuft. Aurel, du bleibst im Hintergrund."

Die Spannung in der Luft war mehr als zum Schneiden, nachdem die beiden gegangen sind. Ich wand mich wieder meinem Schreibtisch zu. Die Geschäfte der Familie erforderten ständige Aufmerksamkeit, und in diesen Tagen schien sich ein Druck in mir aufzubauen, der mich fast zerreißt. Vielleicht sollte ich mal selbst wieder Präsenz auf der Straße zeigen.

Mein Blick fiel erneut auf die Akten auf dem Mahagonischreibtisch, und mein Verstand raste. Die Drogenlieferung am nächsten Abend muss reibungslos verlaufen, bei der letzten Lieferung hat irgendjemand gesungen. Den Verräter werden wir noch finden. Dieses Mal hat Aiden die Leitung, darauf vertraute ich.

Doch dann war da noch die unbekannte Lyanna. Was trieb sie an? War sie nur eine zufällige Beobachterin oder eine Bedrohung für unsere Operationen? Erol würden sicherlich mehr über sie herausfinden.

Mit einem Seufzen schüttelte ich diese Gedanken ab und nahm das Telefon zur Hand. Ein Treffen mit dem Waffenlieferanten stand an. Ich musste sicherstellen, dass die Verhandlungen ganz in meinem Sinne verlaufen und erfolgreich abgeschlossen werden.

Lyanna

Am Morgen meines Arbeitstags wachte ich mit einem unruhigen Gefühl auf. Die letzten Nächte hatte ich kaum Schlaf gefunden. Dennoch konnte ich nicht anders, als mich aus dem Bett zu quälen und mich auf den Weg zur Arbeit zu machen.

Der Arbeitstag im Café war hektisch, wie immer. Gäste kamen und gingen, und ich nahm Bestellungen auf, bereitete Kaffee zu und servierte Frühstück. Doch heute schien alles ein wenig schwieriger zu sein. Die Müdigkeit, die mich quälte, machte sich bemerkbar, und ich hoffte, dass ich die Schicht ohne Zwischenfälle überstehen würde.

Während ich zwischen den Tischen hin und her eilte, bemerkte ich einen Mann, der alleine am Tresen saß. Sein dunkler Anzug und seine elegante Erscheinung stachen in diesem gemütlichen Café hervor. Seine Gedanken schienen weit weg zu sein, und er starrte in die Ferne.

Obwohl ich keine Zeit hatte, um mich mit den Gästen zu unterhalten, konnte ich nicht anders, als von diesem Mann fasziniert zu sein. Er hatte etwas Geheimnisvolles an sich, das mich anzog.

Nachdem ich die Bestellungen aufgenommen hatte, beschloss ich, zu ihm zu gehen und zu fragen, ob er noch etwas benötigte. Als ich mich dem Tresen näherte, drehte er langsam den Kopf in meine Richtung, und seine dunklen Augen trafen auf meine. In diesem Moment fühlte ich mich, als könnte er meine Gedanken lesen.

"Kann ich Ihnen noch etwas zu trinken anbieten?", fragte ich höflich. Der Mann schüttelte den Kopf und erwiderte ruhig: "Nein, danke. Ich habe genug."

Ich nickte und ließ ihn in Ruhe, doch sein Anblick und sein Lächeln beschäftigten mich. Dieser Mann schien weit mehr zu sein, als er auf den ersten Blick preisgab.

Während ich weiterarbeitete, schaute ich immer wieder mal in seine Richtung. Seine Anwesenheit und seine Ausstrahlung verfolgten mich den ganzen Tag. Als meine Schicht schließlich endete, spürte ich den unwiderstehlichen Drang, auf ihn zuzugehen.

"Entschuldigen Sie die Störung", begann ich vorsichtig, "aber ich konnte nicht umhin, mich zu fragen, was Sie hierhergeführt hat. Sie scheinen nicht wie die üblichen Gäste zu sein."

Der Mann sah mich mit einem rätselhaften Lächeln an. "Ich bin nur auf der Durchreise, auf der

Suche nach einer guten Tasse Kaffee. Aber ich finde, dass es hier mehr zu entdecken gibt, als man auf den ersten Blick sieht."

Ein Lächeln stahl sich auf meine Lippen, und ich fühlte mich ein wenig mutiger. "Die Welt steckt voller Geheimnisse und Geschichten. Ich bin übrigens Lyanna."

Der Mann stellte sich als Raphael vor, und wir begannen, uns zu unterhalten. Während wir sprachen, bemerkte ich, wie die Sonne langsam unterging, und das Café füllte sich mit warmem Abendlicht. Die letzten Gäste verließen den Ort, und die Straßen wurden ruhiger.

Raphael schien meine Besorgnis zu spüren und fragte mich "Lyanna, haben Sie Angst in der Dunkelheit?"

Ich zögerte einen Moment, bevor ich antwortete, "Es wird langsam dunkel draußen, und ich fühle mich nicht ganz wohl bei dem Gedanken, alleine nach Hause zu gehen."

Sein Blick war verständnisvoll, und er schlug vor, "Wie weit ist es zu Ihrem Zuhause? Vielleicht kann ich Sie begleiten. Es ist nicht immer sicher, nachts alleine unterwegs zu sein."

Ich war dankbar für sein Angebot und willigte ein. Gemeinsam verließen wir das Café und traten in die kühle Abendluft. Die Straßen waren jetzt fast leer, und die Dunkelheit legte sich über die Stadt.

Während wir nebeneinander gingen, führten wir unsere Unterhaltung fort. Raphael erzählte von seinen Reisen und seinen Erfahrungen in verschiedenen Städten, und ich lauschte gespannt seinen Erzählungen. Seine Präsenz brachte ein Gefühl von Sicherheit und Geborgenheit mit sich.

Die Zeit verflog, und wir erreichten schließlich meine Wohnung. Ich bedankte mich herzlich bei Raphael für seine Begleitung, "Es war wirklich nett, Sie kennenzulernen, Raphael. Danke, dass Sie mich nach Hause begleitet haben."

Er lächelte und antwortete, "Die Freude war ganz meinerseits, Lyanna. Wenn Sie jemals wieder Begleitung oder jemanden zum Reden brauchen, stehe ich Ihnen gerne zur Verfügung."

Wir tauschten Telefonnummern aus, und ich spürte, dass dieser Mann nicht ganz ehrlich zu mir ist, dennoch weckt er mein Interesse. Mein Bauchgefühl trügt mich nie, vielleicht sollte es doch eine Warnung sein.

Kaum hatte ich die Wohnung betreten, ging ich auch schon geradewegs zum Fenster, um die Vorhänge zuzuziehen. Der Tag neigte sich dem Ende zu und es war ein perfekter Abend, um zu entspannen.

Als ich die Vorhänge schloss, bemerkte ich eine Bewegung auf der gegenüberliegenden Straßenseite.

Eine dunkle Gestalt lehnte an der Hauswand und schien im Schatten zu verschwinden. Ich zog den Vorhang vorsichtig zur Seite, um einen besseren Blick auf die Person zu werfen. Mein Herz begann schneller zu schlagen, als ich erkannte, dass es sich um einen vermummten Mann handelte. Er war in dunkle Kleidung gehüllt und schien darauf zu warten, dass ich ihn bemerkte.

Ein merkwürdiges Gefühl, der Beklemmung überkam mich. Die Situation triggerte mich. Ich hatte keine Ahnung, wer dieser Mann war und warum er sich in der Nähe meines Apartments aufhielt. Mein Verstand raste, und ich überlegte, was ich tun sollte. Sollte ich die Polizei rufen? Oder sollte ich einfach ignorieren, was vielleicht eine zufällige Begegnung sein könnte?

Die Dunkelheit und das Unbekannte machten mich nervös. Ich beschloss, vorerst die Vorhänge zuzulassen, in der Hoffnung, dass der Mann nicht mehr auftauchen würde. Als ich mich wieder von dem Fenster wegdrehte, konnte ich das unbehagliche Gefühl jedoch nicht abschütteln. Dringend mussten meine Gedanken einem anderen Muster folgen. Ich nahm die Fernbedienung, schaltete den Fernseher an und suchte mir mein Sudoku-Heft.

Apollo

Erol trat in mein Büro ein, wo ich bereits am Mahagonischreibtisch saß und Geschäftsakten studierte. Neugierig auf das, was er mir erzählte.

"Was gibt es Neues, Erol?", fragte ich ihn mit einem bestimmten Ton.

Erol räusperte sich und begann zu berichten. "Boss, ich habe einige Informationen über die mysteriöse Frau, Lyanna. Sie hat vor ein paar Tagen einen Job in einem Café angenommen, dem Café au Soleil, in der Innenstadt. Sie scheint ein unauffälliges Leben zu führen und hat keine bekannten Verbindungen zu unseren Feinden oder kriminellen Aktivitäten."

Ich lehnte sich in seinem Stuhl zurück und starrte aus dem Fenster. "Das sagte Aiden auch. Und warum hat sie uns in dieser Nacht verfolgt?"

Erol zögerte einen Moment, bevor er antwortete: "Es ist schwer zu sagen, Boss. Vielleicht war es wirklich nur ein Zufall, oder sie könnte aus persönlichen Gründen in eure Nähe gekommen sein. Vielleicht ist sie auch einfach nur scharf auf das Ansehen, welches durch den Namen Caelus gebracht wird."

Langsam nickte ich. "Ja, lass unsere Leute in den Cafés und Bars wachsam sein. Ich will wissen, was sie vorhat und ob sie eine Bedrohung darstellt. Wir können keine Risiken eingehen."

Erol nickte verständnisvoll und fügte hinzu: "Ich werde weiterhin Informationen über sie sammeln und dich auf dem Laufenden halten. Sollten sich neue Entwicklungen ergeben, werde ich dich sofort informieren."

Erneut nickte ich und wandte mich dann einem Stapel Akten zu.

„Wie weit sind die Vorbereitungen für die Übergabe?", fragte ich Erol.

Erol stützte sich auf den Tisch und blickte auf die Karte. "Alles ist bereit, Boss. Die Leute, die Drogen, die Transportmittel - wir haben die volle Kontrolle über die gesamte Lieferkette."

Ich nickte und starrte nachdenklich auf die Karte. "Das ist gut. Aber ich will keine Überraschungen. Die Ferragostos sind misstrauisch geworden. Sicherheitsvor-kehrungen?"

Erol zog eine Liste aus seiner Tasche und reichte sie mir. "Wir haben die besten Männer aufgestellt, um unsere Transporte zu schützen. Außerdem haben wir die Spione bei den Ferragostos verstärkt. Sie werden uns nicht im Stich lassen."

Ich nahm die Liste und nickte. "Gut gemacht, Erol. Ich werde das Gefühl nicht los, dass irgendwas passieren wird. Die Ferragostos sind nicht die Einzigen, die nervös werden. Es gibt noch einen weiteren Spieler im Hintergrund, der nach Macht strebt."

Erol runzelte die Stirn. "Hast du eine Ahnung, wer das sein könnte?"

Ich schüttelte den Kopf. "Bisher nicht. Aber ich werde es herausfinden. In der Zwischenzeit halten wir unseren Kurs und sorgen dafür, dass die morgige Übergabe ohne Zwischenfälle verläuft."

Wir beide besprachen weitere Einzelheiten und tauschten Informationen über die bevorstehende Übergabe aus. In dieser gefährlichen Welt der Verbrechen und Intrigen war es wichtig, einen klaren Kopf zu bewahren und alles sorgfältig zu planen.

„Jawohl Boss, so wird es gemacht", kommentierte Erol und verließ das Büro, um sich wieder auf die Straße zu begeben für die weiteren Nachforschungen über Lyanna.

Aiden

Die Nacht senkte sich langsam über die Stadt, während ich in meinem Büro im Anwesen saß und meine Gedanken sammelte. Die bevorstehende Waffenübergabe beschäftigte mich mehr, als ich zugeben wollte. Die Qualität der Waffen und die Stärkung unserer Position in der Unterwelt der Stadt hingen von diesem Deal ab.

Die Unterlagen lagen auf dem Schreibtisch verstreut, während ich die Listen der Waffen und die Informationen über die Lieferanten durchging. Alles musste perfekt sein. Ein kleiner Fehler oder eine unerwartete Wendung könnte die gesamte Übergabe gefährden.

Die Informationen, die ich über die Ferragostos-Familie gesammelt hatte, sorgten für zusätzliche Spannung. Ich wusste, dass sie von unserer Lieferung wussten und versuchen würden, sie zu stehlen. Die Bande war aggressiv und gut bewaffnet, und wir durften sie keinesfalls unterschätzen.

Ich saß einen Moment in Gedanken versunken da, bevor ich mich entschloss, mit Apollo und Aurel zu beraten.

Apollo sprach als Erstes sehr ernst: „Wir müssen eine kluge Strategie entwickeln, um die bevorstehende Übergabe zu sichern und gleichzeitig die Bedrohung der anderen Clans auszuschalten. Aiden, berichte noch einmal über die Informationen, die du über diese Ferragostos gesammelt hast.

„Die Ferragostos sind gut bewaffnet und aggressiv. Sie haben Kenntnis von unserer Lieferung und werden zweifellos versuchen, sich die Waffen anzueignen. Ich habe bisher nicht alle Details über ihre genauen Absichten, aber es ist sicher, dass sie ein ernst zu nehmender Gegner sind."

„Unsere Geschäftspartner müssen sicher sein, dass wir sie nicht verraten. Das ist entscheidend für unseren Ruf und unsere Position", entgegnete Aurel besorgt.

„Aiden, setze deine Kontakte ein, um so viele Informationen wie möglich über die Familie zu sammeln. Warum sind die so schnell gewachsen? Wir müssen ihre Bewegungen und Pläne im Auge behalten. Und kontaktiere unsere Verbündeten. Ich will sicherstellen, dass alles während der Übergabe reibungslos läuft", wandte sich Apollo mit einem sehr dominanten Ton an mich. „Ich kümmere mich drum."

Apollo wirkte nachdenklich: „Wie ist die Lager-halle gesichert? Sind alle Männer eingeweiht und auf ihren Plätzen. Der Deal muss laufen, Jungs!"

Selbstsicher wie immer antwortete ich: „Die Lagerhalle ist gesichert und die Männer sind alle eingeweiht. Unsere Sicherheitsvorkehrungen sind auf dem neuesten Stand. Wir haben zusätzliche Wachen an strategischen Punkten platziert, um sicherzustellen, dass niemand unbefugt eindringen kann. Außerdem haben wir strenge Zugangs-kontrollen eingerichtet. Nur diejenigen, die zum Deal gehören, werden die Halle betreten können."

„Gut gemacht, Aiden. Das ist, was ich hören wollte."

Aurel hatte einen besorgten Ausdruck auf seinem Gesicht: „Wer fährt bei dem Abtransport der Ware nach der Übergabe mit?"

Apollo war in seinen Gedanken versunken und antwortete: „Wir sollten unter den aktuellen Umständen zusätzliche Maßnahmen in Erwägung ziehen, um die Waffen nach der Übergabe zu sichern. Ich werde mich mit unserem Sicherheits-berater in Verbindung setzen, um sicherzustellen, dass alles korrekt geplant ist. Und denkt daran, Jungs, wenn es während der Übergabe zu Prob-lemen kommt, zögert nicht, Gewalt einzusetzen, um unsere Interessen zu schützen. Wir werden nicht zulassen, dass irgendjemand unser Geschäft gefährdet."

Aurel und ich verstanden, wie ernst die Lage ist und antworteten gleichzeitig: „Verstanden, Apollo."

Die bevorstehende Auseinandersetzung versprach gefährlich und komplex zu werden, dieses Geschäft sicherte uns unseren Platz an der Spitze der Unterwelt für eine längere Zeit.

*

Die Caelus-Brüder bereiteten sich intensiv auf die Abfahrt zum stillgelegten Flughafen vor, wo die Übergabe stattfinden sollte. Die Lage war angespannt, und die Vorkehrungen waren alle getroffen.

Die Männer würden in mehreren Wagen fahren, um Verdächtige in die Irre zu führen. Sie trugen dunkle Kleidung, um nicht aufzufallen. Apollo war entschlossen, den Überraschungseffekt auf ihrer Seite zu haben.

Die Waffenlieferanten, die langjährigen Geschäftspartner des Caelus-Syndikats, hatten sich ebenfalls auf die Abfahrt vorbereitet. Sie hatten die Waffen gründlich überprüft und sicher verstaut. Die Caelus-Brüder waren sich bewusst, dass die Ferragosto von der Lieferung wussten und sie alle Vorsichtsmaßnahmen getroffen hatten.

Aiden hatte seine Informationen über Ferragosto-Familie aktualisiert und war bereit, auf alle möglichen Entwicklungen zu reagieren. Er hatte enge Kontakte zur Gruppe und würde versuchen, sie in Schach zu halten.

Apollo

Ich trug einen schwarzen Anzug, der meine düstere Ausstrahlung noch unterstrich und stand nun vor den verrosteten Überresten des einst belebten Flughafens. Mein Blick war scharf und durchdringend, während ich die Umgebung aufmerksam musterte.

Alle Autos unseres Syndikats hatten sich bereits positioniert, und alle waren auf ihren Plätzen. Ich war ruhig, aber die Gedanken arbeiteten auf Hochtouren. Diese Verhandlung war von großer Bedeutung für uns.

Ich spürte die Blicke meiner Männer auf mich, die mir vertrauten und meine Führung akzeptierten. Ein kurzer Funkkontakt bestätigte, dass alles nach Plan verlief.

Aiden wurde nervös: „Apollo, ich habe ein ungutes Gefühl bei dieser Übergabe. Wir sollten vorsichtig sein."

"Du hast wahrscheinlich recht. Die Sicherheit hat oberste Priorität. Pass auf dich auf."

Die Motoren der eintreffenden Autos wurden lauter, da waren unsere Geschäftspartner.

Die Verkäufer standen in respektvollem Abstand vor uns, während wir langsam auf sie zutraten. Wir begrüßten diese mit einer leichten Verbeugung, um ihren Respekt zu zeigen.

Ich trat vor, lächelte. "Gut, Sie alle wiederzusehen. Victor, Elena, Dimitri, meine Brüder und ich freuen uns, dass Sie wieder an Bord sind."

Victor erwiderte das Lächeln. "Es ist immer eine Freude, Geschäfte mit Ihnen zu machen, Apollo. Wir schätzen Ihre Professionalität."

Ich nickte zustimmend. "Ebenso. Lassen Sie uns die Einzelheiten besprechen und sicherstellen, dass diese Transaktion reibungslos verläuft. Wir haben viel zu erledigen."

Elena, eine der Verkäuferinnen, nahm das Wort. "Apollo, wir haben die neuesten Prototypen für Sie. Die Qualität ist außergewöhnlich, und wir sind sicher, dass Sie zufrieden sein werden."

"Das klingt vielversprechend, Elena. Wir werden die Waffen überprüfen und sicherstellen, dass alles unseren Standards entspricht. Die Übergabe der kompletten Ware erfolgt morgen Abend, wie vereinbart. Bitte teilen Sie uns die genauen Einzelheiten mit", teilte ich ihr zufrieden mit.

Wir setzten die Besprechung fort, während wir die letzten Details klärten. Die Geschäftsbeziehung zwischen dem Caelus-Syndikat und den Verkäufern war nicht nur profitabel, sondern auch von Vertrauen und Professionalität geprägt.

Nachdem alle Fragen geklärt waren, wollten wir uns gerade verabschiedeten, da wurde die Stille der Nacht jäh durchbrochen. Plötzlich fielen Schüsse in der Dunkelheit. Doch bevor sie die Prototypen in Empfang nehmen konnten, griffen die Ferragostos aus dem Hinterhalt an.

„Alle Mann, in Deckung! Haltet euch bereit!", schrie ich. Ich hörte Aiden nur noch panisch rufen: "In Deckung! Schnell, sichert die Ware!"

Die Kugeln pfiffen durch die Luft, und das Feuergefecht brach in aller Heftigkeit aus. Aiden und die anderen tauchten hinter Kisten und Containern in Deckung, um sich vor den Schüssen zu schützen. Die Dunkelheit und das unerwartete Ausmaß der Attacke machten es schwierig, die Angreifer auszumachen.

Aiden

Während des Schusswechsels spürte ich einen stechenden Schmerz in meiner Schulter. Ein Durchschuss, eine beschissene Kugel hatte mich getroffen. Mein Blut sickerte durch mein Hemd. Ich durfte mich von der Verletzung nicht aufhalten lassen. Die Sicherung der Waffenlieferung und die Verteidigung hatten höchste Priorität.

Also zog ich die Waffe und erwiderte das Feuer, von wo die Kugel gekommen war, während ich nach einer Möglichkeit suchte, die Lage zu kontrollieren. Apollo und die Lieferanten taten dasselbe und gaben gezielte Schüsse auf die Angreifer ab. Die Dunkelheit verschleierte die Identität der Gegner, aber es war klar, dass sie gut bewaffnet und entschlossen waren.

Die Anspannungen in der Luft waren förmlich greifbar. Mein Puls raste in meinen Ohren. Ich versuchte mich zu fokussieren, so präzise wie möglich zu schießen. Die Zusammenarbeit unseres Syndikats war der Schlüssel zur Bewältigung der gefährlichen Situation.

Trotz des Schmerzes in der Schulter gab ich nicht nach. Gemeinsam mit allen, die auf unserer Seite standen, inklusiv der Lieferanten, gelang es uns, die Ferragostos zurückzudrängen. Sie mussten sich zurückziehen, und das Feuergefecht ebbte langsam ab.

Mein Atem ging schwer und ich fühlte den Adrenalinschub in meinem Körper. Wir hatten die Übergabe der Waffen erfolgreich verteidigt, aber es war eine knappe Sache gewesen. Die Verletzung an der Schulter schmerzte, und ich wusste, dass die ärztliche Versorgung jetzt schnell sein muss.

Wir versammelten uns, um zu überprüfen, ob alle unverletzt waren. Wir wussten, dass die Sicherheit der Stadt und ihrer Geschäfte auf dem Spiel stand, und dass der rivalisierende Clan nicht so schnell aufgeben würde. Das gefährliche Katz-und-Maus-Spiel zwischen den mächtigen Familien der Unterwelt ging also weiter.

Apollo schrien wütend um sich: „Aiden, wie konnten die durch die Sicherheitsabsperrung kommen. Das darf nicht passieren!"

Schmerzverzerrt antwortete ich ihm: "Du hast recht. Ich werde die Sicherheitsmaßnahmen kontrollieren und kümmere mich drum, was vorgefallen ist. Wir haben definitiv einen Maulwurf. Den müssen wir dringend finden."

Apollo in seiner Dominanz: "Ja, das ist von größter Wichtigkeit. Wenn sie glauben, sie könnten uns herausfordern, müssen sie die Konsequenzen tragen. Zum Glück haben Victor und ich vorher noch abgesprochen, nur die Prototypen mitzunehmen. Der Rest der Ware kommt später."

„Wir dürfen nicht zulassen, dass diese Familie unsere Kontrolle untergraben. Wir brauchen Klarheit über die Identität", erklärte Aurel.

„Ich bin bereits dabei, unsere Kontakte zu aktivieren, um mehr herauszufinden. Die Nachricht von diesem Vorfall wird sich schnell in der Unterwelt verbreiten", teilte ich der Runde mit, bevor ich wankte und zu Boden sackte.

Victors Entscheidung war gefallen: "Wir haben unsere eigenen Männer, die die Stadt durchkämmen, um nach Hinweisen zu suchen. Aber wir müssen wachsam sein. Wir werden euch unterstützen."

Aurel war ebenfalls ganz entschlossen: "Wir sollten schnell handeln und ein Exempel statuieren. Niemand greift uns ungestraft an."

Apollo

Neben mir sackte Aiden zusammen. „Aiden, was los? Du siehst ziemlich blass aus. Geht es dir gut?" Aiden versucht zu beschwichtigen: „Ja, Apollo, es ist nichts Ernstes. Nur ein Durchschuss, nichts, worüber du dir Sorgen machen musst."

Aiden bemühte sich, den Schmerz und die Unruhe in seinem Gesicht zu verbergen, aber ich sah durch sein Lächeln hindurch. „Aiden, ich kenne dich zu gut, um zu glauben, dass es "nichts Ernstes" ist. Zeig her.", sagte ich streng. „Keine Zeit dafür, Apollo. Wir haben dringende Angelegenheiten zu klären."

Ich packte den Arm meines Bruders und zwang ihn, mir in die Augen zu sehen. „Aiden, das ist keine Diskussion. Du musst dich jetzt behandeln lassen. Ein Durchschuss kann sich entzünden. Wir brauchen dich jetzt." Aiden widerstrebte, aber schließlich ließ er sich überzeugen. Die Rückfahrt erfolgte in separaten Fahrzeugen, da wir unsere Sicherheit und Flexibilität in dieser gefährlichen Situation gewährleisten wollten.

Aiden

Ich saß in meinem Wagen auf dem Rücksitz, meine Hand drückte ich auf den Verband an der Stelle, wo die Kugel mich getroffen hatte. Der Verband war fest, dennoch fühlte ich den dumpfen Schmerz bei jedem Stoß und Schlagloch auf dem Weg zurück. Trotz der Schmerzen behielt ich einen entschlossenen Ausdruck auf meinem Gesicht, versunken in meinen Gedanken suchte ich nach dem Leck der Operation.

Apollo saß am Steuer seines eigenen Fahrzeugs. Wie ich ihn kenne, wird er sein Lenkrad fest umklammert haben. Er wird sehr entschlossen und fokussierte sein. Seine Gedanken wirbeln in seinem Kopf wahrscheinlich genauso hin und her wie in meinem. Wie können wir die kommenden Herausforderungen bewältigen?

Apollo ist ein Beschützer. Er hat garantiert einen Plan. Unsere Sicherheit und die unserer Verbündeten versucht er immer zu gewährleisten und gleichzeitig wird er auch die Waffenlieferung zu schützen wissen.

Während der Rückfahrt sprachen wir nur sporadisch über Funk miteinander, um unsere Gedanken und Informationen auszutauschen. Die Straßen der Stadt zogen an uns vorbei, und die Lichter der Häuser und Geschäfte beleuchteten unsere finsteren Gesichter.

Die Rückfahrt war geprägt von Stille und Anspannung. Wir wussten, dass wir keine Zeit verlieren durften und uns schnell auf die nächsten Schritte vorbereiten mussten. Die Sicherheit des Anwesens und die ärztliche Versorgung waren nun von höchster Wichtigkeit, aber die Bedrohung des rivalisierenden Clans war weiterhin nicht gebannt.

Nach unserer Rückkehr zum Anwesen stand die ärztliche Versorgung an erster Stelle. Unser Syndikat hatte eine eigene medizinische Einrichtung auf dem Anwesen, um im Bedarfsfall sofortige Hilfe leisten zu können.

Ich stieg vorsichtig aus dem Wagen und ging in die Krankenstation des Anwesens. Dort wartete bereits ein medizinischer Mitarbeiter. Ich setzte mich auf eine der Liegen, und er begann den Verband zu lösen und die Wunde zu begutachten.

Der Schuss hatte glücklicherweise keine lebenswichtigen Organe verletzt, aber die Stelle war stark geschwollen und verursachte erhebliche Schmerzen. Der Arzt begann damit, die Wunde zu reinigen und zu desinfizieren. Ich biss die Zähne zusammen und ertrug den Schmerz stoisch.

Während der ärztlichen Behandlung tauschten Apollo und der Arzt nur wenige Worte aus. Natürlich war ich entschlossen, schnell wieder auf die Beine zu kommen, und der Arzt konzentrierte sich auf seine Arbeit. Die Wunde wurde sorgfältig genäht und verbunden, bevor ich die Anweisungen erhielt, mich zu schonen und Antibiotika einzunehmen, um eine mögliche Infektion zu verhindern.

Apollo war während der gesamten ärztlichen Versorgung anwesend und beobachtete besorgt die Behandlung. Er wusste, dass ich hart im Nehmen war und mich schnell erholen würde. Dennoch schien ihm die Situation zu denken zu geben.

Lyanna

Der Morgen im Café au Soleil brach an. Trotz des freundlichen Ambientes des Cafés konnte ich die unheimliche Begegnung der vorherigen Nacht nicht vergessen. Mein Blick huschte immer wieder zum Fenster, wo sie die dunkle Gestalt noch vor meinem inneren Auge sah.

Ich war unruhig und nervös. Die Angst durfte meine Arbeit nicht beeinflussen, das wusste ich nur zu gut. Meine Verpflichtung lag darin, mich auf die Bedürfnisse der Gäste zu konzentrieren und den Tag so zu beginnen, wie es von mir erwartet wurde. Dennoch konnte ich diese unheilvolle Ahnung einfach nicht abschütteln.

Als die ersten Gäste das Café betraten, zwang ich mich dazu, ein Lächeln aufzusetzen und mich auf ihre Bestellungen zu konzentrieren. Doch je mehr Zeit verstrich, desto intensiver wurden meine Gefühle der Bedrohung. Die Café-Gäste schienen äußerlich normal zu sein, aber ich spürte, dass sich etwas Dunkles im Hintergrund abspielte.

Mein Kollege Jason, der für die Backwaren zuständig war, bemerkte meine Anspannung. "Alles in Ordnung, Lyanna? Du wirkst heute so abwesend."

Ich zögerte, aber schließlich konnte ich nicht anders, als sich Jason anzuvertrauen. "In der letzten Nacht... Es war etwas Seltsam. Ich sah einen vermummten Mann gegenüber meiner Wohnung. Und heute Morgen habe ich das Gefühl, dass noch etwas passieren wird."

Jason runzelte die Stirn. "Ein gruseliger Typ, der vor deiner Tür stand? Denkst du, er hat dich beobachtet? Warum sollte er das tun? Das ist nicht gut. Sei bitte vorsichtig, lass dein Handy immer an. Oder besser, leg uns auf Kurzwahl."

Während des Vormittags blieb die Atmosphäre im Café angespannt. Mein Blick ging unaufhörlich zu den verschiedenen Gästen, in jedem sah ich etwas Zwielichtiges. Einer von ihnen saß in der Ecke, vermummt und finster blickend. Seinen Blick konnte ich förmlich auf mir spüren und versuchte mich daher unauffällig von ihm fernzuhalten. Langsam werde ich paranoid.

Emily bemerkte meine Unruhe und kam zu mir. "Was ist los, Lyanna? Du siehst so besorgt aus."

Ich senkte ihre Stimme, um nicht von den Gästen gehört zu werden. "Es gibt etwas, das heute nicht stimmt. Diese Leute hier, sie benehmen sich seltsam. Und gestern Nacht... ich hatte das Gefühl, dass mich jemand verfolgt hat." Mein Blick schweifte zu der dunklen Ecke, wo der Mann saß.

Emily legte besorgt eine Hand auf meine Schulter. "Das ist ja schrecklich. Pass auf dich auf. Meinst Du den Mann dahinten? .... Ich werde auf den Kerl in der Ecke achten, okay? Der ist mir nämlich auch schon aufgefallen."

Mit einem Dankeslächeln widmete ich mich wieder meinen Aufgaben. Dennoch war die unheimliche Stimmung nicht abzuschütteln. Als sich die Tür des Cafés öffnete und ein weiterer Fremder eintrat, war mein Bauchgefühl gleich alarmiert, der Tag wird noch kurioser werden.

Er war groß, mit durchdringenden Augen und einem Ausdruck, der Unbehagen ausstrahlte. Sein Blick schien direkt auf mich gerichtet zu sein, und ein eisiger Schauer lief mir sofort über den Rücken.

Meine Hand begann leicht zu zittern, als ich seine Bestellung aufnahm.   Das Gefühl schien auf mir zu lasten, die Blicke waren förmlich auf mir zu spüren. Es war, als würde es meine Angst riechen.

In der Küche bemerkte auch Jason meine Angst und mein Unbehagen. Er kam zu mir und flüsterte: "Lyanna, soll ich draußen übernehmen? "

Leicht schüttelte ich den Kopf. Anscheinend sind meine Nerven heute ein wenig zu sensibel. Vielleicht wäre ein Wochenendtrip genau das Richtige, um mal wieder zu entspannen.

„Es wird alles gut. Du solltest mal Pause machen, um etwas herunterzukommen", hörte ich leise von Jason flüstern.

Dankbar für Jasons Unterstützung nickte ich unscheinbar. Der Tag wurde immer angespannter, und ich fühlte mich wie in einem Albtraum gefangen. Meine Gedanken kehrten immer wieder zu der mysteriösen Begegnung der vorherigen Nacht zurück. War dieser Mann vielleicht Teil einer Bedrohung?

Während ich durch das Café ging und Getränke servierte, schien die Zeit stillzustehen. Ich konnte den Fremden nicht aus den Augen verlieren und spürte, wie die Bedrohung in der Luft lag. Jedes Geräusch und jede Bewegung schienen bedrohlich zu sein.

Plötzlich erhob sich der Fremde von seinem Platz und trat auf mich zu. Mein Herz schlug bis zum Hals, und ich fühlte mich wie gelähmt. Der Mann stand nun direkt vor mir, und sein finsterer Blick durchbohrte mich förmlich.

"Lyanna, nicht wahr?", sagte er mit einer kalten, bedrohlichen Stimme.

Ich konnte nur stumm nicken, unfähig, ein Wort herauszubringen. Die Stimmung im Café wurde gespenstisch, als die anderen Gäste die bedrohliche Begegnung beobachteten.

Der Fremde lächelte, ein unheilvolles Grinsen. "Du wirst mir jetzt folgen, und wir werden uns vor der Tür unter vier Augen unterhalten. Verstanden?"

Die Situation machte mir Angst, aber aus einem unbekannten Grund war ich auch neugierig, was er von mir wollte. So fand ich mich vor einer unheimlichen Entscheidung: Sollte ich dem Fremden folgen oder versuchen, Hilfe zu holen?

Was für ein Dilemma. Die bedrohliche Aura des Fremden und seine unheilvollen Worte ließen mich erzittern. Die Augen der anderen Gäste um uns herum im Café ruhten auf mir. Doch in diesem Moment wusste ich, es gab keine andere Wahl. Die Entscheidung war bereits gefallen.

Mit zitternden Beinen und einem Kloß im Hals nickte ich langsam. "Okay", murmelnd, während ich mich unsicher von meinem Arbeitsplatz wegbewegte. Die beunruhigenden Blicke der anderen fühlte ich auf meinem Rücken, als wir aus dem Café gingen.

Der Mann führte mich nach draußen, wo wir um das Gebäude in eine düstere Gasse traten. Der Fremde brachte mich zu einem abgestellten Auto, öffnete die Tür und bedeutete an einzusteigen.

Ich war mir bewusst, dass in dieser Situation keine Frau alleine sein sollte, aber ich hatte die Entscheidung selbst getroffen und nun keine

Ahnung, wie ich mich aus dem ganzen Dilemma befreien konnte. Ziemlich doof, aber mein Körper war wie ferngesteuert. Als wir im Auto waren, fühlte ich mich gefangen und hilflos. Der Mann setzte sich ans Steuer und fuhr los, ohne ein weiteres Wort zu verlieren.

Während der Fahrt starrte ich aus dem Fenster und versuchte, einen klaren Kopf zu bewahren. Hoffentlich würden Jason und Emily Hilfe rufen, wenn ich nicht wieder komme. Die Minuten vergingen wie Stunden. Ich bin so blöd. Diese beschissene Neugier. Das sollte ich mir dringend abgewöhnen.

Schließlich erreichten wir ein abgelegenes Gebäude, das düster und verlassen wirkte. Der Mann führte mich hinein, und der stechende Geruch von Verderbnis und Verfall umgab mich. In einem düsteren Raum forderte er mich auf, Platz zu nehmen.

"Ich werde dich nicht verletzen, solange du mir die Wahrheit sagst", sagte der Fremde mit einem unheilvollen Grinsen. "Warum bist du den Caelus in der Nacht gefolgt? Und was weißt du über sie?"

Ich fühlte mich in dieser angespannten Situation in die Enge getrieben. Keine Ahnung, was der Mann von mir wollte. Wer waren die Caelus? Die Situation kam mir vor wie in einem schlechten Film. Sollten meine Antworten über mein Leben und Tod entscheiden? Für mich war es wichtig, meine Geheimnisse zu schützen.

Ich war von Angst und Unsicherheit erfüllt, aber ich versuchte, ruhig zu bleiben und meine Worte sorgfältig abzuwägen. "Wer sind die Caelus?"

„Die drei Männer, die du im Park verfolgt hast, bis zum Club."

„Ich habe sie in dieser Nacht nicht absichtlich verfolgt", begann ich mit zittriger Stimme. "Ich war zufällig in der Nähe und habe sie beobachtet, weil ich neugierig war. Ich hatte keine Ahnung, wer sie sind oder was ihre Absichten sind."

Der Fremde runzelte die Stirn, schien jedoch vorerst nicht gewalttätig zu werden. "Du bist also nur eine neugierige Person, die sich in Dinge einmischt, die sie nichts angehen?"

Ich nickte eifrig. "Ja, genau. Ich hatte keine Absicht, mich in eure Angelegenheiten einzumischen. Ich hatte mich verlaufen und hörte die Musik und die Stimmen."

Der Mann musterte mich skeptisch, schien aber nach einer Weile zu entscheiden, dass ich die Wahrheit sprach. "Du hast Glück, dass du keine Spionin bist", sagte er düster. "Aber du hast jetzt eine Verpflichtung."

"Verpflichtung? .... Wem gegenüber? .... Wegen was? Ich habe keine Verpflichtung." fragte ich, immer noch tief verängstigt.

Der Fremde lehnte sich näher zu mir. "Du wirst für uns arbeiten. Zur richtigen Zeit und am richtigen Ort wirst du deine Instruktionen erhalten. Und du wirst schweigen, wenn du deinen Job und dein Leben behalten willst. Verstanden?"

Ich nickte erneut, nicht sicher, was ich sonst tun sollte. Ich hatte das Gefühl, keine andere Wahl zu haben. Worin bin ich hier hineingeraten? In dieser finsteren Welt des Verbrechens und der Geheimnisse wollte ich nie wieder gefangen sein, es schien, dass es keinen Ausweg gibt. Ich muss den Kreislauf durchbrechen.

Der Mann brachte mich schließlich zurück zum Café, wo er mich ohne ein weiteres Wort freiließ. Ich kehrte zu meinem Arbeitsplatz zurück und bemühte mich, äußerlich ruhig zu wirken. Doch in meinem Inneren wusste ich, dass ich nun Teil von etwas war, von dem ich keine Ahnung hatte, wie es enden würde.

In den folgenden Tagen fühlte ich mich wie in einem Albtraum gefangen. Ich konnte die dunklen Augen des Fremden nicht vergessen, die mich ständig zu beobachten schienen. Jeder Arbeitstag im Café au Soleil wurde von der unheimlichen Bedrohung überschattet, die über mir schwebte.

Ich beobachtete nervös jeden Gast, der das Café betrat, und versuchte, Anzeichen von Verdächtigem zu erkennen. Doch die Zwielichtigen, die sich der Bedrohung bewusst waren, blieben meist unauffällig, und ich konnte nie sicher sein, ob ich auf die richtige Spur stieß.

Meine Kollegen, Emily und Jason, bemerkten, dass etwas mit mir nicht stimmte. Sie hatten meine ängstlichen Blicke und nervösen Bewegungen bemerkt und machten sich Sorgen um mich. Eines Tages, nach Feierabend, luden sie mich auf einen Kaffee ein, um herauszufinden, was mit mir los war.

In einem nahegelegenen Bistro erzählte ich ihnen von der Begegnung mit dem fremden Mann und meiner geheimen Vereinbarung. Die beiden hörten aufmerksam zu, und als sie die ganze Geschichte hörten, wurde ihre Miene ernst.

Jason sah besorgt aus. "Lyanna, das ist wirklich gefährlich. Du solltest die Polizei einschalten."

Aber ich schüttelte den Kopf. "Ich kann das nicht tun. Der Mann hat mich bedroht. Wenn ich zur Polizei gehe, wird er es herausfinden, und ich fürchte mich davor, was er tun könnte."

Emily legte besorgt eine Hand auf meine Schulter. "Wir sollten unseren Chef darüber informieren. Er wird wissen, wie wir vorgehen sollten."

Nachdem wir uns beraten hatten, vereinbarten wir, den Cafébesitzer, Mr. Rodriguez, in die Sache einzuweihen. Es war eine riskante Entscheidung, aber ich wusste, dass ich nicht weiterhin in Angst leben konnte.

In den kommenden Tagen würden sich die Dinge komplizierter gestalten. Ich konnte nicht vorhersehen, welche Konsequenzen mein Handeln haben würde, aber ich hatte das Gefühl, dass es an der Zeit war, sich meiner Angst zu stellen.

*

Ein paar Tage später, nach unserer Schicht im Café, suchten Emily, Jason und ich Mr. Rodriguez auf. Wir erzählten ihm von der Begegnung mit dem mysteriösen Mann und unserer Sorge um meine Sicherheit. Der Cafébesitzer hörte aufmerksam zu und nahm unsere Bedenken ernst.

Mir war bewusst, dass Mr. Rodriguez die Verantwortung für seine Angestellten im Blick hatte. Er versprach, diskret zu handeln und die Situation zu überwachen. Er wusste, dass hier in der Gegend einige Gangs und Clans aktiv sind. Er wollte versuchen sein Geschäft aus den internen Kämpfen herauszuhalten. Zudem beauftragte er einen privaten Sicherheitsdienst, der das Café und die

Umgebung im Auge behalten sollte, um die anderen Mitarbeiter und mich zu schützen.

Trotzdem konnten wir die Ängste nicht vollständig abschütteln. Die Bedrohung hing weiterhin wie ein Damoklesschwert über mich. Als ich nach Hause ging, achtete ich auf jeden Schatten und jede unheimliche Bewegung. Ich fühlte mich immer noch nicht sicher.

Die Wochen vergingen, und die zwielichtigen Gäste schienen sich vorerst nicht zu zeigen. Es schien, als hätte unser Gespräch mit Mr. Rodriguez und der sichtbare Präsenz von den Sicherheitskräften eine abschreckende Wirkung auf den Fremden gehabt. Aber ich wusste, dass ich mich nicht zu sicher fühlen durfte.

Inmitten der beängstigenden Atmosphäre fand ich in meiner Arbeit und meinen Freunden im Café au Soleil Trost. Emily und Jason standen immer an meiner Seite und halfen mir, mich abzulenken. Doch die Fäden der Dunkelheit, die mich versuchten zu umwaben, konnte ich nicht vergessen. Mein Leben war komplizierter geworden, und ich wusste nicht, wie lange ich noch in dieser gefährlichen Lage verharren musste. Dabei sollte es ein Neuanfang werden, raus aus der Dunkelheit. Ich werde alles versuchen, den Bann zu durchbrechen.

Apollo

Die alten Tunnelgemäuer des Anwesens empfingen mich in finsterer Stille. Ihre Mauern trugen die Zeichen unzähliger Jahrhunderte, und das Flackern der Fackeln, die Erol mitgebracht hatten, tauchte die Umgebung in gespenstische Schatten. Die Luft war stickig, und das Echo unserer Schritte hallte in den langen Gängen wider.

Mein Blick ruhte unerbittlich auf Erol, der mir mittlerweile gegenüberstand. Seine Augen spiegelten Verunsicherung, und der Schweiß stand ihm auf der Stirn. Er hatte versagt, hatte Lyanna nicht eingeschüchtert, und das konnte schwerwiegende Konsequenzen haben.

"Erol," sprach ich mit einer Kälte in meiner Stimme, die selbst in dieser düsteren Umgebung spürbar war. "Du hast versagt, Lyanna einzuschüchtern. Sie war bei ihrem Chef. Was los? Du machst sonst doch keine Fehler oder bist so nachsichtig? Zum Glück hat Mr. Rodriguez unsere Leute als Schutz angefordert."

Erols Schluckbeschwerden waren deutlich hörbar. "Es tut mir leid, Boss. Ich...."

Ich trat einen Schritt näher, und meine Aura schien die Luft zu ersticken. "Du hast keine Ahnung, Erol, wie viel auf dem Spiel steht. Wenn sie unsere Geheimnisse aufdeckt, kann das alles zerstören, wofür wir so hart gearbeitet haben."

Erol endlich wagte es, mich anzusehen, und in seinen Augen spiegelte sich nackte Angst. "Was sollen wir tun, Boss?"

Ein tiefer Seufzer entfuhr mir, und ich wandte den Blick ab, während wir unseren Weg in einen anderen Teil der Tunnelanlage fortsetzten. "Wir müssen sicherstellen, dass sie schweigt. Sie darf niemals die Wahrheit erfahren."

Meine Männer brachten einen jungen Laufburschen namens Leon herbei, den sie zuvor aufgegriffen hatten. Sein Gesicht war blass vor Angst, und er stammelte nervös. "Ich habe doch nichts getan! Warum tut ihr mir das an?"

Ich musterte den Jungen kalt. "Du wirst uns alles erzählen, was du gesehen oder gehört hast, über Lyanna, über uns, über die Pläne."

Der Junge schluchzte und begann zu sprechen, während Erol und ich ihm gnadenlos Fragen stellten. Das Verhör war düster und brutal. In diesem Moment wurde klar, dass wir, die Caelus-Brüder, keine Rücksicht auf Verluste nahmen, wenn es darum ging, unsere Geheimnisse zu schützen.

Unter dem Druck der Fragen, Drohungen und Methoden der Folter hatte er Informationen preisgegeben, die uns weiterhelfen könnten, Lyanna und unsere Feinde im Zaum zu halten. Es war nicht meine erste Wahl, auf solche Methoden zurückzugreifen, aber die Sicherheit stand auf dem Spiel.

Als die letzten Informationen aus ihm herausgepresst waren, nickte ich meinen Männern zu. "Lasst ihn laufen, aber gibt ihm noch ein Andenken mit, sollte er gegenüber anderen reden, wird er nicht so gnädig behandelt."

Erol und ich verließen den Trakt der Gemäuer, und ich spürte die unheimliche Dunkelheit in meinem Inneren. Das, was in dieser Nacht geschehen war, würde Konsequenzen haben, und wir durften keine Zeit verlieren.

Was ich während des Verhörs erfahren hatte, hatte meine dunkelste Seite wachgerüttelt, und ich war bereit, sie einzusetzen, um meine Ziele zu erreichen. Es ging nicht nur um Macht, sondern auch darum, die Gefahr, die von Lyanna ausging, unter Kontrolle zu bringen.

Mit Erol an meiner Seite schmiedeten wir Pläne, die weit über das hinausgingen, was wir bisher getan hatten. Die Caelus-Brüder würden über sich selbst hinauswachsen, um ihre Geheimnisse und ihre Zukunft zu schützen. Und niemand, nicht einmal Lyanna, würde uns aufhalten können.

*

In meinem Büro angekommen, lehnte ich mich gegen den schweren Holztisch, während meine Augen Erol intensiv musterte. "Erol, wir müssen sicherstellen, dass die Pläne reibungslos ablaufen. Keiner darf eine Ahnung von dem haben, was wir wirklich vorhaben."

Erol nickte ernst. "Ich verstehe, Boss. Aber wie beabsichtigst du vorzugehen?"

Ich zog eine Karte von einem nahegelegenen Regal und legte sie vor uns auf den Tisch. "Unsere Pläne sind komplex, aber wir werden Schritt für Schritt vorgehen. Zuerst müssen wir die Überwachung verstärken, Lyanna im Auge behalten und sicherstellen, dass sie nicht auf eigene Faust ermittelt."

Erol runzelte die Stirn. "Aber was ist, wenn sie Verdacht schöpft?"

Ein düsteres Lächeln zeichnete sich in meinem Gesicht ab. "Das ist der Punkt, Erol. Wir werden sie in die Irre führen. Lyanna ist nicht in der Lage, die Wahrheit von der Täuschung zu unterscheiden. Wir werden falsche Fährten legen, sie auf Abwege führen und sie verwirren, bis sie uns nicht mehr auf der Spur ist."

Erol nickte und fing an, die Karte zu studieren. "Und was ist mit ihrer undurchsichtigen Aura? Was kann sie?"

Ich schüttelte den Kopf und ein diabolisches Grinsen zeichnete sich auf meinem Gesicht. "Das bekommen wir in Kürze raus. Wir dürfen nicht vergessen, dass wir die Macht auf unserer Seite haben."

„Erol... In paar Tagen ist doch der Maskenball. Find heraus, ob Lyanna eine Karte hat, wenn nicht, lass ihr eine zukommen."

Wir vertieften weiter unsere Pläne, und schmiedeten weiter unsere düsteren Intrigen. Ich war bereit, alles zu tun, um Lyanna von der Wahrheit fernzuhalten, auch wenn es bedeutete, sie zu opfern oder sie in die dunkelsten Abgründe vorzustoßen.

Jason

Der Klang fröhlichen Gelächters und das Klirren von Gläsern erfüllte die gemütliche Bar. Lyanna und Emily saßen bereits an ihrem Tisch und unterhielten sich lebhaft. Die beiden hatten nach dem langen Arbeitstag in Café au Soleil beschlossen, dass wir uns doch in der nahegelegenen Bar etwas Entspannung gönnen könnten. Die Stimmung war ausgelassen und fröhlich, und die Aufregung hing in der Luft. Ich war schon etwas spät dran, aber dafür gab es auch einen Grund. Mit einem Ruck stieß ich die Tür der Bar auf und rannte ganz aufgeregt auf meine Freundinnen zu. Mein Herz klopfte vor Vorfreude, und ich konnte mein Glück kaum fassen.

"Mädels, ihr werdet es nicht glauben, was mir vorhin passiert ist!" verkündete ich mit einem breiten Lächeln auf den Lippen und völlig außer Atem. Lyanna und Emily sahen mich neugierig an. "Was ist denn passiert?", fragte Lyanna.

Ich konnte meine Freude kaum bändigen. "Mein Bruder ist Journalist, wie ihr wisst, und er hat zwei Karten für den legendären Maskenball am Wochenende bekommen. Es wird die Party des Jahres! Aber er kann leider nicht hingehen, also hat er mir die Tickets gegeben."

Die Augen von Lyanna und Emily leuchteten vor Begeisterung. "Das klingt fantastisch!", rief Emily. "Du meinst den berühmten Maskenball, von dem alle sprechen?", fragte Lyanna.

Ich nickte aufgeregt. "Genau den! Es ist eine exklusive Veranstaltung, und normalerweise sind solche Tickets nicht einfach zu bekommen. Ich habe zwei davon."

Die Mädels waren begeistert, und die Vorfreude war förmlich greifbar. Doch dann stellte Lyanna die entscheidende Frage. "Was ist der Haken, Jason?" Ihre vorsichtigen Worte brachten mich zum Schmunzeln.

Jason lachte und erklärte: "Kein Haken, nur ein kleines Problem. Ich habe zwei Tickets, aber es gibt drei von uns. Mein Bruder hatte nur zwei."

Der Gedanke, dass einer von uns nicht am Maskenball teilnehmen konnte, war enttäuschend. Aber die Vorstellung, gemeinsam an diesem exklusiven Event teilzunehmen, war einfach zu verlockend. Es musste doch einen Weg geben, das Problem zu lösen und sicherzustellen, dass wir alle dabei sein konnten.

Erzähler

Erol saß an der Bar, er versuchte so unauffällig wie möglich inmitten des fröhlichen Treibens den Barbesucher zu mimen. Er lauschte den Gesprächen in der Umgebung und verfolgte aufmerksam, was Lyanna, Emily und Jason besprachen, ohne dass die drei bemerkten, dass er ihre Worte mithörte. Sein scharfer Blick verriet, dass er sich ihrer Pläne bewusstwurde.

Während er sein Getränk in der Hand hielt und seinen finsteren Blick auf den Spiegel hinter der Bar richtete, konnte er ein Lächeln der Entschlossenheit auf seinem eigenen Gesicht erkennen. Erol hatte bereits Pläne geschmiedet, wie er Lyanna dazu bringen könnte, zum Maskenball zu erscheinen.

„Wer veranstaltet diesen Maskenball eigentlich, dass der so legendär ist?", fragte Lyanna. „Das sind die Caelus Brüder. Jedes Jahr zu ihrem Geburtstag feiern sie ein großes Fest unter einem anderen Motto", antwortete Jason. „Und wer sind diese Brüder? Sorry, meine vielen Fragen, aber ich habe bislang noch nichts von ihnen gehört...Na ja...der Fremde hatte den Namen auch erwähnt", fragte Lyanna.

„Die sind aus der High-Society. Viel Macht, viel Geld und Einfluss. Es gibt so einige Geschichten die sich um die Brüder drehen, halte dich lieber etwas fern von ihnen", antwortete Emily.

Lyannas Gedanken konnte man fast hören.

Sie machte einen nachdenklichen Gesichtsausdruck, neugierig machte. „Woran denkst du, Lyanna?", fragte sie Jason.

„Ich dachte ein wenig über Emilys Worte nach. Was waren das für Männer, die jedes Jahr solch ein berauschendes Fest feiern, an dem jeder teil-nehmen will, obwohl sie anscheinend etwas Geheimnisvolles an sich haben?", antworte Lyanna fragend.

„Das ist eine gute Frage", gaben ihre Freunde zeitgleich wieder, „Wahrscheinlich ist es der Status. Um halt auch in diese Kreise aufzusteigen."

Kurze Zeit später befanden sie sich inmitten einer Diskussion wieder, wie sie an ein zusätzliches Ticket für den bevorstehenden Maskenball kommen könnten. Ihnen war bewusst, dass nur zwei goldene Einladungskarten zur Verfügung standen, aber der Gedanke, gemeinsam an diesem rauschenden Event teilzunehmen, war zu verlockend.

"Vielleicht können wir auf irgendeine Weise an ein weiteres Ticket gelangen. Wir haben noch einige Tage Zeit bis zum Ball, und wer weiß, vielleicht gibt es eine Möglichkeit, eines zu ergattern", schlug Jason vor.

Emily nickte zustimmend und fügte hinzu: "Ja, vielleicht erfahren wir von jemandem, der nicht hingehen kann, oder wir stoßen auf ein Gewinnspiel oder eine besondere Aktion, bei der wir ein drittes Ticket gewinnen können." Lyanna, die von der Idee begeistert war, meinte: "Das klingt großartig. Wir sollten unsere Augen und Ohren offenhalten. Es wäre wirklich schade, wenn wir nicht zusammen am Maskenball teilnehmen können."

Aurel

Ich lief zufällig im Foyer des Anwesens Erol über den Weg, der gerade von draußen hereinkam. Mit einem entschlossenen Blick trat ich auf ihn zu und fragte: "Erol, hast du neue Informationen über Lyanna?"

Erol nickte und erwiderte: "Ja, ich habe weitere Informationen über sie gesammelt. Lyanna und ihre beiden Freunde haben goldene Tickets für den bevorstehenden Maskenball erhalten. Offenbar ist sie aufgeregt und würde gerne daran teilnehmen, nur leider sind sie zu dritt und haben nur zwei Tickets."

Ich runzelte die Stirn und fragte nach: "Hast du herausgefunden, ob sie uns auf irgendeine Weise nützlich sein könnte oder Ähnliches?" Erol zögerte einen Moment und antwortete dann: "Bisher habe ich keine Beweise gefunden, dass sie uns gefährlich werden könnte. Sie scheint ein normales Leben zu führen und hat enge Freunde, darunter Emily und Jason. Aber ich werde weiterhin ihre Aktivitäten im Auge behalten, um sicherzugehen."

Ich nickte und sagte: "Gut, halte mich auf dem Laufenden, Erol."

Nachdenklich ging ich weiter, drehte noch einmal um und verschwand in meinem Büro. Vielleicht sollte ich ihr einfach anonym ein Ticket zukommen lassen, dann könnten wir mehr über sie herausbekommen und hätten sie besser im Auge.

Emily

Ich stand konzentriert an der Espressomaschine im Café au Soleil und konnte das leise Klirren eines umgedrehten Glases auf der Theke hören. Verwundert sah ich mich um, doch in unmittelbarer Nähe war niemand zu sehen. Das Café war erfüllt von den Geräuschen der Kaffeemaschinen, dem fröhlichen Geplapper der Gäste und der allgemeinen Betriebsamkeit. Es schien, als hätte niemand die Theke berührt.

Dennoch zog mich die neugierige Verwunderung näher zur Theke, und meine Augen blieben an einem kleinen, edlen Umschlag haften, der dort auffällig platziert war. Ohne zu zögern ergriff ich den Umschlag und öffnete ihn. Als mein Blick auf den Inhalt fiel, begann mein Herz schneller zu schlagen.

In dem Umschlag befand sich ein glänzendes, goldenes Ticket, das ich sofort als Eintrittskarte für den bevorstehenden Maskenball erkannte. Neben dem Ticket fand ich eine handschriftliche Nachricht, die eindeutig für jemanden bestimmt war.

Die Nachricht lautete:

"Für Lyanna, eine Einladung zu einer unvergesslichen Nacht. Trage das Ticket und die Maske und lass dich von der Magie des Maskenballs verzaubern. - Ein geheimer Freund."

Ich konnte es kaum fassen. Das Ticket in meinen Händen war eine wundervolle Überraschung, und ich konnte mir bereits lebhaft vorstellen, wie begeistert Lyanna sein würde, wenn sie von dieser Einladung erfuhr. Das bedeutete, dass wir nun gemeinsam den Maskenball besuchen konnten. Doch fragte ich mich, wer dieser geheime Wohltäter war, der ihr diese großzügige Geste gemacht hatte.

Entschlossen, das glänzende, goldene Ticket und die geheime Nachricht sicher aufzubewahren, überwältigte mich die Freude fast. Ich konnte es kaum erwarten, die Neuigkeiten mit Lyanna zu teilen und gemeinsam dieses aufregende Ereignis zu planen. Während ich weiterhin an der Espressomaschine arbeitete, huschte ein unaufhörliches Lächeln über mein Gesicht.

Es war eine Herausforderung, meine aufgeregte Vorfreude zu verbergen, während ich die letzten Bestellungen zubereitete und die Getränke an die Gäste im Café verteilte. Mein Herz pochte vor Aufregung darauf, wie Lyanna auf die Überraschung reagieren würde?

Während meiner Schicht überlegte ich mir, wie ich meiner Freundin die aufregende Neuigkeit am besten mitteilen könnte.

Als schließlich der letzte Gast das Café zufrieden verlassen hatte und mein Dienst zu Ende war, beeilte ich mich, meine Arbeitskleidung abzulegen und mich umzuziehen. Den Umschlag sicher in meiner Handtasche verstaut, verließ ich das Café und machte mich auf den Weg zu Lyannas Wohnung. Als ich an Lyannas Tür klopfte, konnte ich es kaum erwarten, ihre Reaktion zu sehen.

Lyanna öffnete die Tür, und mein strahlendes Gesicht verriet sofort, dass etwas Außergewöhnliches passiert sein musste. "Was ist los?", fragte sie neugierig.

Mit einem breiten Lächeln zog ich den Umschlag aus meiner Handtasche und reichte ihn Lyanna. "Schau, was ich gefunden habe! Jemand hat dir eine Einladung für den Maskenball geschickt. Es ist ein goldenes Ticket!" Meine Aufregung konnte ich nicht mehr zurückhalten.

Ich sah gespannt auf Lyanna, als sie den Umschlag öffnete und die Nachricht las. Ihre Augen weiteten sich vor Überraschung, und ich konnte sehen, wie ihre Gedanken zu rattern begannen. "Wer zur Hölle hat mir das geschickt?", fragte sie, während sie die Nachricht aufmerksam las.

Mit einem Schulterzucken antwortete ich: "Ich habe keine Ahnung. Die Nachricht sagt nur 'Ein geheimer Freund'. Aber das bedeutet, dass wir alle zum Maskenball gehen können! Das wird unglaublich!"

Die Freude und Aufregung in Lyannas Augen waren unübersehbar. Ein Maskenball war zweifellos ein aufregendes Abenteuer, und ich konnte ihre Begeisterung förmlich spüren. "Ich kann es kaum fassen. Das ist so nett von diesem geheimen Freund. Wir müssen uns Masken und Kleider für den Ball besorgen."

Wir fingen sofort an, Pläne zu schmieden. Über Masken und Outfits zu sprechen, brachte uns beide in Hochstimmung. Wir tauschten Ideen aus, recherchierten Stile und Trends und freuten uns auf das bevorstehende Fest. Ich hatte keine Ahnung, wer dieser geheime Freund war, aber das werde ich noch herausfinden.

Lyanna

In meiner Wohnung herrschte an diesem sonnigen Tag eine fröhliche und aufgeregte Atmosphäre. Zusammen mit Emily und Jason saß ich im Wohnzimmer, umgeben von einer Vielzahl von Outfits und Masken, die auf dem Sofa und den Sesseln verstreut waren. Wir waren in einer wichtigen Diskussion darüber, wie wir uns für den anstehenden Maskenball kleiden sollten.

Ich seufzte leicht, während ich einen funkelnden Maskenhalter in der Hand hielt und auf die vielen Masken auf dem Tisch starrte. "Ich kann mich einfach nicht entscheiden. Ich möchte etwas Elegantes, aber auch Einzigartiges tragen."

Emily, die mit einem Stoffmuster für ihr Abendkleid spielte, lächelte und nickte verständnisvoll. "Verstehe ich. Immerhin handelt es sich um den Geburtstagsball der Caelus-Brüder. Es sollte etwas Besonderes sein."

Jason, der bereits damit beschäftigt war, sein Outfit zusammenzustellen, schloss kurz die Augen, bevor er sprach. "Und wir dürfen nicht vergessen, dass es ein Maskenball ist. Die Masken sind genauso wichtig wie die Kleidung. Sie verleihen einem das gewisse Etwas."

Ich betrachtete die Auswahl der Masken erneut und griff schließlich nach einer sorgfältig verzierten Maske in Smaragdgrün. "Ich denke, ich habe meine Wahl getroffen. Diese Maske hat etwas Mysteriöses an sich, und sie passt perfekt zu meinem Kleid."

Jason zwinkerte Emily zu und fragte schließlich: "Und welches Kleid hast du gewählt?"

Mit einem zufriedenen Lächeln drehte sie sich vor dem Spiegel und präsentierte stolz ihr ausgewähltes Kleid. "Dieses hier. Ich denke, es passt perfekt zu diesem Anlass."

"Du siehst wunderschön aus, Emily. Und deine Maske wird das Outfit perfekt machen."

Das plötzliche Klingeln an meiner Wohnungstür hatte uns aus den Vorbereitungen auf den Maskenball gerissen. „Erwartest du noch Besuch, Lyanna", fragte Emily. „Eigentlich nicht", antwortete ich ihr kopfschüttelnd. Wir tauschten verwunderte Blicke untereinander aus.

Jason erhob und näherte sich der Tür. Als er sie öffnete, sah er jedoch niemanden im Flur. Stattdessen lag vor der Tür eine große, elegante Schachtel mit einer prächtigen goldenen Schleife.

"Schaut mal, was hier abgestellt wurde", rief Jason und hob die Schachtel auf, um sie ins Wohnzimmer zu bringen.

Ich musterte die Schachtel neugierig. "Das ist wirklich komisch. Wer könnte das geschickt haben?"

Gemeinsam untersuchten wir die Schachtel, und Jason entfernte behutsam die Schleife. Als der Deckel geöffnet wurde, kam eine edle Karte zum Vorschein, in goldenen Buchstaben verziert, mit den Worten: "Für Lyanna, für einen unvergesslichen Abend." Unter der Karte befand sich ein smaragdgrünes, langes Abendkleid.

"Ohh! Das ist das schönste Kleid, das ich je gesehen habe", rief Emily aus. "Aber wer hat es geschickt?"

Jason fügte mit einem Augenzwinkern hinzu: "Es scheint, als hätte jemand wirklich guten Geschmack und es passt zu deiner Maske.... "Jason zog seine Augenbrauen fragend in die Höhe.

Ich konnte meine Aufregung kaum zügeln, als ich das wunderschöne Abendkleid behutsam aus der Schachtel hob. Es schien, als wäre es maßgeschneidert, um perfekt zu mir zu passen. Der Stoff fühlte sich luxuriös an, und die Verarbeitung war von höchster Qualität. Der Moment war überwältigend, und ich konnte es kaum erwarten, diesen unvergesslichen Abend in Angriff zu nehmen.

Die Überraschung über das atemberaubende Kleid und die rätselhafte Herkunft ließen uns nicht los. Ohne einen Absender auf der Schachtel blieb die Frage unbeantwortet. Wer hat mir dieses Geschenk gemacht?

"Das ist wirklich seltsam", murmelte Jason, während er das Kleid bewunderte. "Wirst du das Kleid anziehen?"

Ich zog das Kleid vorsichtig an und fühlte mich sehr berührt von der Eleganz und Schönheit des Stücks. Der Stoff schmiegte sich perfekt an meine Figur, und die Farbe brachte meine Augen zum Leuchten. Als ich mich im Spiegel betrachtete, kam ich mir vor wie eine Prinzessin aus einem Märchen.

Ich setzte die Maske auf und fühlte mich, als hätte ich Eintritt in eine andere Welt gefunden. Emily bewunderte mich. "Du siehst umwerfend aus, ich bin so neidisch. Warum bekomme ich nicht solche Geschenke von einem anonymen Verehrer?"

Jason fügte hinzu: "Wir haben definitiv die schönste Begleitung für den Maskenball. Die anderen Gäste werden vor Neid erblassen."

Somit waren die Outfits entschieden.

"Wie werden wir eigentlich zum Maskenball gelangen?", fragte Jason und sah zwischen uns hin und her. "Wollen wir uns vorher treffen und gemeinsam dorthin fahren?"

Ich nickte zustimmend. "Gute Idee. Ich denke, es wäre am besten, wenn wir uns frühzeitig treffen und dann losfahren. Es wird sicher viel Verkehr auf dem Weg zur Location geben."

"Es wird sicherlich eine aufregende Nacht", bemerkte Emily und lächelte. "Ich kann es kaum erwarten, all die geheimnisvollen Masken zu sehen und zu tanzen."

Jason stand auf, stellte sich vor den Spiegel und hielt seine Maske ans Gesicht. "Nun, meine Damen, ich bin sicher, dass wir die Aufmerksamkeit auf uns ziehen werden. Wir sind schließlich die bezauberndsten Gäste."

Wir lachten fröhlich und setzten unsere Vorbereitungen für den Maskenball fort. Mit einem Hauch von Aufregung in der Luft, verbrachten wir den Nachmittag in gemeinsamer Vorfreude auf das glamouröse Event.

Erzähler

Die lange Einfahrt des Anwesens führt zu einem beeindruckenden Eingangstor, das von prunkvollen Laternen erleuchtet wurde. Als Jason, Emily und Lyanna aus dem Auto stiegen, warfen sie einen Blick auf die schimmernden Lichter, die das Anwesen in ein märchenhaftes Ambiente tauchten.

Der Empfang der Gäste auf dem Maskenball war prächtig und elegant. Die Gäste wurden von den gut geschulten Bediensteten und Sicherheitskräften des Anwesens begrüßt, die in makellosen Anzügen und mit diskreten Masken gekleidet waren.

Die Freunde waren atemlos, als sie die majestätische Treppe mit dem roten Teppich hinaufgingen, die zum Eingang des Anwesens führte. Der Teppich zeigte ihnen den Weg in den großen Saal. Dort waren bereits viele der geladenen Gäste eingetroffen. Herren und Damen in festlicher Abendgarderobe und Masken schritten elegant durch den Raum, während die ausgelassene Stimmung langsam in die Höhe stieg.

Ein Violinduo sorgte für sanfte und melancholische Musik, die die mysteriöse

Atmosphäre des Festes unterstrich. Die beiden Violinisten waren selbst in elegante Kostüme und Masken gehüllt und sorgten für eine beeindruckende Atmosphäre.

Der Gastgeber des Balls, Apollo, begrüßte persönlich die Gäste, während er selbst eine edle Maske trug. Er war in einem dunklen Anzug gekleidet und strahlte Autorität und Selbstbewusstsein aus. Er reichte den Gästen die Hand und hieß sie herzlich willkommen, während er ihre Kostüme bewunderte und die Spannung aufrechterhielt.

Für die Gäste wurden leckere Canapés und Getränke serviert. Die maskierten Gestalten vermischten sich und plauderten miteinander, es wurde getanzt und gelacht.

Die Freunde waren beeindruckt von der Pracht und Eleganz. Sie konnten es kaum erwarten, sich in das Getümmel zu stürzen und die geheimnisvollen Masken der anderen Gäste zu enthüllen. Die Nacht versprach voller Überraschungen und Abenteuer zu werden, und sie waren bereit, jeden Moment zu genießen.

Aurel, der in der Nähe des Eingangs zum Ballsaal stand, ließ seine Augen über die Menge der maskierten Gäste schweifen. Er bemerkte die eintreffenden Freunde und als er die drei erkannte, lächelte er listig hinter seiner eigenen Maske. Er näherte sich der Gruppe unauffällig, ohne von den Freunden bemerkt zu werden. Die festliche Stimmung des Balls schien die drei abzulenken, und sie bemerkten nicht, wie Aurel sich langsam näherte. Schließlich stand Aurel hinter ihnen und räusperte sich leise, um ihre Aufmerksamkeit zu erregen. Lyanna, Emily und Jason drehten sich überrascht um und sahen den elegant gekleideten Mann vor sich.

"Willkommen auf dem Maskenball", sagte Aurel in einem sanften Tonfall. "Ich freue mich sehr, euch hier zu sehen. Bitte folgt mir zu eurem Tisch. "

Die Freunde, fasziniert von der Geheimniskrämerei, folgten Aurel in den hiesigen Ballsaal. Aurel führte sie zu einem der festlich gedeckten Tische, der mit goldenem Geschirr und funkelnden Kristallgläsern gedeckt war.

„Hier ist euer Tisch. Bitte setzt euch, es wird gleich eine kleine Unterhaltung geben."

Ganz der Gentleman zog Aurel für die Damen den Stuhl zurück, damit Lyanna und Emily Platz nehmen konnten. „Ich wünsche euch eine unvergessliche Nacht", gab Aurel mit einem verschmitzten Lächeln und einer kleinen Verbeugung in die Runde, während er sich anschließend umdrehte und im Saal verschwand.

„Schaut euch mal das Geschirr an", raunte Emily, "das ist so unglaublich." „Was das alles kostet", fügte Jason hinzu, der sein Mund vor lauter Staunen nicht mehr zubekam. „Leute, lasst uns mal herumgehen, ...mal sehen, was es noch alles zu entdecken gibt", erwiderte Lyanna.

Sie gingen gemeinsam durch die Räume und bestaunten die aufwendigen Dekorationen, während die Musik eines eleganten Streichquartetts ihre Schritte mit einem zauberhaften Klang begleitete.

Die Drei tauschten sich über die Kostüme der Gäste aus und lachten über die witzigen Masken. Doch während sie durch die Säle schlenderten, bemerkten sie, dass nicht nur Freude und ausgelassene Stimmung in der Luft lagen. Es gab geheime Blicke, flüsternde Gespräche und verschlüsselte Gesten zwischen den maskierten Gästen.

Es schien, als ob der Maskenball mehr Geheimnisse barg, als auf den ersten Blick erkennbar war. Die Freunde beschlossen sich weiter umzusehen und herauszufinden, wer sich hinter den Masken und Kostümen verbarg.

Sie kamen an einem Tisch vorbei, an dem einige hochrangige Politiker in ihren festlichen Gardroben saßen und miteinander diskutierten. In der Ecke des Saals entdeckten sie eine Gruppe von Gästen, die erotische Masken trugen und in frivolen Gesprächen vertieft waren.

Während sie weitergingen, bemerkte Jason eine Dame, die eine besonders auffällige goldene Maske trug. Sie schien von den anderen Gästen respektvoll behandelt zu werden, und Jason konnte sich des Eindrucks nicht erwehren, dass sie eine wichtige Person auf diesem Maskenball war.

Lyanna, Emily und Jason teilten ihre Beobachtungen und Theorien über die Gäste und die merkwürdige Atmosphäre des Maskenballs.

Wieder an ihrem Tisch angekommen, beschlossen die Drei sich vorerst mit Getränken zu stärken, während sie weiterhin das Geschehen im Saal beobachteten.

Während sie sich angeregt unterhielten, fiel Lyanna auf, dass ihre Freunde ein wenig nervös wirkten. Jason trank sein Martini in einem Zug aus und schien aufgeregt mit seinem Strohhalm zu spielen. Emily hatte ein leicht verträumtes Lächeln auf den Lippen, als sie an ihrem Champagner nippte. Lyanna selbst konnte die Spannung in der Luft spüren und fragte sich, was wohl noch alles passieren würde.

Plötzlich ertönte ein Fanfarenstoß, der die Aufmerksamkeit aller Anwesenden auf die Bühne lenkte. Apollo und Aiden standen dort und hießen

ihre Gäste abermals willkommen. Apollo hatte
seine schwarze Maske auf, die sein aristokratisches
Aussehen noch betonte, während Aiden eine
mysteriöse silberne Maske trug. Die beiden hielten
kurze Reden und versicherten den Anwesenden,
dass dieser Maskenball ein unvergessliches
Ereignis werden würde.

Während der Ansprache bemerkten die Freunde,
dass die geheimnisvolle Dame mit der goldenen
Maske, die sie zuvor beobachtet hatten, auf der
Bühne stand. Sie führte einen kurzen Tanz auf und
wirkte dabei so anmutig und elegant wie eine
Königin. Die Gäste applaudierten ihr begeistert.
Der Ball nahm an Fahrt auf, und die Gäste
begannen zu tanzen, sich zu unterhalten und die
exquisite Atmosphäre zu genießen. Die Freunde beschlossen, sich der Tanzfläche anzuschließen und
das Beste aus dieser unvergesslichen Nacht zu
machen.

Lyanna

Während ich mit meinen Freunden durch den Ballsaal wirbelte, spürte ich eine irritierende Faszination. Die Eleganz der Roben und die Masken verliehen der Nacht eine besondere Magie. Doch mitten im Tanz fiel mir plötzlich eine Gestalt auf.

Mein Herz begann wild zu klopfen, als ich glaubte, Aiden, den Mann, der mich seit unserer ersten Begegnung fesselte, in der Menge zu erblicken. Die Aura des Geheimnisvollen und die starke Anziehung, die diesen Mann umgab, hatten mich von Anfang an in seinen Bann gezogen.

Vorsichtig und dennoch neugierig näherte ich mich im Tanz dem Mann mit der silbernen Maske, die sein Gesicht verbarg. Als ich näherkam, spürte ich, wie seine Augen mich ansahen. Diese Augen hatten bereits bei unserer ersten Begegnung eine magische Wirkung auf mich gehabt.Ich hoffe, dass es Aiden war, der wohl ebenfalls eine Einladung erhalten haben musste und sich unter die Gäste gemischt hatte. Sein Blick zog mich unweigerlich an. Die Erkenntnis, ihn hier auf dem Ball wiederzusehen, erfreute mich und weckte meine Neugier.

Obwohl ich mir nicht sicher war, ob es sich um einen Aiden handelte, konnte ich nicht anders, als in seinen Augen zu versinken. Die Anziehung zwischen diesem Mann und mir war trotz der Masken spürbar und intensiv.

Aiden

Meine wahre Identität musste ich hinter der Maske verbergen, konnte aber der Anziehung, die von Lyanna ausging, nicht widerstehen. Ihre faszinierende Ausstrahlung und Energie zogen mich in ihren Bann. Ich hielt mich zurück und beobachtete sie aus der Ferne, vorsichtig darauf bedacht meine Identität zu wahren.

Während die Zeit verstrich und die geheimnisvolle Nacht des Maskenballs weiter fortschritt, konnte ich nicht umhin, meinen Blick auf Lyanna gerichtet zu lassen. Sie tanzte, lachte und genoss die festliche Atmosphäre inmitten ihrer Freunde. Sie bewegten sich von Raum zu Raum und erkundeten die verschiedenen Aktivitäten des Balls.

Lyanna hatte keine Ahnung, wer sich hinter der Maske verbarg, und dennoch fühlte ich mich von ihrer Anwesenheit magisch angezogen. Es war ein fesselnder und bezaubernder Abend, den ich so schnell nicht vergessen würde.

Als die Uhr auf Mitternacht schlug, erreichte der Maskenball seinen Höhepunkt. Die Gäste versammelten sich im prächtigen Ballsaal, und wir beobachteten gespannt, wie mein Bruder Aurel die Zeremonie einleitete, bei der die goldene Maske dieses Mal an eine der Damen vergeben werden sollte. Ich wusste, dass diese Tradition eine besondere Bedeutung hatte und die goldene Maske eine große Ehre darstellte.

Inmitten der erwartungsvollen Menge standen Emily und Jason. Wo war Lyanna? Die Spannung war förmlich greifbar, als Aurel die goldene Maske in der Hand hielt, bereit sie einer der anwesenden Damen zu überreichen. Ein teuflisches Lächeln lag auf seinem Gesicht, und ich spürte, dass dieser Augenblick von besonderer Bedeutung war. Schließlich überreichte Aurel die goldene Maske einer Frau, die eine smaragdgrüne Maske trug. Das Aufsetzen der goldenen Maske wurde von einem erstaunten Raunen im Saal begleitet. Mein Herz setzte einen Moment aus, als ich erkannte, dass die Auserwählte Lyanna war. Die Entwicklungen dieses Abends nahmen eine unerwartete Wendung.

Während sie mit bewundernden Blicken betrachtet wurde, war ich erschrocken von der Anmut und Eleganz, die sie trotz der goldenen Maske ausstrahlte. Ich konnte meine Augen nicht von ihr abwenden und fühlte mich von ihrer Magie angezogen. Ich ging zu meinen Brüdern, die das Geschehen bereits aus der Ferne verfolgten, ungeduldig auf die weitere Entwicklung. Während Lyanna mit der Maske durch den Ballsaal tanzte, begann sich ihre Aura zu verändern.

Die Maske schien die ihr verliehene Macht auszubreiten. Doch Lyanna konnte nicht ahnen, welch düstere Geheimnisse und Gefahren diese Maske mit sich bringen würde.

Die Legende besagte, dass die goldene Maske ein mächtiges Artefakt sei, das einst von einer uralten und mysteriösen Gesellschaft geschaffen wurde. Sie wurde im Laufe der Jahrhunderte von Generation zu Generation weitergegeben und sollte ihrem Träger Verderben und Unheil bringen. Beim Anlegen der Maske wird sie von einem Besitz ergreifen. Es fühlt sich an, als ob dein Geist keine eigenen Entscheidungen mehr treffen kann. Man verliert jegliche Selbstkontrolle über sein eigenes Ich. Eine Manipulation. Es gibt in jeder Generation den Auserkorenen, der in die Macht der Maske eingeweiht und gewählt ist, diese zu lenken. Gewiss auch zu seinen Gunsten. Wie er vermag.

Ausschließlich ein Träger, dessen Wesen rein und gütig ist, könnte der Macht der Maske trotzen und die besonderen Kräfte und Erkenntnisse für sich beanspruchen. Sollte dieses nicht der Fall sein und der Träger seinem Ego verfallen und niedriges Gedankengut besitzen, so hätten diese Kräfte auch ihren Preis, hier brächte sie das Unglück mit sich.

Ich wusste um ihre dunkle Geschichte und die gefährlichen Konsequenzen, die sie mit sich bringt. Hin- und hergerissen, ob ich es zulassen sollte, dass Lyanna die Maske länger trug, ohne die

Wahrheit darüber zu erfahren, brachte mein Gewissen ins Wanken. Noch nie hatte ich ein Problem mit meiner Moral. Was war mit mir geschehen?

Apollo

In der Zwischenzeit hatte ich meine eigenen Pläne zu verfolgen. Mit einem mysteriösen Lächeln näherte ich mich Lyanna und lud sie ein, mit mir zu tanzen. Ich setzte auf meinen Einfluss und auf die Wirkung der Maske.

Während des Tanzes spürte ich, dass Lyanna gegen die Macht der Maske ankämpfte. Sie sagte nichts, aber ihr Körper verriet sie. Die Spannung zwischen uns war greifbar, und die Nacht nahm eine unheilvolle Wendung.

Emily und Jason tanzten und genossen die Festlichkeiten, ohne zu ahnen, dass sie in ein Netz aus Intrigen und Gefahren verstrickt waren. Die goldene Maske trug ein gefährliches Geheimnis in sich, das ihr Schicksal wohl ebenfalls beeinflussen und verändern könnte.

Aus den Augenwinkeln sah ich Aiden, wie er sich wendig über die Tanzfläche auf uns zu bewegte, er schien das Unheil in der Luft zu spüren. Sein Blick und die starre Haltung verrieten mir, dass er nicht ganz mit meinem Plan einverstanden war. Mit einem geschickten Manöver gelang es ihm, unauffällig in unsere Nähe zu gelangen, während Lyanna noch mit mir tanzte.

"Lyanna", flüsterte er leise, als er sich ihr näherte. "Wir müssen sprechen, es geht um deine Sicherheit." Lyanna schrak auf und sah Aiden an, doch er trug eine Maske und konnte sein Gesicht nicht zeigen. Dennoch schien sie seine Stimme nicht wieder zu erkennen. "Wer bist du?", fragte sie verwirrt. "Ich bin jemand, der dir helfen will. Bitte nimm die Maske ab. Ich fürchte, du ahnst nicht, was sie bedeutet", erklärte Aiden und bedeutete ihr, ihm in einen abgelegenen Bereich des Ballsaals zu folgen. Lyanna ließ von mir ab und entschuldigte sich. Sie wirkte neugierig und misstrauisch zugleich, folgte dennoch Aiden in eine abgedunkelte Ecke des Raumes. "Was meinst du? Was hat es mit der Maske auf sich?", fragte sie Aiden. Aiden senkte seine Stimme: "Du musst die Maske ablegen, Lyanna. Sie ist gefährlich und könnte dir Unheil bringen", warnte Aiden eindringlich.

In der Zwischenzeit beobachtete ich die Szene aus der Ferne und erkannte, dass Aiden mit Lyanna sprach. Etwas war im Gange, und meine Pläne drohten durchkreuzt zu werden. Das wollte ich mir nicht nehmen lassen, entschlossen ging ich näher, um die Kontrolle über die Situation zurückzugewinnen.

Mit geschmeidigen Schritten näherte ich mich unerwartet Aiden und Lyanna, die tief in ein Gespräch vertieft waren. Sanft zog ich sie zu mir und lächelte charmant. "Komm, Lyanna, lass uns weiter tanzen. Die Nacht ist noch jung, und wir haben so viel Zeit für Gespräche."

Lyanna, verwirrt und von meiner magnetischen Anziehungskraft eingenommen, ließ sich von mir mitreißen. Aiden blieb allein in der abgedunkelten Ecke des Ballsaals zurück, während die goldenen Masken der Gäste das Geschehen um uns herum verbargen.

Während Lyanna und ich tanzten, spürte sie die Schwere der goldenen Maske auf ihrem Gesicht. Die Worte von Aiden hatten ihr Angst eingejagt, aber sie konnte meiner Faszination nicht widerstehen. So tauchte sie weiter in die geheimnisvolle Nacht ein.

Aiden beobachtete uns, während wir über das Parkett wirbelten, und erkannte, dass seine Warnung ungehört verhallt war. Geschickt hatte ich mich zwischen ihm und Lyanna geschoben und war ganz entschlossen, meine Pläne fortzusetzen. Mit jeder Drehung auf der Tanzfläche und jedem weiteren Schritt in dieser rätselhaften Nacht, näherten sie sich einer unvermeidlichen Konfrontation, die das Gleichgewicht der Macht und vielleicht sogar unsere eigenen Beziehungen auf die Probe stellen würde.

Ich spürte, wie ihr Herz schneller schlug, während wir gemeinsam über das Parkett tanzten. Die schwarze Maske auf meinem Gesicht und die düstere Aura, fesselten ihre Aufmerksamkeit. Ihre Anwesenheit erfüllte mich mit einer unerklärlichen Freude, denn sie schien die Einzige zu sein, die die wahre Bedeutung des Maskenballs verstand.

Die Musik, die den Saal erfüllte war hypnotisierend. Lyanna ließ mit mit Leichtigkeit führen. Unsere Schritte waren harmonisch, als würden wir schweben. Die Welt um uns herum verschwamm, und es fühlte sich an, als wären wir die einzigen Menschen in diesem Raum.

Während unseres Tanzes sprach ich kein Wort. Meine Augen, verborgen hinter der Maske, ruhten auf ihr, und die Stille zwischen uns wurde von einer faszinierenden Spannung erfüllt. Ich konnte es nicht verhindern, mich von ihrer Anwesenheit fesseln zu lassen. Ihre Augen strahlten eine Wärme und Ruhe aus. Das Gefühl, sie in meinen Armen zu haben, erinnerte mich an die Liebe. Die Liebe, die ich mal erleben durfte, welche aber in meiner heutigen Position zu gefährlich ist.

Ein Gedanken beschlich mich, dass die Wirkung der goldenen Maske bei ihr eventuell zu schwach sein könnte. Sie ist eine starke und faszinierende Frau.

Lyanna

Ich schien mich in einer anderen Welt zu befinden. Meine Gedanken wirbelten wild durcheinander, und ich konnte nicht anders, als mich zu fragen, wer dieser Mann hinter der schwarzen Maske war.

Der Tanz mit ihm schien endlos zu sein, und ich konnte mich nicht von seinem festen Griff lösen. Die schwarze Maske auf seinem Gesicht hatte eine seltsame Anziehungskraft auf mich. Ich fühlte mich, als wäre ich ein Teil des Mysteriums, das diese Maske umgab. Dunkle Gedanken und Geheimnisse beherrschten meine Vorstellungskraft.

Während wir tanzten, spürte ich, wie die Spannung zwischen uns anwuchs. Sein Griff wurde fester, und seine Augen glühten unter der Maske. Es war, als ob ich in einen tiefen Abgrund stürzte, und doch konnte ich mich nicht losreißen.

In diesem Moment wurde mir klar, dass ich in eine gefährliche Welt eingetreten war, in der Intrigen, Geheimnisse und dunkle Verbindungen herrschten. Die goldene Maske barg ein düsteres Geheimnis, das mich unwiderruflich in ihren Bann zog.

Je länger ich die Maske trug, desto düsterer und unheimlicher wurde es um mich herum.

Während ich weiter mit ihm tanzte, wurden die Fäden des Schicksals unsichtbarer und enger miteinander verflochten. Meine Gedanken und Handlungen schienen nicht mehr meine eigenen zu sein.

Ich fühlte mich wie eine Puppe, die von unsichtbaren Händen gelenkt wurde. Der Tanz wurde immer leidenschaftlicher, und ich konnte nicht aufhören, mich von der geheimnisvollen Anziehungskraft der Maske gefangen nehmen zu lassen.

Was ich nicht wusste, war, dass die Caelus-Brüder ihre eigenen Pläne für mich hatten. Sie hatten mich auserwählt, ohne meines Wissens, und die goldene Maske war das Werkzeug, um mich in ihre Welt zu ziehen.

Ich spürte, wie sich die Fäden um mein Herz immer enger zogen. Die Musik und der Tanz mit dem Herrn und der schwarzen Maske hatten mich in einen Strudel aus Verlangen und Leidenschaft gezogen, den ich nicht mehr kontrollieren konnte.

Doch in einem kurzen Moment der Klarheit wurde mir bewusst, wie sehr ich mich verändert hatte. Ich musste unbedingt dieser Rausch widerstehen, der mich gefangen hielt.

Ich kämpfe mit aller Kraft meiner Gedanken gegen diese Kontrolle. Mit einem charmanten Lächeln versuchte ich mich aus seinen Armen zu lösen und gab vor, dass ich mich kurz frisch machen müsste.

Mein Herz raste, und ich fühlte mich wie benebelt, als ich den Saal verließ und den Weg zu den sanitären Räumlichkeiten suchte. Jeder Schritt war eine Qual, und meine Gedanken wirbelten wild durcheinander. Ich konnte nicht glauben, wie sehr die Maske mich in ihren Bann gezogen hatte.

In den Räumlichkeiten angekommen, starrte ich mein eigenes Spiegelbild an, und es erschreckte mich zutiefst. Meine Augen hatten einen merkwürdigen Glanz, und meine Lippen verzogen sich zu einem seltsamen Lächeln. Mit aller Kraft versuchte ich, die Maske von meinem Gesicht zu reißen. Es war ein schmerzhafter Akt, als ob die Maske sich gegen die Befreiung wehrte.

Endlich gelang es mir, die Maske abzunehmen, und in dem Moment, in dem ich mein eigenes Gesicht sah, spürte ich, wie die dunklen Fäden, die mich an die Männer gebunden hatten, zerrissen wurden.

Ich atmete schwer und starrte auf die goldene Maske in meinen Händen. Meine Gedanken klärten sich, und ich verstand, dass ich nur knapp der

Gefahr entkommen war, mich unwiderruflich ihnen zu ergeben.

Jetzt wusste ich, dass ich mich gegen die dunklen Mächte wehren musste, die mich in dieser Nacht bedrohten.

Mit zittrigen Händen legte ich die Maske beiseite und verließ die Toilette, immer noch leicht benommen von dem, was ich erlebt hatte. Mein Herz pochte heftig, und ich konnte immer noch die Wirkung dieser Maske auf meiner Haut spüren. Ein Alptraum. Ich musste schnell Emily und Jason finden. Wir müssen hier weg.

Als ich den Ballsaal wieder betrat, fühlte ich die Veränderung. Die Stimmung war düsterer geworden, und die Gesichter der Gäste wirkten gespannt und verzerrt. Ich schaute mich suchend um, auf der Suche nach meinen Freunden. Doch stattdessen lief ich direkt in die Arme eines Mannes, der sich plötzlich vor mir befand.

Mein Herz setzte einen Schlag aus, als ich das vertraute Gesicht sah. Aiden. Seine Augen waren dunkler und durchdringend, und er schien von einer machtvollen Aura umgeben zu sein. Meine Knie wurden weich, aber ich zwang mich, standhaft zu bleiben.

"Aiden", flüsterte ich seinen Namen, und meine Stimme bebte leicht. "Was zur Hölle passiert hier?

Dieser Maskenball... es ist, als ob er uns alle in seinen Bann zieht."

Aiden blickte mich intensiv an und ergriff meine Hand. "Lyanna, du musst mir vertrauen. Die Maske ist gefährlich. Sie kontrolliert alles. Folge mir."

Ich konnte in Aidens Augen eine Mischung aus Entschlossenheit und Verzweiflung sehen. Ohne zu zögern, ließ ich mich von ihm leiten, und wir verschwanden gemeinsam durch die Gänge hinaus in den Garten.

Aiden hielt meine Hand fest in seiner und führte mich durch die verwinkelten Wege des Gartens. Die Nacht war mild, und der Himmel war von Sternen überzogen.

"Ich muss noch meine Freunde herausholen", flüsterte ich und blickte zu ihm auf. Meine goldenen Locken fielen über die Schultern, und mein Gesicht schmerzte noch ein wenig von der Maske.

Aiden lächelte geheimnisvoll und antwortete leise: "Du musst keine Angst um deine Freunde haben. Ihnen wird nichts passieren, Lyanna."

Wir gingen weiter, bis wir in einer ruhigen Ecke des Gartens ankamen. Aiden zeigte auf eine kleine, versteckte Bank, und wir setzten uns. Hier draußen war es ruhiger. Nur die Sterne am Himmel spendeten ein wenig Licht und die Geräusche des

Balls wurden von einem leichten Windhauch hinweggetragen.

Aiden nahm meine Hand in seine und blickte tief in meine smaragdgrünen Augen. "Lyanna", begann er sanft, "ich wollte dir nur sagen... Bei unserer ersten Begegnung habe ich bereits gespürt, dass du besonders bist. Du hast dich jeden Tag in meine Gedanken geschlichen. Ich möchte dich gerne näher kennenlernen. Ich habe gehofft, dich heute Abend hier wiederzusehen."

Mein Herz begann schneller zu schlagen. Aiden hatte eine unglaubliche Ausstrahlung. Sein Blick durchdrang meine Seele, und ich konnte nicht anders, als zu zugeben das meine Gedanken die Gleichen sind.

"Das ist aufmerksam von dir, Aiden", erwiderte ich leise. "Ich finde dich auch sehr faszinierend, aber dieser Ball macht mir Angst."

Aiden lächelte und näherte sich mir noch mehr. Seine Lippen waren nur einen Atemzug von den meinen entfernt. "Lyanna, ich möchte dich wirklich besser kennenlernen, deine Wünsche und Träume erfahren. Aber ich fürchte, dass die Zeit gegen uns arbeitet. Unsere Begegnung könnte gefährlich sein."

Ich spürte die Spannung in der Luft, während Aiden mich ansah. Er sprach geheimnisvoll, aber ich konnte nicht widerstehen. "Manchmal sind die besten Dinge im Leben ein wenig gefährlich, oder?"

Aiden ergriff sanft mein Kinn und näherte sich meinen Lippen. "Das ist wahr", flüsterte er, bevor er mich küsste. Die Welt, um uns herum, schien für einen Moment stillzustehen, und wir verloren sich in diesem leidenschaftlichen Kuss.

Jason

Am nächsten Tag traf ich meine Freundinnen Lyanna und Emily nach der Arbeit in der kleinen Bar in der Nähe von dem Café au Soleil, um uns über die aufregende Nacht beim Maskenball auszutauschen. Die Sonne schien draußen, und der Tag versprach genauso schön zu werden wie der vorherige Abend.

Lyanna hatte immer noch das Lächeln auf den Lippen, als sie Emily und mich begrüßte. "Hey, ihr beiden! Was für eine Nacht war das gestern?"

Emily nickte begeistert. "Unglaublich! Ich habe so viele faszinierende Leute getroffen und die Atmosphäre war einfach magisch."

Ich konnte meine Aufregung kaum verbergen. "Ja, und die Musik! Ich habe die ganze Nacht getanzt. Ich habe euch irgendwann aus den Augen verloren. Wo wart ihr?"

„Ich war auch auf der Tanzfläche. Lyanna, ich habe dich mit einem Mann nach draußen gehen gesehen. Wer war das?", fragte Emily neugierig.

„Mir ging es nicht so gut und war nur kurz auf der Toilette. Auf dem Rückweg bin ich in Aiden gelaufen. Wir sind kurz rausgegangen um uns besser zu unterhalten", antwortete Lyanna etwas schüchtern.

„So...so...mit Aiden?! Einen von den Caelus-Brüdern?", schrie Emily förmlich. „Moment, du meinst Aiden ist einer von Ihnen?" „Ja, bzw. heißt einer der Caelus Aiden. Wusstest Du das nicht", fragte ich sie.

„Ähh... nein. Ich habe Aiden in meiner ersten Woche hier in der Stadt kennen gelernt. Durch Zufall. Ich wusste nicht mehr er war. Es gibt auch nichts besonders zu erzählen. Er hat mir den Garten hinter dem Haus gezeigt. Ich mag die Natur."

„Darüber reden wir noch mal. Das war bestimmt sehr romantisch. Ich würde auch gerne mal wieder einen schönen Ausflug unternehmen", erwiderte Emily gedankenverloren.

Da bringt Emily mich auf eine Idee, vielleicht kriege ich das Auto von meinem Bruder, dann könnten ich einen Ausflug organisieren. Das würde ihr bestimmt gefallen. Ich schreibe ihn mal schnell an.

„Ladys ...ich konnte meinen Bruder überreden, mir seinen Wagen zu leihen. Wir könnten nach

Feierabend zusammen einen Ausflug machen, was haltet ihr davon?"

Lyanna und Emily lächelten bei der Vorstellung. "Das klingt nach einer großartigen Idee, Jason!", sagte Lyanna. "Wohin soll es gehen?"

Ich zwinkerte Emily zu und lehnte sich näher zu ihnen. "Lasst es mich so ausdrücken: Es wird ein Abenteuer. Ich habe schon so viel über einen besonderen Ort gehört, dass ich dort mit euch hinfahren möchte."

Lyanna

Dieser mystische Ort von dem Jason gehört hatte, war versteckt in einem Wald, der angeblich von alten Legenden umgeben war. Wir hatten unsere Rucksäcke mit Proviant gepackt und machten uns auf den Weg zu Jasons Auto.

Die Fahrt führte uns durch malerische Landschaften, vorbei an saftig grünen Wäldern und rauschenden Flüssen. Die Sonne schien hell und warm, und die Stimmung im Auto war voller Vorfreude. Emily hatte von diesem Ort in einem Buch gelesen und war neugierig, die mystische Atmosphäre selbst zu erleben. Jason, der immer auf der Suche nach Abenteuern war, war ebenfalls aufgeregt.

Schließlich erreichten wir den Parkplatz zum Zugang des Pfades im Wald. Die Bäume waren hoch und dicht gewachsen, und ein sanfter Wind wehte durch die Blätter. Ein unbekannter Duft lag in der Luft, die Vögel zwitscherten und das Rauschen eines verborgenen Baches war zu hören.

Jason parkte das Auto nahe am Waldrand, wir stiegen aus und machten uns auf den Weg in den Wald. Folgten einem schmalen Pfad und genossen die Ruhe und Stille, die uns umgab. Der Wald schien lebendig zu sein, und es fühlte sich an, als würde man in eine andere Welt eintauchen.

Nach einer Weile erreichten wir eine Lichtung, auf der eine alte Steinformation stand. Die Steine waren mit Moos bewachsen und schienen von einem früheren Zeitalter zu stammen. Es war ein eigenartiger Ort, an dem wir innehielten und die Atmosphäre auf uns wirken ließ. Emily hatte das Gefühl, als könne sie die Präsenz alter Geister spüren, die den Ort heilig hielten.

Wir setzten uns vor die Steine ins Gras, aßen das mitgebrachte Picknick und genossen die Ruhe des Waldes. Wir lachten viel und unterhielten uns.

Plötzlich veränderte sich etwas. Die Vögel hörten auf zu zwitschern, und die Luft wurde ungewöhnlich still. Die Blätter der Bäume flüsterten nur noch geheimnisvoll, und ein eisiger Schauer lief mir über den Rücken. Besorgt schaute ich zu Jason und Emily. "Habt ihr das auch gespürt? Etwas stimmt hier nicht."

Jason richtete sich auf und lauschte angestrengt. "Ja, die Vögel zwitschern nicht mehr. Das ist merkwürdig. Es fühlt sich an, als würden wir beobachtet." Emily blickte besorgt zu ihren Freunden. "Wir sollten vielleicht langsam zurück zum Auto gehen."

Jason warf einen Blick auf seinen Rucksack und nickte. "Ja, das ist vielleicht keine schlechte Idee. Dieser Ort wird nach Sonnenuntergang wirklich unheimlich."

Plötzlich hörten wir ein leises Knistern und Rascheln in den Büschen, gefolgt von gedämpften Schritten. Die kommende Dunkelheit verhinderte, dass wir etwas sehen konnten. Die Spannung in der Luft war greifbar, und unsere Herzen schlugen schneller.

Als die Schritte näherkamen, hielten wir den Atem an. Schließlich tauchte eine Gestalt aus der Dunkelheit auf. Wir konnten nicht erkennen, wer es war, aber es schien, als ob wir Gesellschaft bekommen hatten.

Die Gestalt, die aus der Dunkelheit auftauchte, kam näher, und allmählich begannen die Umrisse sichtbar zu werden. Es war eine Person mit einer Kapuze, deren Gesicht im Schatten lag. Die Stille im Wald war drückend, als der Fremde näherkam, und wir konnten das leise Rascheln von Stoff und den Klang von Ketten hören.

Wir standen wie erstarrt, als der Fremde plötzlich stehen blieb und den Kopf langsam hob, sodass das Gesicht im fahlen Mondlicht sichtbar wurde. Es war ein Mann mit einem finsteren, durchdringenden Blick.

Der Fremde trat näher, und sein Blick schien sich auf mich zu richten. "Lyanna, du bist nicht am richtigen Ort zur richtigen Zeit", sagte er mit einer tiefen, unheimlichen Stimme.

Ich schluckte schwer und versuchte, meine Angst zu unterdrücken. "Wer bist du, und was willst du von uns?"

Der Fremde lächelte auf beunruhigende Weise. "Das werdet ihr bald erfahren. Aber für den Moment solltet ihr besser gehen. Dieser Ort ist nicht sicher, besonders nicht nach Anbruch der Dunkelheit."

Jason trat einen Schritt vor, um sich schützend vor Emily und mich zu stellen. "Wir wollten sowieso gerade gehen, aber wer du bist und warum kennst du ihren Namen?"

Der Fremde seufzte und schien zu überlegen. "Sehr gut. Ich bin auf der Suche nach Informationen, und ich denke, dass du mir bei meinen Fragen behilflich sein könntest, Lyanna. Es wäre klug, wenn du kooperierst."

Die Spannung in der Luft war greifbar, was hier lief, war gar nicht gut. Der Fremde bewegte sich näher auf mich zu, und sie konnte sein Gesicht nun deutlicher erkennen. Sein Blick wirkte kalt und berechnend, und sein Auftreten ließ keinen Zweifel daran, dass er sein Willen durchsetzen würde.

Jason zog uns sanft näher an sich und sagte mit einer entschlossenen Stimme: "Keine Sorge, wir werden schon hier verschwinden."

Der Fremde lächelte wieder, doch dieses Mal wirkte es unheimlicher. "Das solltet ihr, ihr seid vernünftiger, als ich erwartet habe. Aber ich benötige diese Informationen und werde keine Zeit verschwenden."

In diesem Moment bewegte er seine Hand, und aus dem Dunkel des Waldes tauchten weitere Gestalten auf, die genauso finster gekleidet und maskiert waren. Es schien, als wären sie aus dem Nichts aufgetaucht.

Emily schluckte schwer, als die Bedrohung immer realer wurde. "Was zum Teufel geht hier vor sich?"

Die Angst kroch in mir empor, aber innerlich versuchte ich dagegen anzukämpfen und ruhig zu bleiben. Der Fremde schien von der Unsicherheit und der Angst noch weiter angetrieben zu werden. Er bewegte sich noch näher auf uns zu, und die Gestalten um ihn herum schienen darauf vorbereitet zu sein, jeden Widerstand niederzuschlagen.

Die Bedrohung wurde uns immer bewusster. Die Dunkelheit des Waldes und das Schweigen der Umgebung verstärkten die beängstigende Atmosphäre. Wir wussten, dass diese Situation gefährlichen werden könnte, und doch weigerte sich etwas in mir, leichtfertig aufzugeben.

Mein Blick richtend auf den Fremden, sagte ich mit fester Stimme: "Du magst denken, dass du uns einschüchtern kannst, aber du kennst uns nicht." Jason nickte zustimmend.

Der Fremde lächelte erneut, aber dieses Mal war es ein düsteres, bösartiges Lächeln. "Ihr seid tapfer, das muss ich zugeben. Aber ihr werdet bald erkennen, dass euer Widerstand zwecklos ist. Ihr habt längst verloren und es gibt keinen Ausweg."

Die Gestalten um ihn herum bewegten sich immer weiter auf uns zu, und die Situation verschärfte sich. Emily griff nach meiner Hand. Wir werden zusammen halten und würden uns nicht ohne Kampf ergeben.

Plötzlich erklang aus der Dunkelheit eine leise, aber bedrohliche Stimme. "Stopp!" Der Fremde und seine Gestalten erstarrten und drehten sich um. In der Dunkelheit konnten wir nicht sehen, wer gesprochen hatte.

Eine imposante Gestalt näherte sich, und das Licht der Taschenlampen blendete den Fremden. Sein Blick war kalt und berechnend, und er strahlte eine Aura der Macht aus.

"Du hast dich in Dinge eingemischt, die dich nichts angehen", sagte er mit eisiger Ruhe. "Du hast keine Ahnung, mit wem du es hier zu tun hast."

Der Fremde schluckte schwer und sah ihn an, bevor er eilig seinen Anhängern ein Zeichen gab. Sie zogen sich zurück und verschwanden im Dickicht des Waldes. Unser Retter wandte sich uns Dreien zu und sagte: "Was tut ihr hier um diese Uhrzeit? Das ist gefährlich. Seht zu, dass ihr nach Hause kommt."

Wir atmeten tief durch, und die Anspannung ließ etwas nach. "Danke", sagte ich erleichtert. "Wer sind sie? Wer war dieser Fremde, und was will er von uns?"

Unser Retter schüttelte den Kopf. "Ich fürchte, das ist eine lange Geschichte, die ihr noch nicht vollständig verstehen werdet. Aber eines ist sicher: Ihr seid nicht in Sicherheit. Ihr solltet hier verschwinden, bevor sie zurückkehren."

Wir nickten zustimmend und eilten schnurstracks zum Auto.

Apollo

Als ich aus dem Wald zurückkam, gesellte ich mich zu Aiden auf der weitläufigen Terrasse unseres Anwesens. Die Mitternachtsluft war kühl und klar, und der Nachthimmel war von funkelnden Sternen überzogen.

Wir, Aiden mit einem leicht nachdenklichen Ausdruck auf seinem Gesicht, und ich blickte auf die Lichter der Stadt in der Ferne. In dieser abgeschiedenen Ecke der Terrasse fühlten wir uns unbeobachtet.

Die Aussicht war wie immer atemberaubend, dennoch wandte ich meinen Blick ab und sah meinen Bruder an. "Ist Lyanna dem Bann der goldenen Maske erlegen?"

Aiden nickte langsam und ein geheimnisvolles Lächeln erschien auf seinem Gesicht. "Ja, Apollo, es hat funktioniert. Lyanna ist jetzt in unseren Händen. Sie hat keine Ahnung, welches Spiel wir spielen."

Ich nickte zufrieden. "Sehr gut, Bruder. Das ist ein wichtiger Schritt. Die Maske ist ein mächtiges

Werkzeug, und wir werden sie zu unserem Vorteil nutzen."

Aiden blickte weiter in die Ferne. "Die Ferragosto bleibt eine Bedrohung, aber wir sind auf dem besten Weg, unsere Macht zu festigen und ihre Pläne zu durchkreuzen."

Ich legte eine Hand auf Aidens Schulter. "Wir werden diesen Clan besiegen."

Mit einem intensiven Blick sah ich Aiden in die Augen: "Aiden, was sind deine nächsten Schritte in Bezug auf Lyanna? Wir dürfen keine Zeit verschwenden und müssen sicherstellen, dass sie fest in unsere Pläne eingebunden ist."

Aiden nickte und antwortete bedacht: "Ich werde sie weiterhin umgarnen, Apollo. Sie vertraut mir bereits, und das ist der Schlüssel. Wir werden sie behutsam in unsere Kreise einführen und sicherstellen, dass sie unseren Anweisungen folgt."

Für einen kurzen Moment überlegte ich und fuhr dann fort: "Gut, aber sei vorsichtig. Wir wissen weiterhin nicht welche Informationen sie hat. Halte sie im Dunkeln über unsere wahren Absichten."

Aiden verstand die Wichtigkeit dieser Vorsichtsmaßnahme. "Natürlich. Lyanna wird nicht erfahren, wer wir wirklich sind oder welche Ziele wir verfolgen."

Nachdenklich betrachtete ich die dunkle Nacht und die Lichter in der Ferne. "Unsere Zeit ist begrenzt, Aiden. Wir müssen unsere Pläne umsetzen, bevor jemand Verdacht schöpft. Überlass nichts dem Zufall."

Aiden nickte zustimmend. "Wir sind einen Schritt näher an unserem Ziel, Apollo. Lyanna ist unser Joker, ich bin mir sicher. Wir werden sie behutsam manipulieren, und wenn der Zeitpunkt gekommen ist, wird sie uns bedingungslos gehorchen."

"Aiden, ich traf Lyanna und ihre Freunde heute am heiligen Ort. Sie scheinen die Schatten und die Bedrohungen wie ein Magnet anzuziehen, und es scheint, als ob sie tiefer in die Geheimnisse verwickelt sind, als wir dachten."

Aiden hob eine Augenbraue und lehnte sich interessiert nach vorn. "Erzähl mir mehr, Apollo. Was ist passiert?"

Ich erzählte von dem Vorfall im Wald, wie die Freunde auf Antonio Vitalis von den Tenebris Umbra gestoßen waren und wie dieser sie bedroht hatte. "Es war, als ob er etwas von ihnen wollte, etwas ..., das tiefer geht, als das was wir bereits wissen. Aiden. Sie scheint schon einigen aufgefallen zu sein und ist begehrter als wir dachten."

Jason

Die Fahrt aus dem düsteren Wald nach Hause verlief schweigsam. Das Auto glitt auf der asphaltierten Straße dahin, das Zwielicht der Abenddämmerung spiegelte sich auf der Windschutzscheibe. Die Anspannung, die im Wald geherrscht hatte, war auch im Auto zu spüren.

Ich saß am Steuer, mein Blick konzentriert auf die Straße gerichtet. Neben mir saß Emily, die aus dem Fenster starrte und sichtlich nachdenklich war. Lyanna saß auf der Rückbank und schien in Gedanken versunken.

Nach einer Weile brach Emily das Schweigen. "Das war wirklich seltsam, oder nicht? Der Fremde, die dunklen Geheimnisse... Ich fühle mich immer noch unwohl bei der ganzen Sache." „Wir brauchen Antworten", brachte Lyanna nachdenklich raus. Ich nickte zustimmend. "Ja, das war definitiv unheimlich. Aber ich denke, Lyanna hat recht, dass wir Antworten suchen müssen. Wen sollten wir fragen? Ich könnte mal mit meinem Bruder reden."

Lyanna sah kurz zu uns und dann zurück auf die Straße. "Was wollte der Fremde von uns?"

Emily antwortete nachdenklich: "Das ist die große Frage. Explizit wollte er was von dir. Aber warum?"

Die Frage brachte Lyanna dazu, über das nachzudenken, was sie gesehen hatte. Sie spürte, dass es einen Zusammenhang gab, konnte ihn aber nicht genau fassen. "Habt ihr nicht gesagt, dass die Caelus-Brüder in dieser Stadt sehr viel Einfluss haben? Wir sollten sie fragen. Ich werde aus den Worten von eben nicht schlau. Warum sollten wir gefährdet sein? Wir haben doch nichts gemacht."

Emily und ich stimmten zu, dass das es ein Versuch war. Im Rückspiegel sah ich Lyannas aufgewühlten Blick. Sie rutsche nervös auf ihrem Sitz hin und her. Als wir näher in die Straße zu ihrer Wohnung einbogen, wurde sie allmählich ruhiger.

„Lyanna, wir werden schon herausfinden, was das alles bedeuten soll, mach dir keinen Kopf", versuchte ich sie zu beruhigen.

Vor der Wohnung angekommen, verabschiedeten wir uns. Emily und ich stiegen wieder ins Auto und riefen Lyanna noch zu: "Bis morgen."

Lyanna winkte uns noch hinterher, während sie sich umdrehte, um ins Haus zu gehen. Im Rückspiegel sah ich einen Schatten auf der anderen Straßenseite an der Hauswand.

Lyanna blickte sich um. In dem Moment verschwand der Schatten um die Ecke und war gänzlich in der Dunkelheit verschwunden.

Lyanna verharrte einen Moment, bevor sie im Haus verschwand. Wer war das? Was wollen die von Lyanna?

Apollo

Der nächste Schritt war klar definiert, als ich das Café au Soleil betrat. Lyanna, ein Rätsel, das darauf wartete, entschlüsselt zu werden. Sie arbeitete hinter der Theke, von der gestrigen Begegnung nichts ahnend. Ich setzte mich an einen Tisch in der Ecke, bereit, den nächsten Schritt meiner Einbindung in unsere Welt zu planen.

Der Tisch war perfekt, um sie von dort aus zu beobachten und geduldig zu warten. Der richtige Zeitpunkt würde kommen, um wieder auf sie zuzugehen, und ich war bereit, meine Manipulationen fortzusetzen. Lyanna würde bald erkennen, dass sie in eine Welt hineingezogen wurde, aus der es kein Entkommen gab.

Sie war so sehr in ihre Arbeit vertieft, ein Lächeln hier, eine freundliche Geste dort. Ihr unschuldiges Lächeln erinnerte mich daran, wie sie auf dem Maskenball wirkte, als ich sie zum ersten Mal richtig ansah.

Als Lyanna sich für einen Moment aus der Hektik zurückzog und an die Theke kam, nutzte ich die Gelegenheit. Es war Zeit, unser Gespräch fortzusetzen. Ich stand auf und näherte mich ihr.

Überraschung spiegelte sich auf ihrem Gesicht, als sie mich bemerkte.

"Liebe Lyanna, es ist wirklich schön, dich wiederzusehen", begann ich mit einem Charme, den ich perfektionierte, um sie einzulullen.

Sie erwiderte meinen Gruß höflich, aber ihre Augen zeigten Unsicherheit. Sie schien verunsichert zu sein. Ich wollte ihr eine Welt zeigen, die sie faszinieren würde. "Ich wusste gar nicht, dass Du hier arbeitest."

Sie spürte es, diese Mischung aus Verwirrung und Neugier. "Noch nicht allzu lange. Ich bin nur eine einfache Kellnerin. Schön dich wieder zu sehen Aiden."

"Du bist weit mehr als das, Lyanna. Eine Frau mit verborgenen Talenten und Geheimnissen. Ich möchte dich besser kennenlernen, vielleicht bei einem Kaffee oder Abendessen?"

Mein Lächeln war charmant, aber hinter meinen Augen war mein Plan klar. Lyanna war eine Schlüsselfigur in meinem Spiel, das bislang nicht begonnen hatte. "Ich hege keine bösen Absichten, Lyanna. Ich suche nur nach einer besonderen Verbindung."

"Vielleicht hast du recht. Wir sollten uns kennenlernen. Ein Abendessen klingt gut."

Die Realität unterbrach unser Gespräch, als ein Kunde an die Theke trat.

"Bis morgen, Lyanna", verabschiedete ich mich mit einer Verbeugung und warf einen letzten, intensiven Blick auf sie. Lyanna blieb zurück, und schaute mir hinterher.

Lyanna

Emily konnte ihre Neugier nicht länger zurückhalten. "Hast du gesehen, wer gerade hier war?", fragte sie mich mit einem breiten Grinsen.

Fragend zog ich eine Augenbraue hoch. "Wen meinst du?"

Mit einem kleinem Stupser an meinem Arm und leises kichern musterte sie mich: "Der elegant gekleidete Mann, Aiden, der vorhin hier war. Ich konnte sehen, dass er ein Auge auf dich geworfen hat. Was war da los?"

Ich spürte, dass es mir unangenehm war. Überrascht, dass Emily Aiden bemerkt hatte, obwohl sie in der Küche war. Zu viel verraten wollte ich in diesem Moment noch nicht. "Oh, das war nicht viel. Er hat nur nach dem Weg gefragt. Nichts Besonderes."

Emily lachte. "Komm schon, Lyanna. Es war offensichtlich, dass er mehr wollte. Und du kannst es nicht leugnen, er ist verdammt attraktiv. Du solltest ihm eine Chance geben."

Shit, da war das Dilemma. Ich konnte Emily nicht die Wahrheit über die Begegnung mit Aiden erzählen, aber gleichzeitig wollte ich meine Freundin nicht anlügen. "

"Also, Aiden ist ziemlich mysteriös und hat ein gewisses Etwas an sich. Er hat mich zum Essen eingeladen. Wir werden sehen. Aber ich habe nicht vor, mich auf mehr einzulassen. Mehr oder weniger habe ich ein komisches Gefühl, bin aber auch so neugierig. Er hat schon was faszinierendes an sich."

Emily grinste breiter. "Aiden...soso...Siehst du, das klingt doch aufregend! Manchmal muss man sich einfach auf solche Abenteuer einlassen, um zu wissen, wohin sie führen."

Ich nickte leicht, aber war mir immer noch unsicher. "Ja, du hast recht. Ich werde mich einfach überraschen lassen. Hast Du schon die Vorräte im Schrank aufgefüllt?"

Irgendwie musste ich das Thema wechseln, bevor sie mich weiter ausfragt. In meinem Kopf schwirrten jedoch Gedanken über Aiden und die bevorstehende Verabredung.

Aiden

Die Nacht war klar und die Straßen der Stadt ruhig, als ich mit meinem eleganten Wagen vor Lyannas Wohnung vorfuhr. Ich hatte mich ein wenig in Schale geworfen, sodass meine markanten Züge und meine Ausstrahlung gut zur Geltung kamen.

Beim Aussteigen bemerkte ich jemanden auf der gegenüberliegenden Straßenseite, der rasch im Schatten der Dunkelheit verschwand. In meinen Gedanken machte ich mir schnell eine Notiz, das von Erol überprüfen zu lassen.

Kurz darauf kam Lyanna aus dem Eingang ihres Wohnhauses. Sie war atemberaubend in ihrem enganliegenden schwarzen Kleid; ihr Lächeln strahlte eine Mischung aus Aufregung und Nervosität aus.

Ich öffnete die Wagentür und sagte mit einem charmanten Lächeln: "Du siehst atemberaubend aus, Lyanna. Ich fühle mich geehrt, heute Abend deine Begleitung zu sein."

Gerührt von meinen Worten, lächelte sie zurück. "Danke, Aiden. Du siehst auch sehr gut aus. Ich freue mich auf diesen Abend."

Wir fuhren zum italienischen Restaurant an der Küste, in der Nähe unseres Anwesens. Es war romantisch beleuchtet, und wir nahmen an einem reservierten Tisch mit Blick auf das Meer Platz.

Sie konnte ihre Aufregung nicht verbergen; ihre Gesten und Mimik verriet sie. Das Kerzenlicht tauchte den Raum in ein sanftes, flackerndes Glühen und betonte die Eleganz des Restaurants.

Ich saß ihr gegenüber und genoss die angenehme Atmosphäre. Lyanna hatte sich besonders schick gemacht. Ihr Kleid umschmeichelte ihre Kurven, und der tief ausgeschnittene Rücken verlieh ihr eine elegante, aber verführerische Ausstrahlung.

Wir teilten uns eine Vorspeise aus frischen Meeresfrüchten, gefolgt von einem köstlichen Hauptgericht. Die Aromen explodierten förmlich auf der Zunge.

Während des Essens versuchte ich, Lyanna näher kennenzulernen. Wir sprachen über viele allgemeine Themen, ihren Umzug, die neue Stadt, Hobbys, Lieblingsorte...das übliche halt.

"Du weißt, Lyanna, ich finde es faszinierend, wie verschiedene Menschen zu dem werden, was sie sind. Ihre Herkunft, ihre Erfahrungen, all das formt ihre Persönlichkeit. Ich selbst bin ein Mann, der viel Wert auf Diskretion und Geheimnisse legt. Und du? Gibt es etwas, das du noch nie jemandem erzählt hast? Ein tiefes Geheimnis, das du hütest?"

Sie schien kurz verlegen zu sein. "Nun ja, jeder hat wohl so seine Geheimnisse. Ich denke, das macht uns menschlich, oder?"

Ich lächelte, während ich ihre Reaktion beobachtete. "Ganz bestimmt. Geheimnisse sind ein Teil dessen, was uns ausmacht. Sie machen das Leben spannend, oder nicht? Und manchmal sind es gerade die Geheimnisse, die uns faszinieren, die uns herausfordern."

Ich konnte spüren, wie Lyanna in meinen Worten versank. Ich schaffte es immer wieder, sie in meinen Bann zu ziehen. Sie versuchte, sich zu sammeln und von ihrem eigenen Geheimnis abzulenken. "Genug von mir", sagte sie und versuchte, das Gespräch auf mich zu lenken. "Du bist ein Mann des Erfolgs, Aiden. Ich bin sicher, du hast viele Geschichten zu erzählen."

Ein leichtes, rätselhaftes Lachen entwischte mir. "Oh, Lyanna, es gibt da sicher ein paar Geschichten, aber die meisten davon sind eher langweilig. Aber lass uns nicht über mich sprechen. Ich möchte mehr über dich erfahren, über deine Träume, deine Wünsche."

Aufmerksam beobachtete ich sie und nippte an meinem Wein. "Erzähl mir von deinen Träumen, Lyanna. Gibt es etwas, das du schon immer tun wolltest, aber bisher nicht die Gelegenheit dazu hattest?"

Sie überlegte einen Moment, bevor sie antwortete. "Nun, ich hatte immer den Traum, die Welt zu bereisen. Ich möchte andere Länder und Kulturen kennenlernen, neue Erfahrungen sammeln und die Vielfalt dieser Welt entdecken."

Ich nickte zustimmend. "Das klingt nach einem wunderbaren Vorhaben. Reisen erweitert den Horizont und öffnet Türen zu unbekannten Welten. Ich hoffe, dass du eines Tages die Möglichkeit haben wirst, das zu verwirklichen."

Sie lächelte und ich spürte, wie eine gewisse Wärme in ihr ausgelöst wurde. "Vielleicht sollte ich mir vornehmen, das zu tun, solange ich noch kann. Das Leben ist zu kurz, um Träume aufzuschieben."

Ich senkte meinen Blick und spielte gedankenverloren mit dem Besteck. "Du hast recht. Das Leben ist kostbar, und wir sollten keine Gelegenheit verpassen, die Dinge zu tun, die uns am Herzen liegen."

Doch plötzlich wurde die friedliche Atmosphäre durch das energische Eintreten einer Gruppe

Männer gestört. Ihre düstere Kleidung und ihre finsteren Gesichter waren unübersehbar.

Lyanna zeigte Anzeichen von Überraschung und Besorgnis, als die Männer eintraten. Der Anführer der Gruppe erkannte mich und nickte mir kurz zu, bevor sie mit dem Restaurantchef im Hinterzimmer verschwanden. Die anderen Gäste des Restaurants schienen verwirrt und besorgt über die plötzliche Störung.

Diese kleine Geste schien Lyanna bemerkt zu haben und schaute mir direkt in meine Augen. Noch bevor sie eine Frage stellen konnte, legte ich meine Hand auf ihr Handgelenk. Ihr Puls raste. Lyanna war definitiv sehr aufmerksam und schien mich mit den Männern in eine Verbindung zu bringen. Sie konnte die Neugierde schließlich nicht unterdrücken und fragte: "Was zum Teufel war das, Aiden?", flüsterte sie und versuchte, ihre Nervosität zu verbergen. "Kennst du diese Leute?"

Ich lehnte mich etwas näher an sie, um sicherzustellen, dass niemand in der Nähe uns belauschen konnte. Meine Stimme war gelassen, ich versuchte sie zu beruhigen. "Mach dir keine Sorgen, Lyanna. Alles ist unter Kontrolle. Diese Leute sind Geschäftspartner. Sie haben den heutigen Termin für mich übernommen, um einige wichtige Dinge zu besprechen."

Lyanna war erleichtert, dass es anscheinend keine direkte Bedrohung gab, aber sie konnte nicht umhin, sich zu fragen, welche Art von Geschäften ich mit solchen Männern hatte. "Aber warum ausgerechnet im Hinterzimmer des Restaurants? Sie wirken so einschüchternd. Was sind das für Geschäfte?"

Ich lächelte leicht und strich mit dem Daumen sanft über Lyannas Hand. "Manchmal ist Diskretion der Schlüssel in meinem Geschäft. Ich möchte nicht, dass du dir Sorgen machst. Lass uns einfach das Essen genießen und dann unseren Abend fortsetzen."

Lyanna nickte und versuchte, sich zu entspannen. Sie beschloss, meinem Vorschlag zu folgen und den Rest des Abendessens zu genießen. Doch man sah ihr an, dass die Neugierde in ihrem Hinterkopf blieb was ich wirklich tat.

Die restliche Mahlzeit verlief ruhig, das Gespräch lenkte ich schnell wieder auf leichtere Themen. Wir sprachen über die Leidenschaft für gutes Essen und Wein, und Lyanna erzählte von ihren Reisen und ihrer Liebe zur Natur.

Nach dem Dessert schlug ich vor, noch einen Spaziergang am Strand zu machen, um den Abend zu beenden. Sie stimmte begeistert zu, und wir verließen das Restaurant, ohne den Blick auf die Tür des Hinterzimmers zu richten.

Am Strand genossen wir die kühle Meeresbrise und das leise Rauschen der Wellen. Wir setzten sich in den warmen Sand und schauten auf das glitzernde Wasser. Die Sterne am Himmel funkelten hell, und es fühlte sich an, als ob die Welt für einen Augenblick stillstand.

Ich nahm ihre Hand in meine und sagte leise: "Ich hoffe, du hattest einen angenehmen Abend?"

Lyanna lächelte und erwiderte: "Ja, es war wirklich wunderschön. Danke, für diesen besonderen Abend und deine charmante Begleitung."

Schweigend saßen wir da und genossen die magische Atmosphäre des Augenblicks. In der Ferne hörte man leise Musik und das Lachen der anderen Menschen, die den Strand ebenfalls besuchten.

Schließlich brach ich das Schweigen und fragte leise: "Lyanna, gibt es etwas, das du mir erzählen möchtest? Ich habe zwar schon viel über dich erfahren, aber ich habe das Gefühl, dass es da noch etwas gibt. Wir können Geheimnisse haben, aber ich hoffe, dass wir einander vertrauen können."

Lyanna sah mich nachdenklich an und schließlich entschied sie sich, ein Stück mehr von sich preiszugeben. "Aiden, es ist nicht so, dass ich dir nicht vertraue. Es ist nur so, dass ich in meinem Leben schon ein paar schwierige Erfahrungen gemacht habe. Meine Familie und meine Vergangenheit sind kompliziert, und es gibt Dinge, die ich nicht jedem erzählen kann und möchte."

Verständnisvoll nickte ich. "Das verstehe ich, Lyanna. Jeder von uns hat Geheimnisse und Dinge, die wir lieber für uns behalten. Du musst mir nichts erzählen, was du nicht möchtest. Ich schätze die Zeit, die wir zusammen verbringen, und ich hoffe, dass wir uns näherkommen können, wenn du dazu bereit bist." Lyanna lächelte und drückte meine Hand. "Danke, Aiden. Ich schätze deine Ehrlichkeit."

Wir setzten unseren Spaziergang fort. Nach einer ganzen Weile kamen wir wieder an meinem Auto an, das am Straßenrand geparkt war. Ganz der Gentleman, öffnete ich ihr die Tür, und sie stieg ein.

Während der Fahrt genossen wir die Stille und die Nähe zueinander. Das Brechen der Wellen am Riff begleitete uns auf dem Weg. Der Wagen ließ sich geschickt durch die dunklen Straßen der Stadt lenken. Lyannas Blick streifte mich immer wieder mal, zu gern würde ich wissen, was sie sich denkt. Auch wenn ich sie nicht direkt in ihren Augen sehen konnte, spürte ich wie sie mich taxierte.

Schließlich erreichten wir ihr Apartment-Gebäude. Ich parkte das Auto und begleitete sie zur Eingangstür. Vor dem Gebäude blieben sie stehen, und ich musste lächeln. "Lyanna, ich hatte einen wundervollen Abend mit dir. Ich hoffe, dass wir das wiederholen können."

Lyanna erwiderte mein Lächeln und fühlte sich sichtlich angezogen. "Ja, Aiden. Ich hoffe, wir sehen uns bald wieder."

Ich trat näher an sie heran und strich sanft eine Strähne ihres Haares aus ihrem Gesicht. "Bis bald, Lyanna." Beugte mich vor und küsste sie sanft auf die Lippen.

Der Kuss war voller Leidenschaft und Versprechen, und für einen Moment schien die Welt, um uns herum stillzustehen. Als sich unsere Lippen voneinander lösten, lächelte ich erneut, drehte mich um und ging zum Auto. Lyanna schien ein wenig verwirrt und voller Emotionen zu sein, bevor sie ins Gebäude ging.

Der Abend mit ihr hatte etwas in uns ausgelöst, und ich konnte es kaum erwarten, sie wiederzusehen.

Lyanna

Als der nächste Morgen anbrach, erwachte ich mit einem warmen, verträumten Lächeln auf den Lippen. Die Erinnerungen an den gestrigen Abend und den leidenschaftlichen Kuss mit Aiden ließen mein Herz schneller schlagen. In meinem Bauch tanzten die Schmetterlinge. Es fühlte sich so an, als ob sich endlich eine neue, glückliche und aufregende Phase in meinem Leben einzog.

Mit einer Leichtigkeit stand ich auf und ging ins Badezimmer. Das warme Wasser der Dusche umhüllte mich und ließ meine Gedanken an Aiden weiter kreisen. Ich konnte es kaum erwarten, ihn wiederzusehen, und ein Hauch von Romantik erfüllte die Luft.

Nachdem ich mich fertig gemacht hatte, ging ich in die Küche und bereitete mir einen Kaffee zu. Ich nahm mir Zeit, um über die vielen Fragen nachzudenken, die der gestrige Abend aufgeworfen hatte. Wer war Aiden wirklich? Was machte er beruflich?

Die Gedanken an Aiden begleiteten mich, und ich konnte es kaum erwarten, die Stunden bis zu unserem Treffen zu zählen. Doch ich wusste, dass ich auch meine Pflichten nicht vernachlässigen durfte.

Im Café angekommen, begrüßte ich Emily und Jason, die ebenfalls voller Fragen und Neugierde waren, nachdem sie von meinem Abend mit Aiden erfahren hatten. Die Stimmung war fröhlich, und ich konnte meine Vorfreude auf das Wiedersehen kaum verbergen.

Während ich die Gäste bediente und Kaffee zubereitete, hielt ich immer wieder Ausschau. Ich hoffte, dass er bald auftauchen würde, und dass ich mich wieder in seine warmen Augen verlieren könnte. Es war, als ob die Zeit langsamer verging, als ich es gewohnt war.

Endlich, kurz vor Feierabend, betrat Aiden das Café. Mein Herz machte einen Sprung vor Freude, und ich konnte nicht anders, als ein breites Lächeln aufzusetzen. Wir begrüßten uns mit einem leidenschaftlichen Kuss, und die Welt schien erneut stillzustehen, während wir in einander versanken. Wir setzten uns an einen der Tische, während Emily und Jason uns neugierige Blicke zuwarfen. Aiden nahm meine Hand in seine und lächelte mich an. "Es ist so gut, dich wiederzusehen, Lyanna. Die Zeit ohne dich hat sich endlos angefühlt."

Ich erwiderte sein Lächeln und spürte, wie mein Herz vor Freude schneller schlug. "Mir ging es genauso. Ich habe den gestrigen Abend so genossen." Aiden beugte sich näher zu mir und flüsterte: "Ich verspreche dir, dass es noch viele weitere besondere Abende zwischen uns geben wird." Seine Worte ließen meine Haut prickeln.

Doch inmitten unserer leidenschaftlichen Unterhaltung konnte ich die Frage nicht länger zurückhalten. "Aiden, es gibt etwas, was mich nicht loslässt. Warum tust du immer so geheimnisvoll? Und was hat es mit dem jährlichen Maskenball auf sich und den vielen Gerüchten um eure Familie?"

Aiden seufzte und ließ meine Hand los, bevor er sich zurücklehnte. "Lyanna, ich möchte, dass du mir vertraust. Es gibt Dinge in meinem Leben, die ich nicht sofort preisgeben kann. Aber ich versichere dir, dass alles, was ich tue, aus einem bestimmten Grund geschieht. Ich möchte dich nicht in Gefahr bringen, deshalb ist es besser, wenn du nicht zu viel weißt."

Ich fühlte, wie die Unsicherheit in mir aufstieg, aber ich wollte Aiden vertrauen. Ich wusste, dass es mehr zwischen uns gab, als ich bisher erfahren hatte, und ich wollte unbedingt herausfinden, was es war.

Wir verbrachten den restlichen Abend damit, uns in die Augen zu verlieren, und die Welt um uns herum schien unwichtig zu sein. Aber das Geheimnis, das zwischen uns stand, würde bald eine dunkle Wolke über unsere Art von Beziehung werfen, und wir ahnten nicht, welche gefährlichen Geheimnisse noch darauf warteten, ans Licht zu kommen.

Apollo

Nachdem Aiden von seinem Treffen mit Lyanna zurückgekehrte, kam er direkt zu uns ins Kaminzimmer. Die Atmosphäre war von einer seltsamen Anspannung durchzogen, und wir tauschten nachdenkliche Blicke aus.

Aurel brach das Schweigen. "Was hat Lyanna dir erzählt, Aiden?"

Aiden seufzte und lehnte sich gegen den Kamin. "Nicht viel, Aurel. Sie ist neugierig geworden, hat nach unseren Geheimnissen gefragt, aber ich habe ihr nichts verraten. Sie ist nicht ganz in unsere dunkle Welt hineingezogen worden. Die Maske scheint die Wirkung bei ihr verfehlt zu haben."

"Wie kann das sein, Aiden? Gerade dann sollten wir sie auf keinen Fall aus den Augen lassen. Könnt ihr beide euer Spiel einsetzen? Wenn die Ferragosto Wind von ihr bekommen, haben wir ein ganz großes Problem. Wir brauchen sie für uns."

„Klar können wir das machen, Apollo", antwortete Aiden. „Dann müssen wir es wohl auf die klassische Weise machen, Aiden", lachte Aurel und klopfte ihm auf die Schulter.

Aiden nickte zustimmend. "Du hast recht, Aurel. Sie ist nicht so leicht zu knacken. Ihre Neugier könnte sie dennoch zur leichten Beute machen, besonders für die Ferragostos. Aber wir müssen aufpassen, dass wir ihre Fragen im Zaum halten."

Nachdenklich betrachtete ich die Karte der Stadt, die auf dem Tisch ausgebreitet war. "Wir sollten unsere Kontakte nutzen, um Informationen über die Ferragostos zu sammeln. Je mehr wir über sie wissen, desto besser können wir einen Plan ausarbeiten. Wir waren in letzter Zeit ein wenig nachlässig. Wie konnten die so schnell wachsen? Ich habe das Gefühl, dass wir einen Verräter in unseren Reihen haben."

Meine Brüder stimmten mir zu, und Aiden antwortete nachdenklich: "Du könntest Recht haben. In letzter Zeit sind zu viele merkwürdige Dinge passiert. Das Risiko mit einem Verräter in unseren Reihen ist zu groß. Es stehen in den nächsten Monaten viele wichtige Termine an."

Aurel blickte auf die Karte und fügte hinzu, "Wir sollten auch in Betracht ziehen, Lyanna diskreter zu überwachen. Die Ferragostos dürfen nicht herausfinden, dass sie uns nahesteht. Das könnte sie zu einem Ziel machen."

Ich nickte zustimmend und stand auf. "Dann lass uns sofort damit beginnen, unsere Strategie zu überdenken und zu verbessern. Die Ferragostos dürfen keinen Vorteil gegenüber uns haben. Und Lyanna soll in Sicherheit sein. Ich werde unsere Kontakte aktivieren und mehr Informationen über die Anderen besorgen."

Wir brachen auf, um die notwendigen Maßnahmen zu ergreifen, um Lyanna zu schützen und die Gefahr durch die Ferragostos zu minimieren.

Aurel

Am frühen Morgen stand ich vor Lyannas Apartment und wartete auf sie. Sie wusste, dass Aiden sie abholen würde, um mit ihr einen unbeschwerten Ausflug zu unternehmen. Als ihre Haustür sich öffnete erwartete ich ihr freundliches und warmes Lächeln.

"Hey, Aiden", begrüßte sie mich freudig. Ich hielt ihr die Autotür auf und bemerkte ihren angespannten Ausdruck. "Hey, Lyanna", begrüßte ich sie freundlich. "Bist du den bereit für unseren kleinen Ausflug?"

Lyanna nickte, und obwohl sie versuchte, ihre Anspannung zu verbergen, spürte ich, dass etwas sie bedrückte. "Ja, ich freue mich darauf."

Ich reichte ihr höflich die Hand zum ein steigen. Nach einigen Metern der Fahrt brach ich das Schweigen. "Ist alles in Ordnung?", fragte ich besorgt. "Du siehst heute Morgen ein wenig nachdenklich aus." Lyanna seufzte und blickte aus dem Fenster. "Es ist nur... ich habe das Gefühl, dass ich mich in letzter Zeit in etwas hineinziehen lasse, von dem ich nicht sicher bin, ob ich damit umgehen kann."

Ich verstand ihre Sorgen und legte meine Hand beruhigend auf ihre. "Du weißt, dass du immer mit mir über alles sprechen kannst, oder?"

Lyanna lächelte leicht und drückte meine Hand. "Danke, Aiden. Es tut gut zu wissen, dass du da bist."

Wir verbrachten den Tag damit, die malerische Landschaft zu erkunden. Wir wanderten durch Wälder, genossen die frische Luft und den Duft der Natur. Trotz der schweren Geheimnisse, die unsere Beziehung umgaben, konnten wir die Momente der Unbeschwertheit miteinander teilen. In einem idyllischen Café am Rande eines kleinen Sees machten wir Halt, um uns zu stärken. Wir saßen draußen in der Sonne, und ich konnte Lyanna in einem ganz neuen Licht sehen. Sie schien so lebhaft und ungezwungen, als ob all die dunklen Schatten, die sie umgaben, für einen Augenblick verschwunden wären.

"Lyanna", begann ich leise, "ich möchte, dass du weißt, wie wichtig du für mich bist. Ich möchte dich gerne morgen zum Essen bei uns zu Hause einladen."

Sie spürte, dass meine Worte tiefe Bedeutung hatten. "Ich würde mich sehr freuen, gerne komme ich. Du sagtest uns. Mit wem lebst du zusammen?"

„Ich wohne mit der Familie auf unserem Anwesend. Dort wo der Maskenball stattgefunden hat." Ich lächelte, und für einen Moment schienen ihre Sorgen in den Hintergrund zu treten. Wir genossen den Rest unseres Ausflugs, und als der Tag zu Ende ging, brachte ich sie wieder nach Hause.

Ganz der Gentleman öffnete ich ihr die Tür. Lyanna stand ganz dicht vor mir. Ich bemerkte das Knistern zwischen uns, diese unkontrollierte Anziehung. Ich entschied mich, einen Schritt rückwärts zu machen. Genau in diesem Moment machte Lyanna einen Schritt nach vorne und sah mir tief in meine wasser-grünen Augen. Sie legte ihre linke Hand auf mein Herz und gab mir einen Kuss.

"Danke, Aiden, für diesen wundervollen Tag. Ich genieße unsere gemeinsame Zeit."

Ich nickte und verabschiedete mich mit einem liebevollen Lächeln. "Gern geschehen, Lyanna. Ich freue mich auf das Morgen."

Ich sah ihr noch nach, während sie in ihr Apartment verschwand. Ein seltsames, warmes und unbekanntes Gefühl machte sich in meiner Brust breit. Ein wenig irritiert stieg ich ins Auto und fuhr los. Was war das?

*

Nach dem Treffen mit Lyanna kehrte ich ins Anwesen zurück. Betrat das luxuriöse Wohnzimmer, wo bereits das gedämpfte Licht der Kronleuchter die Eleganz des Raumes betonte. Aiden und Apollo warteten bereits. Sie saßen in den bequemen Ledersesseln, und die Anspannung in der Luft war förmlich spürbar. Aiden, der gleich auf seine Uhr sah, sprach zuerst: "Du hast länger gebraucht als erwartet, Aurel. Wie ist es gelaufen?"

Ich ließ mich in einen der Sessel fallen und lehnte mich zurück. Ich blickte nachdenklich an die Decke, bevor ich antwortete: "Es war interessant. Lyanna ist anders, als ich erwartet hatte. Sie ist klug und weitaus stärker, als sie nach außen hin erscheint. Es war ... unerwartet. Ich habe sie nach Hause gebracht, und dann ... dann passierte etwas, das ich nicht habe kommen sehen."

Apollo legte seine Zeitschrift zur Seite und sah mich aufmerksam an. "Was meinst du, Aurel? Was ist passiert?"

Ich zögerte einen Moment, bevor ich fortfuhr. "Lyanna, sie ... Sie dachte, ich sei Aiden, und sie küsste mich. Klar, ich bin mit dem Auftrag du zu sein, zu ihr gefahren, aber ich dachte zwischen zeitlich das sie einen Unterschied gemerkt hat. Es war, als ob sie die Tatsache, dass ich nicht Aiden war, einfach ignorierte."

Die Brüder tauschten einen überraschten Blick aus, und Aiden konnte seine Verblüffung nicht verbergen. "Das ist gut, Aurel. Warum sollte das seltsam sein? Sie kann uns nicht aus einander halten. Das ist gut."

Ich zuckte mit den Schultern. "Ich weiß es nicht, Aiden. Es war fast so, als ob sie das Bedürfnis hatte, diesen Kuss von Aiden zu erhalten, und sie konnte nicht warten. Es war seltsam und ... aufregend zugleich."

Apollo runzelte die Stirn, während er über die Worte seines Bruders nachdachte. "Das ist interessant, Aurel. Es könnte doch bedeuten, dass die Macht wirkt.... oder aber, dass sie noch völlig ahnungslos ist."

Aiden nickte bedächtig. "Wir müssen vorsichtig sein und herausfinden, was sie wirklich weiß oder vermutet. Wir dürfen sie nicht überfordern oder verschrecken. Ihre Anziehung zu uns könnte unsere größte Waffe sein, aber wir müssen sie geschickt einsetzen."

Aurel stimmte zu, auch wenn er sich der aufkeimenden Gefühle in seinem Inneren bewusst war. "Ich verstehe. Wir sollten unsere Strategie überdenken und mit Bedacht vorgehen. Aber eins ist sicher: Lyanna ist keine gewöhnliche Frau, und sie wird unsere Welt auf den Kopf stellen."

Die Brüder verfielen in schweigendes Nachdenken. Die Erinnerung an das Treffen mit Lyanna brannte in meinem Gedächtnis, und ich konnte nicht umhin, über die Faszination und Unsicherheit nachzudenken, die sie in mir ausgelöst hatte.

Ich war mir der Spannung bewusst, die zwischen mir und Lyanna aufgelodert war, als sie mir so nah gekommen war. Ihr Kuss hatte etwas in mir ausgelöst, dass ich nicht vollständig begreifen konnte. Als ich ihren warmen Atem auf meiner Haut gespürt hatte und in ihre Augen geblickt hatte, schien die Welt für einen Moment stillzustehen. Das Knistern zwischen uns hatte mich in einen wirbelnden Strudel aus Gefühlen gezogen.

Als Lyanna ihre Hand auf mein Herz legte, spürte ich, wie mein Puls sich beschleunigte. Ihr Kuss war zärtlich und voller Zuneigung, und ich konnte die leidenschaftliche Anziehung zwischen uns förmlich spüren. Doch dann hatte ich mich zurückgezogen, einen Schritt zurückgetreten, als ich bemerkt hatte, dass sie mich mit dem Namen meines Bruders angeredet hatte.

Danke, Aiden, für diesen wundervollen Tag. Ich genieße unsere gemeinsame Zeit, hatte sie gesagt, ohne die Verwechslung zu korrigieren.

Langsam stieg ich die imposante Treppe hinauf, meine Schritte waren nachdenklich und meine Gedanken in Aufruhr. Ich betrat mein eigenes Schlafzimmer und schloss die Tür hinter mir. Der Raum war erfüllt von dem warmen Glanz von Kerzenlicht, und der Blick nach draußen verriet, dass die Nacht hereingebrochen war.

Ich ließ mich in einen Sessel sinken, meine Gedanken wanderten zu Aiden und Apollo. Ich hatte noch nie jemanden so gesehen wie Lyanna, und es verblüffte mich, wie schnell sie einen Platz in meinem Herzen gefunden hatte. Das war das erste Mal das wir den Einsatz für unser Spiel neu überdenken mussten. Der neue Spieler ist nicht zu unterschätzen.

Aiden

Lyanna wurde von unserem Chauffeur in einem der schwarzen Limousinen zum Anwesen gebracht. Das Gelände war beeindruckend zu dieser Jahreszeit, umgeben von hohen Mauern und einem gepflegten, blühenden Garten. Das Tor öffnete sich majestätisch, als der Chauffeur drauf zufuhr.

Als sie aus dem Wagen stieg, war bereits ein Bediensteter vor Ort, um Lyanna zu begrüßen. Er war in einen formellen Anzug gekleidet und trug weiße Handschuhe. Mit einem respektvollen Lächeln begrüßte er sie und verbeugte sich leicht.

"Guten Abend, Miss. Die Brüder erwarten Sie bereits. Bitte folgen Sie mir."

Lyanna betrat über die weitläufige Treppe die Eingangshalle und wurde von der antiken Einrichtung und der eleganten Atmosphäre überwältigt. Der Diener führte sie durch hohe Flure Richtung Speisesaal.

Die großen Holztüren zum Speisesaal waren geöffnet, und sie betraten den Raum. Unser Speisesaal war von purer Eleganz geprägt. Kristallleuchter hingen von der Decke und warfen funkelnde

Reflexionen auf den opulent gedeckten Tisch, an dem Aurel und ich bereits standen. Schwere, dunkle Holzmöbel füllten den Raum, und die Wände waren mit kunstvollen Gemälden geschmückt, die unsere Geschichte erzählten.

Wir erschienen ebenso in eleganten, dunklen Anzügen, die unsere maskuline Ausstrahlung unterstrichen. Lyanna hatte sich für ein schlichtes schwarzes Kleid entschieden, das ihre Schönheit unterstrich, während sie wieder mal versuchte, ihre Unsicherheit zu verbergen.

Wir gingen auf sie zu und begrüßten sie herzlich. Mein Lächeln begleitete die formellen Höflichkeiten, während Aurel sie mit einem Hauch von Neugier in seinen Augen beobachtete. Als er sanft ihre Hand nahm und sie mit einem respektvollen Kuss auf die Wange begrüßte.

"Lyanna, wie schön, dich zu sehen. Lass mich dir meinen Bruder, Aurel, vorstellen."

Sein charmantes Lächeln und die leichte Verbeugung vermittelten eine gewisse Eleganz. "Es ist mir eine Freude, dich kennenzulernen, Lyanna. Aiden hat so viel von dir erzählt."

Lyanna lächelte leicht, wirkte jedoch noch etwas nervös in unserer Gesellschaft. "Es freut mich ebenfalls Aurel. Danke für die Einladung."

Nachdem wir unsere Plätze eingenommen hatten, spürte ich, wie die Atmosphäre im Raum entspannt und freundlich wurde. Das Gespräch begann leicht und zwanglos, als ich mich an Lyanna wandte. "Wir hoffen, dass du dich heute Abend wohl fühlst, Lyanna."

Während des Abendessens, begleitet von kulinarischen Köstlichkeiten, ließ die Anspannung langsam nach. Meine Blicke trafen die ihren, als Aurel das Gespräch vertiefte.

"Lyanna, erzähl uns ein wenig mehr über dich. Wo bist du aufgewachsen? Hast du Geschwister? Welche Dinge magst du am meisten?" Ich spürte, dass sie gewillt war, sich zu öffnen, aber dennoch vorsichtig.

"Ich bin in einer kleinen Stadt aufgewachsen, ohne Geschwister. Ich mag die Ruhe und die Natur. Bücher sind meine Leidenschaft."

Aurel erkundigte sich nach einem Buch, das sie besonders geprägt hatte. Ihre Antwort verriet eine gewisse Tiefgründigkeit.

"Es gibt ein Buch, das ich sehr schätze. Es hat mich gelehrt, die Welt mit anderen Augen zu sehen und nach den verborgenen Schätzen im Leben zu suchen."

Ich nickte zustimmend. "Das klingt nach einer wunderbaren Lektüre. Aber es gibt sicherlich auch Dinge, die du nicht magst. Welche sind das?" Ich ließ ihr die Zeit sich zu äußern, sie schien abzuwägen was sie uns erzählen wollte.

Lyanna zögerte, bevor sie antwortete: "Ich mag Unehrlichkeit nicht und Menschen, die die Wahrheit verschleiern. Ich denke, Ehrlichkeit und Vertrauen sind von größter Bedeutung."

Apollo, der bisher schweigend zugehört hatte, mischte sich ein: "Vertrauen ist ein kostbares Gut, Lyanna. Man sollte es nicht leichtfertig aufs Spiel setzen." Sein Blick war durchdringend.

Lyanna erschrak, sie schaute sich um, woher diese Rede kam. Die Verwirrung in ihren Augen war offensichtlich. Drei von uns? Wie viele Geheimnisse hüteten wir noch? Innerlich musste ich schmunzeln, dennoch ließ ich mir nichts anmerken.

Ich beobachtete, wie sie sich in dieser unerwarteten Situation zurechtfand, und lauschte aufmerksam weiter, während sich die Dynamik zwischen uns langsam veränderte.

Apollo stand im Türrahmen und bewegte sich anmutig und voller Selbstsicherheit auf den Tisch zu. Lyanna schaute zwischen uns hin und her. Sie schien sich überwältigt zu fühlen von der plötzlichen Anwesenheit von Apollo.

"Entschuldige die Unterbrechung, Lyanna. Aber ich konnte nicht widerstehen, dich endlich persönlich kennenzulernen." Seine Worte klangen freundlich, aber seine Augen durchbohrten sie regelrecht.

Aurel und ich sahen zu unserem Bruder auf, wir warteten auf die nächste Reaktion. Die Spannung im Raum war greifbar.

Lyanna fand ihre Stimme wieder und antwortete vorsichtig: "Es ist mir ein Vergnügen dich kennenzulernen, aber ich muss zugeben, ich bin überrascht. Aiden und Aurel haben mir nicht erzählt, dass ihr Drillinge seid."

Apollo lächelte leicht, und sein Lächeln hatte etwas Geheimnisvolles an sich. "Wir haben viele Geheimnisse, Lyanna. Ich heiße Apollo."

Die Stimmung im Raum wurde noch geheimnisvoller und angespannter, und Lyanna fand sich inmitten drei faszinierenden, aber undurchsichtigen Männern wieder, die sie weiterhin intensiv beobachteten, wie gefährliche Raubtiere die bereit sind ihr Beute zu erlegen.

Apollo ging einen Schritt näher auf Lyanna zu, während wir die Blicke der beiden verfolgten. Die

Atmosphäre war geladen, und Lyanna rutschte unsicher auf ihrem Platz hin und her.

"Lyanna, du bringst frischen Wind in unser Anwesen. Du bist anders, als wir es gewohnt sind", begann Apollo und strich über die Lehne eines Stuhls. "Aiden und Aurel haben mir bereits von deinen Interessen erzählt, und ich kann sehen, dass du ein aufgeweckter Geist bist."

Lyanna schluckte schwer und erwiderte: "Ja, das bin ich. Manchmal auch neugierig, oder besser gesagt … wissbegierig. Ich lerne gerne neue Dinge kennen, das ist alles. Ich möchte nicht stören oder mich in irgendwas einmischen."

Apollo lächelte erneut, und seine Augen funkelten geheimnisvoll. "Störung ist oft eine Frage des Standpunkts, Lyanna. Manche mögen die Veränderung, die sie bringt. Und als unseren Gast bist du nicht nur neugierig, sondern auch besonders." Sein Blick wanderte über Lyanna, als ob er mehr über sie wissen wollte.

Aurel und ich tauschten einen verstohlenen Blick, und Lyanna spürte, dass in diesem Moment mehr zwischen uns vorging, als sie zu verstehen vermochte.

"Wir sollten uns setzen und das Abendessen fortsetzen", schlug ich vor, Apollo nahm ebenfalls seinen Platz ein. Lyanna schien sich ein wenig gefangen zu fühlen in dieser ungewöhnlichen Situation, sie weiß auch nicht was als Nächstes kommen würde.

Während wir das Abendessen fortsetzten, hing eine unheimliche Atmosphäre in der Luft. Wir drei wechselten immer wieder vielsagende Blicke, als ob wir uns gegenseitig geheime Botschaften übermittelten. Lyanna ist unsere Marionette in unserem Spiel. Apollo erhob sein Glas und prostete Lyanna zu.

"Auf neue Bekanntschaften und auf das Unbekannte, das sie mit sich bringen." Sein Lächeln sprach Bände, welchen Plan verfolgst Du Bruderherz?

Sie nippte am Wein und spürte, wie die Konversation zwischen uns immer mysteriöser wurde. Bisher war ich relativ schweigsam, wandte mich nun an Lyanna.

"Du bist eine interessante Frau, Lyanna. Du verfügst über eine besondere Aura, die uns angezogen hat. Aber es gibt noch so viel, was wir über dich erfahren wollen. Vielleicht gibt es auch etwas was du über uns wissen möchtest?"

Nachdem das Dessert serviert worden war, schien sich unser Verhältnis zu Lyanna zu vertiefen. Ich konnte die Neugier und das Verlangen in ihren Augen spüren. "Ihr sprecht irgendwie in

Rätsel. Was erwartet ihr von mir?", begann sie, die Spannung war kaum zu ertragend.

"Ich habe in der Stadt gehört das man sich euch nicht in den Weg stellen sollte. Ihr gefährlich seid, auch wegen eurer Macht und dem Einfluss. Warum haben die alle große Angst vor euch?"

Apollo lächelte wieder, dieses Mal weniger bedrohlich, fast charmant. "Oh, Lyanna, die Menschen haben immer Angst vor etwas was sie nicht begreifen oder anfassen können. Die Welt ist voller Mysterien und dunkler Geheimnisse. Manchmal suchen wir bewusst nach ihnen, manchmal finden sie uns einfach. Wir sind daran gewöhnt, in den Schatten zu leben und mit den dunklen Facetten des Lebens umzugehen. Unsere Familie hat sich über die Jahre hinweg entwickelt, und wir haben unseren eigenen Code und unsere eigenen Ziele."

Aurel fügte hinzu: "Aber sei versichert, wir sind keine Bösewichte. Unsere Taten dienen oft einem höheren Zweck, auch wenn es auf den ersten Blick nicht so erscheinen mag."

Lyanna schien hin- und hergerissen zwischen dem Wunsch, mehr über uns zu erfahren, und der Sorge um ihre eigene Sicherheit.

"Ich verstehe euch immer noch nicht vollkommen. Was genau erhofft ihr euch von mir?"

Wir tauschten erneut geheime Blicke, bevor Apollo antwortete: "Lyanna, du bist anders. Du hast eine einzigartige Aura, die wir seit langem nicht mehr gespürt haben. Vielleicht hast du Fähigkeiten, von denen du selbst weißt, aber aus Eigenschutz nichts sagen möchtest. Wir würden gerne mehr darüber erfahren und gleichzeitig unsere Geheimnisse mit dir teilen."

Lyannas Ausdruck veränderte ich kurzzeitig. War da der Treffer ins Schwarze? Hat sie besonderen Fähigkeiten von denen sie bereits wusste?

"Ich werde darüber nachdenken, was ihr gesagt habt. Aber ich brauche mehr Informationen, um zu wissen, mit wem oder was ich es hier zu tun habe."

Apollo nickte verständnisvoll. "Selbstverständlich, Lyanna. Wir sind bereit, dir mehr zu offenbaren, wenn du dich darauf einlässt. Doch bedenke, dass in unserer Welt nicht alles so ist, wie es scheint. Es gibt Regeln, die befolgt werden müssen, und Konsequenzen, wenn man sie bricht."

Die Konversation erreichte einen kritischen Punkt, und Lyanna musste sich entscheiden, ob sie tiefer in unsere Welt eintauchen würde oder ob sie sich von ihr distanzieren wollte. Die Entscheidung würde ihr Leben für immer verändern.

Wir boten ihr ein verlockendes, aber auch beängstigendes Angebot an. Sie konnte in eine Welt eintauchen, die voller Macht und Einfluss war, aber auch voller Gefahren und Unbekanntem auf der anderen Seite.

Lyanna seufzte leise und rührte mit dem Löffel in ihrem Dessert. "Ihr bringt mich in eine seltsame Position. Ihr verlangt Vertrauen, aber ihr habt mir immer noch nicht eure wahren Absichten offenbart. Wie soll ich mich entscheiden, wenn ich nicht einmal weiß, was genau mich erwartet?"

Die Zeit über hatte ich ruhig zu gehört, schaute sie intensiv an. "Lyanna, wir verstehen deine Zweifel. Doch bedenke, dass es niemals absolute Sicherheit geben kann. Es wäre gefährlich, dir alle unsere Geheimnisse auf einmal zu enthüllen. Aber wenn du bereit bist, einen Schritt nach dem anderen zu gehen, können wir dir mehr zeigen."

Aurel fügte hinzu: "Wir können dir Gelegenheiten geben, die dir helfen werden, uns besser zu verstehen. Du musst nur bereit sein, diese Gelegenheiten zu ergreifen und mit offenen Augen zu sehen."

Lyanna spürte, wie unsere Blicke auf ihr lasteten, und das Gefühl von Verwirrung und Faszination war überwältigend. "Ich werde euer Angebot in Betracht ziehen", antwortete sie schließlich. "Aber ich werde keine unüberlegten

Entscheidungen treffen. Ich habe mein eigenes Leben und meine eigene Identität, und ich werde sie nicht aufgeben."

Apollo nickte zustimmend. "Das ist weise, Lyanna. Denke gut darüber nach und sei dir bewusst, dass du immer die Kontrolle über deine Entscheidungen behältst. Unsere Welt ist nicht für jeden gemacht, aber wir sehen in dir etwas Besonderes."

Aurel lächelte schließlich und stand auf. "Lyanna, wir werden dich jetzt nach Hause bringen lassen, aber denke daran, dass du immer hierher zurückkehren kannst, wenn du es wünschst. Unsere Türen stehen dir offen, und du bist immer willkommen."

Lyanna erhob sich ebenfalls, ihr Blick unsicher, aber entschlossen. "Danke. Ich werde darüber nachdenken und vielleicht werde ich wiederkommen. Bis bald."

Mit diesen Worten verließ Lyanna das Anwesen, begleitet von einem Wirrwarr aus Gedanken und Gefühlen. Wir blieben zurück, und das Kaminzimmer verschlang unsere Gespräche und Pläne, so wie es immer getan hatte. Unsere Welt und die Welt von Lyanna schienen sich immer mehr zu verflechten, und niemand konnte mit Sicherheit sagen, wohin das Schicksal uns alle führen würde.

Lyanna

Emily und ich hatten uns schon eine Weile nicht mehr gesehen, deswegen fühlte ich mich ein wenig schlecht. Sie wusste, dass ich in letzter Zeit viel um die Ohren hatte.

Es war ein sonniger Nachmittag, als Emily vor meinem Apartmentgebäude stand. Sie klingelte an der Tür und wartete darauf, dass ich aufmachen würde. Ein paar Augenblicke später öffnete sich die Tür, und ich stand da, überrascht und erfreut zugleich.

"Emily! Was für eine Überraschung. Komm rein!" lächelte ich und winkte meine Freundin herein. Ich war in einem bequemen Outfit gekleidet und genoss meinen freien Tag.

Emily betrat die Wohnung und ließ sich auf der Couch nieder. "Ich dachte, ich schau mal vorbei und sehe, wie es dir geht. Wir haben uns schon eine Weile nicht mehr gesehen. Naja. ich hatte ja auch Urlaub."

Ich setzte mich neben sie und seufzte leicht. "Ja, es ist viel los gewesen in letzter Zeit. Aber es ist wirklich schön, dich hier zu haben. Wie läuft es bei dir?"

Ich goss Tee in zwei Tassen und reichte eine davon an Emily, die sie dankbar annahm. "Danke, Lyanna. Dein Apartment ist immer so gemütlich. Ich genieße es, hier zu sein."

Emily nahm einen Schluck von dem Tee und lächelte. "Die Reise war großartig, Lyanna. Ich habe so viele interessante Orte gesehen und so viele neue Leute kennengelernt. Es war eine wunderschöne Auszeit vom Alltag."

Ich nickte interessiert. "Das klingt fantastisch. Ich wünschte, ich könnte auch mal eine Auszeit nehmen. Bei der Arbeit gibt es gerade so viel zu tun, aber es ist immer schön, von deinen Abenteuern zu hören."

Ich nippte an meinem Tee und sah Emily neugierig an. "Erzähl mal, hast du während deines Urlaubs jemand Besonderen kennengelernt, du hast sowas erwähnt in deiner Nachricht?" Ich grinste leicht, als ich die Frage stellte.

Emily lächelte und stellte ihre Tasse ab. "Oh, du erwischt mich gleich mit der ersten Frage. Nun ja, ich habe ein paar interessante Leute getroffen, es gab auch jemanden der mich umgehauen hat."

Ich lachte. "Das klingt doch super. Manchmal ist es gut, einfach Spaß zu haben, ohne allzu ernst nach einer Beziehung zu suchen. Dann kommt schon der Richtige. Erzähl mal weiter, wie heißt er, was macht er, von wo kommt er?"

Emily lächelte und nahm einen weiteren Schluck von ihrem Tee. "Es war leider nur ein netter intensiver Flirt. Er heißt Sebastian und war dort auch im Urlaub. Wir hatten viel Zeit miteinander verbracht. Bis er mir erzählte, dass er versprochen ist und bald umziehen muss, um mehr Aufgaben im Familienunternehmen zu übernehmen. Ich habe gedacht, ich habe meinem Mr. Right gefunden. Beim Abschied sind echt Tränen geflossen", seufzte Emily, "Aber im Moment bin ich zufrieden mit meinem Leben und meinen Plänen. Und wie sieht es bei dir aus, Lyanna? Was ist aus dir und Mr. X geworden? Wie hieß er noch gleich... Aiden."

Ich zögerte einen Moment, bevor ich antwortete. "Nun, ich bin immer noch auf der Suche nach dem Richtigen, aber ich lasse mich nicht stressen. Aiden ist wirklich interessant. Wir haben uns schon öfters getroffen. Erst gestern war ich bei ihm zu Hause zum Abendessen und du glaubst nicht, wenn ich dir sage, wo das war.... Seine Brüder waren auch da."

„Brüder? Na erzähle, du machst mich ganz neugierig", erwiderte Emily aufgeregt.

Ich lächelte verschmitzt. "Wir waren in ihrem beeindruckenden Anwesen. Da, wo der Maskenball stattgefunden hatte. Aiden ist wohl doch der Aiden. Er und sein Bruder Aurel haben mich herzlich empfangen, und wir haben zusammen zu Abend gegessen. Es war wirklich nett."

Emily war begeistert. "Wow, das ist nicht dein Ernst. Du hast dir einen der Caelus-Brüder geangelt? Das klingt ja traumhaft. Ich habe gehört, dass die Brüder ziemlich mysteriös und faszinierend sind. Wie ist sein Bruder Aurel?"

Ich überlegte einen Moment, bevor ich antwortete. "Aurel ist anders als Aiden, aber genauso interessant. Er ist einfühlsamer und sanfter, aber auch sehr selbstbewusst. Beide Brüder haben eine gewisse Ausstrahlung, die schwer zu beschreiben ist. Halt das gewisse Etwas und irgendwie auch was geheimnisvolles."

Emily lehnte sich aufgeregt näher. "Oh, das klingt spannend. Hast du denn noch mehr über die Brüder herausgefunden? Gibt es da etwas, was keiner weiß?"

Ich lehnte mich auf der Couch zurück und dachte einen Moment nach. "Nun, sie sind auf jeden Fall sehr charmant und selbstbewusst. Aiden hat mir angedeutet, dass sie in einer Art Familiengeschäft tätig sind, aber er ist nicht näher darauf eingegangen."

Emily lachte. "Oh, das klingt ja fast wie bei einem Krimi. Ich kann mir vorstellen, wie faszinierend das für dich sein muss. Aber sei vorsichtig, Lyanna. Man weiß nie, was hinter solchen Fassaden steckt."

„Emily, das ist noch nicht alles. Es sind drei."
„Was drei?", fragte Emily gleich.

„Na es sind keine Zwillinge, sondern Drillinge. Und der Dritte, Apollo, der steht seinen Brüdern in nichts nach. Das kann ich dir sagen. Er wirkt noch geheimnisvoller als Aiden und Aurel. Ich habe ihn bisher nur kurz getroffen, aber er hat eine eindringliche Ausstrahlung, die einen hypnotisiert und gleichzeitig ein wenig einschüchtert. Ich glaube, er hat das Sagen in der Familie", erklärte ich.

Emily horchte auf und schien neugierig. "Apollo, sagst du? Was für ein Eindruck hast Du? Man hört nie was von ihm. Vielleicht ist es etwas Öffentlichkeitsscheu", lachte Emily.

Ich überlegte einen Moment, bevor ich antwortete. "Unser Treffen war kurz und intensiv. Er hat diesen Blick, der einem das Gefühl gibt, dass er alles durchschaut. Er sprach über Vertrauen und Kontrolle und wie wichtig es ist, beides zu behalten. Ich konnte nicht anders, als mich ein wenig beunruhigt zu fühlen, aber gleichzeitig war da auch eine seltsame Faszination. Ich denke, Apollo ist der, vor dem man Angst haben sollte."

„Uff.. und was willst du nun machen? Mit Aiden, oder doch Apollo? Oder vielleicht Aurel? Oder Du nimmst sie alle", witzelte Emily. „Warum eigentlich nicht", gab ich lachend zurück. „Miss Lyanna Caelus...klingt doch nett", lachte Emily weiter, „Lass mir einen übrig...."

Ich schüttelte den Kopf und lachte. "Emily. Es ist noch recht frisch, und ich möchte nichts überstürzen. Aber ich werde dich auf dem Laufenden halten, versprochen."

Wir begannen, uns über ihre Erlebnisse der letzten Woche auszutauschen. Emily erzählte von ihrem Urlaub, von den Orten, die sie besucht hatte, und von den Abenteuern, die sie erlebt hatte. Ich hörte aufmerksam zu und lachte, als ich von den lustigen Geschichten hörte.

Nach einer Weile wechselten wir das Thema, und ich begann über meine Arbeit zu sprechen, von den Herausforderungen und den spannenden Projekten, die ich gerade bearbeitete. Emily konnte die Leidenschaft in meiner Stimme spüren, als ich von meiner Arbeit sprach.

Emily nickte zustimmend. "Das klingt wirklich aufregend. Du scheinst wirklich in deinem Element zu sein. Aber vergiss nicht, auch mal eine Auszeit zu nehmen und dich zu entspannen. Ich bin ja nun auch wieder da."

Ich lächelte dankbar. "Du hast recht, Emily. Manchmal vergesse ich, mir genug Freizeit zu gönnen. Aber es hilft, wenn du hier bist, um mich daran zu erinnern."

Wir genossen den Nachmittag miteinander, lachten über Anekdoten und machten Pläne für die Zukunft. Die Sonne neigte sich dem Horizont zu, und die Wohnung wurde von goldenem Abendlicht durchflutet.

Es war schön, dass Emily sich dazu entschlossen hatte, mich spontan zu besuchen, ich verbrachte gerne Zeit mit ihr.

*

Nachdem Emily nach Hause gegangen war, fühlte ich mich lebendig und gut gelaunt, die Zeit mit ihr munterte mich immer auf.

Voller Tatendrang beschloss ich, einen Spaziergang in den nahegelegenen Stadtpark zu machen, um die frische Luft und die herrliche Natur zu genießen. Der Abend war mild, und der Sternenhimmel erstrahlte. Ich mochte diese Idylle und wanderte ziellos durch die verwinkelten Wege des Parks.

In der Ferne hörte ich plötzlich einen leisen, eleganten Klang von Klaviermusik. Die Melodie war so anmutig, dass sie unwiderstehlich wirkte. Ich folgte dem Klang, bis ich zu einem kleinen Pavillon kam, der mit Lampions beleuchtet war. Dort saß ein Mann mit dem Rücken zu mir am Klavier.

Die Musik, die er spielte, hatte etwas Melancholisches an sich. Ich konnte nicht anders, als stehen zu bleiben und der Melodie zu lauschen. Als der Mann die Musik beendete und sich leicht drehte, um aufzustehen, erkannte ich ihn.

Aurel lächelte, als er mich erkannte, und seine Augen glitzerten im sanften Licht der Lampions. Er trat langsam aus dem Pavillon, und ich spürte, wie meine Knie leicht zitterten. "Lyanna," sagte er mit seiner tiefen, melodischen Stimme. "Es freut mich, dich wiederzusehen."

Ich konnte meine Überraschung und Freude nicht verbergen. "Aiden...Aurel, das ist wirklich unerwartet, dich hier zu treffen. Und diese Musik, sie war so wunderschön. Du spielst wirklich hervorragend."

Er verneigte sich leicht und erwiderte: "Aurel. Die Musik ist meine Leidenschaft, und sie bringt mich immer hierher, um Ruhe zu finden. Aber jetzt, da du hier bist, scheint der Park noch schöner zu sein."

Wir plauderten noch eine Weile im Pavillon und tauschten Geschichten aus. Aurel erzählte von seiner Leidenschaft für Musik und Kunst, während ich ihm von meinen kleinen kreativen Projekten berichtete. Die Zeit verstrich, als wir uns in unserer Unterhaltung verloren, und die Welt um uns herum schien zu verblassen.

Als wir uns unter dem funkelnden Sternenhimmel ansahen, spürte ich erneut die Anziehung zwischen uns. Es war ein Gefühl, das schwer zu beschreiben war, warum fühlte ich mich zu den Brüdern so stark hingezogen?

Aurel brach das Schweigen und sagte leise: "Lyanna, ich kann nicht anders, als zuzugeben, dass ich seit dem Abendessen an dich denken musste. Du bist wie ein leuchtender Stern in einer dunklen Nacht, und ich fühle mich von dir angezogen."

Seine Worte brachten mein Herz zum Rasen. Die Intensität der Gefühle, die in mir herrschten, war überwältigend. Ich fühlte, wie er näher rückte, und unsere Lippen trafen sich in einem hinreißenden Kuss.

Der Kuss war ebenso voller Sehnsucht und Verlangen wie der von Aiden, und ich konnte die Anziehungskraft, die auch von Aurel ausging, nicht leugnen. Es war, als ob eine unbekannte, aber mächtige Verbindung zwischen uns herrschte. Die Dunkelheit der vergangenen Jahre schien von diesem Augenblick erhellt zu werden.

Als wir uns schließlich voneinander lösten, sah ich tief in Aurels Augen. "Aurel, ich .... Ich komme mir gerade schlecht vor. Ich kann nicht leugnen, dass du eine gewissen Verlockung an dir hast, aber entschuldige bitte meine Entgleisung gerade eben."

Aurel lächelte, und seine Augen glänzten. "Lyanna, du musst dich nicht schlecht fühlen. Ich weiß von dem Kuss zwischen dir und meinem Bruder. Lass uns einfach näher kennenlernen und herausfinden, was zwischen uns ist."

Ich nickte zustimmend. "Ja, ihr macht es mir nicht einfach. Aurel, das möchte ich auch. Eure Wirkung auf mich ist ungewohnt und dennoch sehr reizvoll. Es macht mich neugierig."

„Wärst du offen für ein Abenteuer? Um herauszufinden welches dein Platz oder besser deine Aufgabe ist?" Ein wenig verwirrt schaute ich Aurel in die Augen.

Aurel blickte sie ernst an, und ein Hauch von Geheimnis lag in seinen Augen. "Lyanna, es gibt so viel mehr in dieser Welt, als wir uns vorstellen können. Eine Welt die dir zu Füßen liegen könnte. Ich glaube, dass du eine wichtige Rolle in all dem hast."

Seine Worte weckten Lyannas Neugier noch stärker. "Was meinst du, Aurel? Welche Rolle?"

Aurel lächelte wieder, aber dieses Mal mit einer Spur von Ernsthaftigkeit. "Das sind Geheimnisse, die ich dir nach und nach offenbaren möchte. Wenn du bereit bist, darauf einzugehen."

Ich war fasziniert und zugleich etwas beunruhigt von Aurels Worten, dennoch sagte ich ihm: "Ok, dann lassen wir es auf uns zu kommen."

Mit den Worten machten wir beide uns auf und gingen weiter durch den Park. Aurel brachte mich anschließend nach Hause.

Aurel

Nachdem ich Lyanna nach Hause gebrachte hatte, ging ich zurück zu meinem Auto, welches noch am Parkeingang stand. Meine Gedanken waren noch mit dem Aufeinandertreffen beschäftig. Dieser Kuss war so leidenschaftlich.

Zurück im Anwesen, saß Aiden im Kaminzimmer. Das Feuer knisterte leise, und der Raum war von einem sanften, warmen Licht erfüllt. Ich setzte mich in einen der bequemen Sessel, und sah das auch Aiden tief in deine Gedanken versunken war.

Ich brach schließlich das Schweigen und begann mit einem nachdenklichen Ton: "Aiden, ich mache mir Sorgen wegen Lyanna. Seit sie in unser Leben getreten ist, hat sich alles verändert."

Aiden nickte und starrte ins Kaminfeuer. "Ja, sie ist ein einzigartiger Mensch. Sie hat die gewisse Fähigkeit das Unerklärliche anzuziehen. Sie hat definitiv eine Verbindung zu uns, die wir leider nicht ignorieren können."

In unseren Gesichtern stand dieselbe Besorgnis. "Aber was sollen wir tun? Wir können sie nicht einfach in unsere Welt hineinziehen. Sie ist zu rein und Unschuldig, um in diese Angelegenheiten verstrickt zu werden."

Aiden seufzte. "Ich weiß. Doch sie ist bereits ein Teil davon. Sie hat die goldenen Masken gesehen und das Geheimnis des Maskenballs erlebt. Warum sie gerade jetzt in unser Leben tritt kann ich auch nicht beantworten. Ich bin mittlerweile auch davon überzeugt das die Maske bei ihr nicht gewirkt hat. Wie du eben gerade selber gesagt hast, ... Sie ist zu rein und unschuldig."

Ich stimmte ihm zu. "Wir müssen wachsam sein. Sie sollte nicht wissen, wie stark unsere Macht ist. Die Entscheidung über Leben oder Tod zu führen. Aber gleichzeitig sollten wir sicherstellen, dass sie geschützt ist." Aiden nickte und dachte an die Gefahr, die von uns und unserer Schattenseite ausging. "Eigentlich sollten wir mal mit Apollo sprechen, aber ich befürchte, er hat seine eigenen Pläne mit Lyanna. Er ist beim Abendessen wie ein Wolf um das Schaf geschlichen. So enthusiastisch kenn ich ihn gar nicht."

Ich senkte meine Augenlieder und ein Ausdruck der Entschlossenheit lag auf meinem Gesicht. "Wir werden alles tun, um sie zu schützen, Aiden. Sie ist ein wertvolles Geschenk, und wir dürfen nicht zulassen, dass sie in die Dunkelheit gezogen wird. Sie könnte mal unser Anker sein. Wo ist Apollo eigentlich? Hab ihn den ganzen Tag nicht gesehen", fragte ich Aiden.

„Der ist ein Deal abschließen, drüber bei Maestro. Wollte morgen wieder hier sein", kam nachdenklich von Aiden. „Aiden, was ist los? Über was denkst du nach?"

Aiden starrte weiterhin in die Flammen, während er antwortete. "Aurel, ich mache mir Sorgen um Apollo. Er plant was, keine Ahnung was, aber es könnte sich mit unseren Absichten kreuzen. Die Dunkelheit in ihm ist mächtig, und ich habe das Gefühl, dass er sich von ihr leiten lässt. Ich frage mich, wie viel von ihm noch der Bruder ist, den wir kannten."

Ich konnte die Besorgnis in Aidens Stimme hören und berührte seine Schulter. "Wir werden einen Weg finden, Aiden. Einen Weg für Lyanna und einen Apollo daran zu hindern, sie in seine finsteren Pläne zu verwickeln. Wir dürfen unsere Familiengeschichte in Ehren halten."

Aiden sah zu mir, und sein Ausdruck entspannte sich. "Du hast recht. Unsere Verbindung zu Lyanna wird stärker, und sie kann uns stärker machen. Wir müssen zusammenhalten und die Dunkelheit in Schach halten, egal von welcher Seite sie kommt. Wir dürfen Apollo nicht verlieren."

Apollo

Ich schnappte mir meine Taschen und verließ das Hotelzimmer. Draußen wartete bereits eine dunkle Limousine auf mich. Der Chauffeur nickte mir respektvoll zu, als ich einstieg.

Die Fahrt zum Flughafen verlief ruhig, und ich ließ die Gedanken an Lyanna und meine Brüder in meinem Kopf kreisen. Die Dinge waren kompliziert geworden, und ich wusste, dass ich mich in einem gefährlichen Spiel befand.

Am Flughafen angekommen, begab ich mich direkt zum Privatjet, der für mich bereitstand. Unser Pilot erwartete mich bereits, und wir machten uns startklar. Während das Flugzeug in die Nacht abhob, dachte ich an all die Intrigen und Pläne, die noch vor uns lagen.

Bei unserer Landung hatte der nächtliche Regen bereits die Straßen der Stadt in glitzernde Spiegel verwandelt. Das Licht der Straßenlaternen brach sich auf dem nassen Asphalt, und die Stadt schien in einem sanften Schleier aus Träumen gehüllt.

Meine Gedanken wanderten zu dem Deal, den ich gerade abgeschlossen hatte. Die Unterwelt war ein undurchsichtiger Ort, voller machthungriger Dämonen und gefährlichen Spielern. Aber ich war ein Meister darin, mich in diesem Labyrinth zu bewegen.

Der Deal würde mir mehr Macht und Einfluss in der Welt der Schatten verschaffen, und das war es, was ich anstrebte. Doch gleichzeitig schwebte mir Lyanna vor Augen. Ihre Anwesenheit in meinem Leben hatte alles verändert. Ihre strahlenden smaragdgrünen Augen, die so unschuldig wirkten, aber eine unergründliche Tiefe besaßen.

Der Gedanke an sie ließ mein Herz schneller schlagen, und ich konnte die Verlockung nicht leugnen. Es war, als ob sie ein heller Stern in der Dunkelheit meines Daseins wäre, und ich konnte nicht anders, als mich von ihrem Glanz angezogen zu fühlen. Doch auch Aiden und Aurel, waren nicht zu unterschätzen. Sie kannten die Geheimnisse der Schatten ebenso gut wie ich, und ihre Loyalität zu Lyanna wuchs jeden Tag unerschütterlich. Ich müsste vorsichtig sein, wenn ich meine eigenen Pläne verwirklichen wollte.

Während ich durch die nächtlichen Straßen fuhr, schwor ich mir, meine Ziele zu erreichen, koste es, was es wolle. Lyanna war der Schlüssel zu meinem Schicksal, und ich würde nichts unversucht lassen, um sie für mich zu gewinnen.

Aiden

Die Zeit schien still zu stehen, als ich zu Hause auf Apollo wartete. Die Zeiten hatten sich geändert, und Apollo war nach seinem Deal mit Maestro zurückgekehrt. Doch ich war mir bewusst, dass er nicht mit leeren Händen gekommen war.

Die Tür öffnete sich, und Apollo trat in die Villa ein. Seine Augen glänzten und ich konnte die dunkle Aura spüren, die ihn umgab.

"Willkommen zurück, Apollo", begrüßte ich ihn mit einer ruhigen, aber neugierigen Stimme. "Ich nehme an, dein Deal mit Maestro ist abgeschlossen."

Apollo nickte, und sein Lächeln hatte etwas Diabolisches an sich. "Das ist richtig, Aiden. Aber ich habe nicht nur Geschäfte gemacht. Ich habe auch einige Informationen erhalten, die für uns von Interesse sein könnten."

Ich hob eine Augenbraue und trat näher an Apollo heran. "Erzähl. Welche Informationen hast du?"

Apollo trat in das Kaminzimmer, und ich folgte ihm. Er begann zu sprechen und berichtete von dem Treffen mit Maestro, von den Gerüchten, die in der Unterwelt kursierten, und von den Plänen, die im Gange waren.

"Das Treffen lief anders, als erwartet. Maestro erwähnte etwas über Gerüchte und so einige Vorhaben und Pläne. Er hat Informationen, von denen ich nichts wusste. Viel preisgegeben hat er allerdings nicht."

"Das beunruhigt mich. Maestro ist in der Lage, Dinge herauszufinden, die niemand sonst weiß. Wenn selbst er vage Andeutungen macht, müssen wir auf der Hut sein. Was für Informationen? Und wovon spricht er?"

"Er behauptet, dass Lyanna in Gefahr ist. Es gibt einige die nach ihr suchen."

"Das ist genau das, wovor ich dich gewarnt habe Apollo. Was weiß Maestro noch?"

"Er sagte, dass es Gerüchte über eine uralte Magie gibt, die Lyanna umgibt. Etwas, das sie mächtig und gefährlich macht."

"Das erklärt einiges, aber es erhöht auch die Gefahr. Wir müssen mehr darüber herausfinden."

„Ja, und Maestro hat mir geraten, einen bestimmten Ort aufzusuchen. Einen Ort, an dem wir vielleicht Antworten finden können. Wir drei sollten gleich morgen früh los, am besten in der Morgendämmerung."

"Was für ein Ort ist das?"

"Ein uraltes Versteck, tief in den Wäldern. Maestro sagte, es wäre gefährlich dorthin zu gehen, aber es könnte unsere einzige Chance sein."

"Wir müssen vorsichtig sein, Aiden. Die Wächter, von denen Maestro gesprochen hat, könnten uns gefährlich werden. Sie kennen uns nicht."

"Das ist wahr, aber wir haben keine Wahl. Lyanna steckt bereits mitten drin. Ich habe von Erol erfahren das auch andere Clans sie beschatten. Wir müssen alles tun, um sie zu schützen."

"Ich frage mich, warum sie das Ziel ist. Das sie was Besonderes ist, ist klar, aber was ist das gewisse Besondere an ihr?"

"Vielleicht hat es mit der Magie zu tun, die sie umgibt, ihrer Persönlichkeit. Oder etwas aus ihrer Vergangenheit, was wir noch nicht wissen? Definitiv zieht sie die Dunkelheit an."

"Und dann sind da noch die Ferragostos. Ich vertraue ihnen nicht. Die werden ihre eigenen Pläne haben, das ist offensichtlich. Wir dürfen Lyanna nicht in deren Hände fallen lassen."

"Dann suchen besuchen wir morgen mal den Ort den Maestro genannt hat. Vielleicht finden wir was raus was uns helfen kann oder antworten gibt."

"Ich werde Maestro um weitere Informationen bitten. Er scheint mehr zu wissen, als er preisgibt."

"Das ist ein riskantes Unterfangen, Apollo. Maestro ist ein gefährlicher Mann, und er spielt seine eigenen Spiele. Er dreht sich wie die Geldscheine im Wind."

"Wir haben keine andere Wahl. Wenn wir Lyanna schützen wollen, müssen wir alle verfügbaren Mittel nutzen. Ich werde Maestro danach kontaktieren und versuchen, so viele Informationen wie möglich von ihm zu erhalten. Wir müssen herausfinden, was er über Lyannas Situation weiß."

"Gut. Ich werde in der Zwischenzeit einen Plan entwickeln, wie wir sie am besten beschützen können. Wir dürfen keine Zeit verlieren und ich werde noch Aurel informieren."

Apollo

Wir hatten uns auf den Weg gemacht, eine uralte Höhle in den tiefen Wäldern zu erreichen. Das Ziel des Ausflugs war für mich von großer Bedeutung, denn ich wusste, dass auch sie nach Antworten suchten. Antworten, die unsere gemeinsame Verbindung, aber auch die Zukunft von Lyanna und mir betrafen.

Während wir durch den dichten Wald wanderten, konnte ich ihre Anspannung spüren. Meine Brüder bewegten sich mit einer Art Ehrfurcht durch die modere Umgebung, die vom Geheimnis dieser uralten Wälder durchdrungen war. In ihren Schritten lag eine Entschlossenheit, die mir bewusst machte, dass sie bereit waren, alles zu tun.

Schließlich erreichten wir die Lichtung mit dem glitzernden Bach und dem Höhleneingang. Die Höhle galt als ein heiliger Ort, ein Ort, an dem uralte Mächte wirkten. Als wir eintraten, umgab uns das mystische Blau des Höhleninneren.

Ich sah, wie die beiden auf die Wände der Höhle starrten, bedeckt von geheimnisvollen Symbolen und Zeichen, die eine Geschichte aus längst vergangenen Zeiten zu erzählen schienen. Sie knieten nieder und begannen mit den überlieferten Ritualen, die wir von Generation zu Generation weitergegeben bekommen hatten. Die Magie, die wir in dieser Höhle erlebten, war stärker als alles, was ich je gesehen hatte.

Während wir die Rituale durchführten, schien die Höhle lebendig zu werden. Die Wände erstrahlten, und verborgene Pfade und Symbole wurden sichtbar. Es war, als ob die Höhle selbst uns den Weg zu den Antworten wies, die wir suchten. Ich wusste, dass wir dem Ziel näherkamen und dass diese uralten Kräfte uns führen würden.

In diesem Moment begriff ich, dass die Geschichte, die sich hier entfaltete, weitreichender war, als ich es mir je hätte vorstellen können. Die dunklen Mysterien, die uns alle umgaben, begannen sich zu entwirren, und ich konnte nur hoffen, dass meine Brüder die Weisheit und die Macht erlangen würden, um Lyanna und sich selbst vor den drohenden Gefahren zu schützen.

Während Aiden und Aurel tief in die Rituale und Symbole vertieft waren, war ich mit meinem eigenen Ritual beschäftigt. Ich spürte ich die Präsenz uralter Wesen. Die Luft in der Höhle vibrierte förmlich von den Kräften, die wir beschworen. Doch sie schienen keine Angst zu haben, sie leiten uns. Derweilen setzte ich mich auf den Felsvorsprung.

Die Wände der Höhle begannen zu leuchten und enthüllten Bilder aus vergangenen Zeiten. Sie zeigten die Geschichte unserer und einer anderen Familie, von den ersten Caelus-Mitgliedern bis zur Gegenwart. Es war eine Geschichte von Macht, Geheimnissen und einer Verbindung zur Magie, die über Generationen weitergegeben worden war. Ich schloss meine Augen und ließ die Energie auf mich wirken.

Schließlich, nachdem auch meine Brüder ihre Rituale abgeschlossen hatten, erhoben sie sich aus der Knieposition und blickten einander an. In ihren Augen lag eine tiefe Erkenntnis, eine Verbindung zu den Wurzeln unserer Familie und zu den Aufgaben, die sie zu erfüllen hatten.

"Was habt ihr hier heraus gefunden?" fragte ich, als ich spürte, dass sie bereit waren, die Höhle zu verlassen und in die Welt zurückzukehren.

Aiden antwortete mit einem nachdenklichen Ausdruck: "Wir haben Antworten gefunden, aber auch neue Fragen. Die Höhle hat uns gezeigt, dass unsere Familie seit Jahrhunderten in einen uralten Konflikt verwickelt ist. Wir sind Hüter der Magie, und diese Verantwortung trägt schwer."

Aurel fügte hinzu: "Wir haben eine Mission, und diese Mission hat mit Lyanna zu tun. Es ist kein Zufall das sei in unserem Leben ist. Sie ist Teil

dieser uralten Geschichte, und wir müssen sie beschützen."

„Apollo, durch diese Rituale, die wir eben durchgeführt haben, auf dieser Reise haben wir Visionen
und Erkenntnisse erhalten, die sehr bedeutend
auch für unsere Familie ist. Lyanna ist aus einer
uralten Linie von Seherinnen und Hexen, die über
Generationen hinweg für ihr spirituelles Wissen
und ihre Fähigkeiten bekannt waren. Die Visionen
zeigten uns, dass Lyanna auserwählt war, die
Kräfte der Höhle und die darin verborgenen Geheimnisse zu erwecken. Sie besitzt die Fähigkeit,
die Zeichen und Symbole zu lesen und zu verstehen, und sie hat das Potenzial, diese Kräfte zu
beherrschen. Sie ist die entscheidende Rolle bei der
Wiederherstellung des Gleichgewichts zwischen
Licht und Schatten. Sie ist das Licht."

Die Erkenntnis, dass Lyanna eine Schlüsselrolle
in unserer Welt spielte, füllte mich mit Ehrfurcht.
Ich war entschlossen, sie besitzen zu wollen, ihre
wahren Fähigkeiten zu entfalten und zu lenken.
Was wäre, wenn sie zu mir auf die Schattenseite
wechselt?

Die Brüder wussten, dass sie vor großen Herausforderungen standen, aber sie hatten auch eine
tiefe Entschlossenheit in sich. Sie würden die
Dunkelheit bekämpfen und die Geheimnisse ihrer
Familie aufdecken, um diejenigen zu schützen, die
sie liebten.

Nachdem wir die mystische Höhle verlassen hatten, kehrten wir zum Anwesen zurück, um uns auf die bevorstehende Aufgabe vorzubereiten. Bisher hatte ich im Hintergrund agiert, spürte dennoch die Entschlossenheit und Macht, die von Aiden und Aurel ausgingen. Die Lage wurde komplizierter, da die Beiden nun auch die uralten Geheimnisse um Lyanna und unserer Familie kannten.

Bei meinem Geschäftstreffen mit Maestro erzählte er mir bereits Lyannas Geschichte, aber diese Verbundenheit und ihre Macht, das hätte ich definitiv unterschätzt.

Am Abend saßen wir zusammen und diskutierten über ihre nächsten Schritte. Die Magie, die wir in der Höhle erfahren hatten, hatte unsere Fähigkeiten gestärkt und neue Erkenntnisse gebracht, aber wir wussten, dass auch die Dunkelheit, die diese Magie umgab, nicht unterschätzen durften. Es war ein Zusammenspiel von Licht und Schatten. Unheimlich aber auch herausfordernd.

Aiden

In den letzten Tagen kam ich kaum zur Ruhe. Die Erkenntnisse aus der heiligen Höhle hatte unser Leben auf den Kopf gestellt. Wir haben erfahren, dass wir die Wächter sind. Zumindest Aurel und ich. Apollo hat noch eine viel wichtigere Aufgabe. Das wir mit besonderen Fähigkeiten ausgestattet waren, die weit über das Normale hinausgingen, war uns bereits bekannt.

Die Gedanken an weitere geheimnisvolle Kräfte, die in uns schlummerten, hatten mich nicht mehr losgelassen. Doch noch wichtiger war die Tatsache, dass diese offenbar mit Lyanna in Verbindung standen. Sie war der Schlüssel zu all dem, und ich konnte nicht anders, als ständig an sie zu denken.

Es war ein sonniger Nachmittag, also beschloss ich sie in dem Café aufzusuchen. Mein Herz klopfte aufgeregt, als ich sie schließlich an einem der Tische entdeckte.

Lyanna saß da, ihr Gesicht von der warmen Frühlingssonne beleuchtet. Ihr Lächeln strahlte, als sie mich bemerkte. Ich ging zu ihr, und sie erhob sich, um mich zu begrüßen.

"Aiden, es ist so schön, dich zu sehen", sagte sie herzlich und umarmte mich kurz. Ihr Parfüm roch blumig und vertraut.

"Lyanna, die Freude ist ganz meinerseits", erwiderte ich, gab ihr einen Kuss und setzte mich ihr gegenüber. Emily kam, und wir bestellten unsere Getränke.

Wir begannen, über die letzten Ereignisse zu sprechen. Lyanna erzählte mir von ihrem Alltag, von der Arbeit und ihren Freunden. Ich hörte aufmerksam zu, während ich mir darüber im Klaren war, dass wir noch Wichtigeres zu besprechen hatten.

Schließlich konnte ich nicht länger schweigen. "Lyanna, ich muss mit dir über etwas Wichtiges sprechen", begann ich vorsichtig. "Es geht um die Dinge, die wir entdeckt haben und um unsere Verbindung."

Ihre Augen weiteten sich und sie sah mich fragend an. "Was meinst du, Aiden?"

"Ich habe seitdem viel darüber nachgedacht. Was wir besitzen, ist außergewöhnlich und ich glaube, alles steht mit dir in einer Verbindung. Du bist der Schlüssel, aber du weißt es eventuell noch nicht, was alles in dir schlummert?"

Lyanna runzelte die Stirn und nippte an ihrem Kaffee. "Aiden, das klingt alles sehr mysteriös. Ich verstehe nicht ganz, was du meinst."

Ich seufzte und versuchte, es so verständlich wie möglich auszudrücken. "Ich denke, du bist ein Teil von etwas Größerem. Gemeinsam könnten wir eine Menge Gutes bewirken."

Sie sah mich nachdenklich an, und ich konnte ihre Unsicherheit spüren. "Aiden, das ist schwer dir zu folgen. Aber ich vermute zu wissen was du mir eigentlich sagen willst. Aber nicht hier."

Ich lächelte, erleichtert, dass sie offen dafür war. "Kann ich dich heute Abend zu uns holen? Dann können wir über alles reden."

„Ok, holst du mich um 19 Uhr bei mir ab?" fragte sie mich. Ich nickte, verabschiedete mich und verließ das Café.

Lyanna

Meine Freunde hatten Aiden und mich natürlich beobachtet, beide sahen mich neugierig an. Schließlich brachte Emily das Thema zur Sprache.

"Lyanna, es ist wirklich seltsam, Aiden hier im Café zu sehen. Wir wissen, dass ihr beide enge Freunde seid, früher hat man nie jemanden von den Caelus hier gesehen." Ich sah zuerst zu Emily und dann zu Jason, zögerte einen Moment, bevor ich antwortete. "Nun ja, es gibt da etwas Wichtiges, worüber Aiden mit mir sprechen wollte." Jason runzelte die Stirn. "Etwas Wichtiges? Was genau meinte er damit?"

Ich atmete tief durch und entschied mich, ihnen die Wahrheit zu erzählen. "Aiden und seine Brüder und haben vor kurzem Dinge entdeckt, die unser Leben auf den Kopf gestellt haben. Es geht um gewisse Dinge und eine Verbindung, die zwischen uns besteht."

Die Verwirrung in den Gesichtern von Emily und Jason war offensichtlich. "Was für Dinge und welche Verbindungen? Ich verstehe nicht", sagte Emily verwirrt.

Ich übernahm das Gespräch. "Es ist schwer zu erklären, aber es gibt Fähigkeiten in uns, die über das Alltägliche hinausgehen. Und diese Kräfte stehen in Verbindung mit mir. Sie glauben, dass ich der Schlüssel bin, um sie zu verstehen und zu beherrschen."

Jason verzog sein Gesicht und sah abwechselnd zwischen mir und Emily hin und her. "Das klingt wirklich mysteriös. Aber wie kommt er auf sowas? Drehen die jetzt durch? Geld scheint einen wirklich zu Kopf zu steigen. Was hat das mit dir zu tun?"

Ich seufzte und sah meine Freunde mit einem Hauch von Sorge an. "Weil ihr meine besten Freunde seid, und ich euch alles anvertrauen möchte. Diese Entdeckung betrifft nicht nur die Brüder und mich, sondern auch euch. Diese Dinge könnten Einfluss auf unser gesamtes Leben haben." Jason runzelte die Stirn und blickte mich neugierig an. "Was meinst du, Lyanna?"

"Ich besitze besondere Fähigkeiten, die weit über das Gewöhnliche hinausgehen," erklärte ich. "Ich kann Gedanken lesen und Gefühle spüren bevor sich der andere dessen bewusst ist, ich kann Dinge sehen, die andere nicht können. Ich kann die inneren Konflikte und Schattenthemen anderer Menschen erkennen und diese bewusst antriggern, um ihnen bei der Heilung zu helfen. Aber das ist noch nicht alles. Ich kann sogar Objekte mit meinem Geist bewegen, so etwas wie Telekinese.

Und schließlich bin ich in der Lage, ach...egal....glaube das reicht erstmal für das Erste." Jason schien verblüfft. "Das klingt fast wie etwas aus einem Science-Fiction-Film."

Ich nickte ernst. "Es klingt ungewöhnlich, das gebe ich zu. Aber es ist real, und ich habe diese Fähigkeiten schon oft eingesetzt. Und hier kommt der Knackpunkt: Die Caelus und ich haben eine Verbindung zueinander. Diese wird immer intensiver und ist sehr verworren, ich soll ein Schlüssel in dem Ganzen sein."

Emily fragte: "Lyanna, wie waren deine Erfahrungen mit deinen Fähigkeiten in der Vergangenheit?"

Sollte ich alles offenlegen? Entweder laufen sie beide schreiend weg, rufen die Männer mit dem weißen Kittel oder sie vertrauen mir. Nach einigen Minuten Bedenkzeit, einem tiefen Seufzer und gemischten Gefühlen antwortete ich ihr.

"Ich hatte bereits Erfahrungen mit meinen Kräften gemacht, positiv und negative. In meiner früheren Umgebung wurde ich als Hexe beschimpft und gemieden. Mobbing. Viele hatten auch Angst. Diese Fähigkeiten sind nicht unbedingt etwas was man anfassen oder großartig belegen kann. Es gab leider auch Menschen die Profit mit mir machen wollten. Deswegen bin ich umgezogen. Es wäre schön, wenn ich eure Unterstützung und Hilfe bekomme. Den eigentlich ist es nichts Magisches. Es kann jeder. Nur muss man bereit sein sich selbst weiter zu entwickeln. Offen zu sein für Dinge, die sich nicht belegen lassen. Der Mensch ist so komplex. Wir nutzen doch nur einen ganz kleinen Teil dessen was möglich wäre. Ich denke, dass die Menschen mit sogenannten „speziellen" Fähigkeiten einfach etwas mehr Potenzial aus sich herausholen."

Jason starrte auf seinen Kaffee und überdachte meine Worte. Meine Offenbarung veränderte hoffentlich ihr Verständnis von der Welt und den Menschen um uns herum. Emily und Jason tauschten einen Blick aus und schienen zu begreifen, dass dies keine gewöhnliche Situation war. "Lyanna, du weißt, dass wir immer für dich da sind und dich unterstützen werden", versicherte Emily.

Jason nickte zustimmend. "Wir sind Freunde, und wir halten zusammen. Es ist für uns schwer zu glauben, aber wir lassen uns gerne ein besseres Belehren und vertrauen dir."

Ich lächelte erleichtert und froh über ihre Reaktion. "Danke, ihr seid die besten Freunde, die man sich wünschen kann. Ich hoffe, dass wir diesen Weg gemeinsam gehen können."

Aiden

Die Sonne neigte sich dem Horizont zu, als ich vor Lyannas Haus auf sie wartete. Ich konnte es kaum erwarten, sie zu sehen und den Abend mit ihr zu verbringen.

Als die Haustür aufschlug stockte mir der Atem. Lyanna sah bezaubernd aus, strahlend und voller Leben. Ich konnte nicht anders, als sie anzulächeln. "Lyanna, du siehst umwerfend aus."

Ihr Lächeln erwiderte meins, und sie stieg in das Auto. Die Fahrt zum Anwesen verlief ruhig, und ich konnte die Vorfreude und Neugier in ihren Augen sehen.

Als wir schließlich ankamen, war ich gespannt darauf, ihr mehr über uns und der geheimnisvollen Höhle zu erzählen. Bevor wir ausstiegen, hielt ich ihre Hand und sah ihr tief in die Augen. "Lyanna, heute werden wir einige Dinge aufklären und Geheimnisse lüften. Ich hoffe, du bist bereit dafür."

Sie nickte, und in ihren Augen konnte ich Entschlossenheit und Mut sehen. Wir betraten gemeinsam das Herrenhaus und machten uns bereit Antworten auf all die Fragen zu finden.

Ich führte Lyanna in das Kaminzimmer um in Ruhe mit ihr sprechen zu können. Der Raum strahlte Wärme und Behaglichkeit aus, dank des knisternden Kaminfeuers.

"Bitte, setz dich, Lyanna", lud ich sie ein und nahm selbst Platz. "Ich möchte dir von etwas sehr Wichtigem und Privatem erzählen."

Lyanna nahm Platz, und ich begann, ihr von den Entdeckungen in der Höhle zu berichten, von unseren besonderen Gaben und wie sie mit ihr in Verbindung standen. Ihre Augen wurden größer, und ich konnte ihre Gedanken förmlich hören, wie sie all diese neuen Informationen aufnahm.

"Es ist viel zu verdauen, ich weiß", sagte ich einfühlsam. "Aber Lyanna, du bist ein Teil von all dem. Du besitzt ebenfalls außergewöhnliche Fähigkeiten, die in dir schlummern. Und wir sind hier, um dir zu helfen, sie zu verstehen und zu beherrschen."

Lyanna nickte langsam und ihre Augen glänzten vor Neugier. "Aiden, das ist.... keine Ahnung was ich sagen soll. Aber warum? Warum genau jetzt?"

Ich lächelte, denn diese Frage hatte auch mich lange beschäftigt. "Das, Lyanna, ist eine der vielen Fragen, auf die wir auch keine Antworten haben. Aber ich bin sicher, dass wir eine wichtige Rolle in einer größeren Geschichte spielen. Und vielleicht können wir damit Gutes bewirken, wenn wir verstehen, wie wir zusammen funktionieren."

Lyanna schien tief in Gedanken versunken, während sie die Bedeutung dieser Worte auf sich wirken ließ. "Es fühlt sich an, als ob unser Leben plötzlich eine völlig neue Richtung genommen hat. Aber ich bin froh, dass ich nicht allein damit umgehen muss."

Aurel

Ich betrat das Kaminzimmer mit einem Buch in der Hand, bereit, mich für eine Weile zurückzuziehen und zu lesen. Doch als ich die Szene im Raum sah, stockte mir der Atem. Aiden und Lyanna saßen eng beieinander auf dem Sofa, ihre Köpfe waren einander zugewandt, und sie schienen in ein tiefes Gespräch vertieft zu sein.

Ein überraschtes Lächeln huschte über mein Gesicht. Es war nicht das erste Mal, dass ich die beiden zusammen sah, aber es war dennoch ungewohnt. Ich hatte ihre Beziehung von Freundschaft zu etwas Tieferem entwickeln sehen, und es fühlte sich an, als würde ich einen Blick auf etwas sehr Privates erhaschen.

Leise schloss ich die Tür hinter mir, um die beiden nicht zu stören, und setzte mich in einen Sessel, um zu beobachten, wie sich ihre Verbindung weiterentwickelte. Ein wenig neidisch war ich schon. Ich beobachtete Aiden und Lyanna, wie sie sich unterhielten. Ich wusste, dass ich nicht lauschen sollte, aber die Worte, die ich aufschnappte, fesselten meine Aufmerksamkeit.

*

Lyanna sagte leise: "Aiden, ich kann es immer noch nicht glauben, dass wir so viel gemeinsam haben. Was machen wir jetzt?"

Aiden legte sanft eine Hand auf ihre Schulter und erwiderte: "Lyanna, wir werden lernen, damit umzugehen, gemeinsam. Und wir haben Aurel an unserer Seite. Zusammen werden wir herausfinden, was all das bedeutet. Es ist eine Reise, die wir nicht allein antreten müssen."

Ich fühlte mich geehrte von Aidens Worten. Ich hatte geahnt, dass sie und mein Bruder eine besondere Verbindung haben, aber in diesem Moment erkannte ich, wie stark diese Verbindung war.

Doch es gab immer noch eine Frage, die Lyanna anscheinend beschäftigte, den sie beschloss, endlich nachzufragen.

"Es gibt etwas, das ich schon lange wissen wollte", begann sie zögernd. "Warum gibt es so viele düstere Gerüchte über euch? Die Caelus-Brüder? Ich habe von den Geschichten gehört, von euren dunklen Manipulationen. Aber ich kann mir nicht vorstellen, dass das Alles die Wahrheit sein soll, außer euer Ritual vom Maskenball."

Aiden schaute hoch und sah mich in der Ecke. Wir tauschten einen nachdenklichen Blick aus, bevor Aiden schließlich antwortete "Lyanna, du sprichst die Wahrheit an. Unsere Familie hat eine bewegte Vergangenheit, die von Geheimnissen und zwielichtigen Geschäften geprägt ist. Diese dunklen Kapitel haben zweifellos dazu beigetragen, den Ruf der Caelus-Familie zu beeinflussen."

Ich fügte dem hinzu: "Aber das bedeutet nicht, dass wir diesen Pfad fortsetzen. Unsere Begegnung mit dir und unsere eigenen Erkenntnisse in der Höhle haben uns zum Nachdenken gebracht. Wir haben uns in der Vergangenheit von den Schatten sehr leiten lassen. Wir wollen es zumindest versuchen uns zu distanzieren und sind entschlossen, es auf einem ehrlichen und rechtschaffenen Weg zu versuchen. Es wird nicht leicht, da unsere Welt von je her dunkel war und immer noch ist. Unsere außergewöhnlichen Fähigkeiten sind eine Gabe und ein Fluch zugleich, und wir möchten sie mal nutzen, um Gutes zu tun."

Aiden konterte "Das heißt nicht, dass wir nie Gutes getan haben, nur haben wir so gut wie immer irgendwelche manipulativen Spiele betrieben, um das zu erreichen, was wir wollten. Egal in welcher Form."

Sie nickte verständnisvoll und sprach ihre eigenen Überlegungen aus: "Ich habe immer an das Gute im Menschen geglaubt, sich zu ändern und auf den rechten Weg zurückzukehren. Und ich bin bereit, euch zu unterstützen, wenn ihr eure Ver-

gangenheit hinter euch lassen und eine bessere Zukunft aufbauen möchtet."

Mein Bruder und ich lächelten dankbar und erleichtert. In diesem Moment schien Lyanna verstanden zu haben, dass sie die richtige Entscheidung getroffen hatte, uns zu vertrauen und an
ihrer Seite zu haben.

Sie grübelte eine Weile nach bis sie mit uns ihren
Gedanken teilte. „Ich hoffe das ich euch vertrauen
kann. Was sagt Apollo dazu? Was denkt ihr, was ist
seine Rolle? Ich verstehe nicht, was seine Absichten
sind."

Ich sah sie nachdenklich an und sprach schließlich. "Lyanna, Apollo ist ein komplexer Mann. Er
verbirgt viele Geheimnisse, und ich habe das Gefühl, dass er seine eigenen Pläne verfolgt. Du
solltest vorsichtig sein und dich nicht zu sehr von
ihm blenden lassen."

Aiden nickte zustimmend. "Ich stimme Aurel zu.
Wir haben unsere eigenen Zweifel und Bedenken in
Bezug auf Apollo. Es ist wichtig, dass du auf dein
Bauchgefühl hörst und nicht zu leichtgläubig bist.
Er ist nicht das, was er vorgibt zu sein."

Lyanna seufzte und nickte. Sie hatte wohl
ähnliche Gedanken gehabt, aber es half ihr, die Bestätigung von uns zu hören. "Danke, Jungs. Ich
werde vorsichtig sein und meine Augen offenhalten.

Dennoch kann ich diese Anziehungskraft nicht ignorieren. Es ist, als ob es eine unausgesprochene Verbindung zwischen uns gibt. So wie bei euch, aber dennoch etwas anders."

Ich stand auf und legte tröstend meine Hand auf Lyannas Schulter. "Wir sind hier, um dich zu unterstützen, Lyanna. Egal, was auch passiert. Vertraue darauf, dass wir immer für dich da sind."

„Vielen Dank", antwortete sie.

Apollo

Ich betrat das Kaminzimmer mit einem schweren Herzen, meine Hände noch feucht von dem, was ich gerade getan hatte. Der Raum war mit einigen Kerzen und dem Kaminfeuer erleuchtet, und die Stimmung wirkte so friedlich im Vergleich zu dem, was draußen vor sich ging.

Lyanna und meine Brüder waren in ein Gespräch vertieft gewesen, als ich eintrat, so dass sie mich nicht gleich bemerkten. Meine Anwesenheit brachte eine unangenehme Stille mit sich. Ein eisiger Schatten schien sich über das Zimmer zu legen.

Lyanna war die Erste, die sich von ihrer Überraschung erholte und nachfragte, warum ich Blut an meinem Hemd hatte. Ihr Blick war neugierig, aber auch besorgt.

Ich blickte auf meine Hände, die ich gerade mit einem Handtuch abtrocknete, und das Blut, das darauf klebte. "Es sind Dinge passiert, die ihr nicht verstehen werdet", erwiderte ich in einem Ton, der keine Widerrede duldete.

Aiden nahm meine Worte auf und schien zu verstehen, dass ich nicht bereit war, näher auf die

Details einzugehen. Er zog mich zur Seite, wir verließen den Raum und gingen den Gang entlang in die Dunkelheit. Manchmal ist es besser, dass einige Dinge ungesagt bleiben. In der Zwischenzeit hatte sich Aurel um Lyanna gekümmert, um sie von Vorfall abzulenken.

Aiden hob eine Augenbraue und fragte: "Was ist passiert, Apollo? Dein Hemd..."

Ich seufzte schwer. "Es gab ein Problem mit einem kleinen Laufburschen. Ich musste ihm mal ein bisschen seine Rolle erklären. Keine Sorge, er lebt noch."

Aiden nickte verständnisvoll. "Wer nicht hören will, muss fühlen, Bruder. Wir müssen manchmal harte Maßnahmen ergreifen. Aber sei vorsichtig, dass du nicht zu weit gehst. Dafür haben wir unsere Leute."

„Was macht Lyanna hier Aiden?"

Er verschränkte die Arme und schien einen Moment nach zu denken, bevor ich erneut das Wort ergriff: "Aiden, ich denke, Lyanna ist eine unersättliche Sucherin. Sie sucht nach Wahrheit und Bedeutung, auch wenn sie nicht genau weiß, was sie sucht. Es ist offensichtlich, dass sie hierher gekommen ist, um mehr über uns zu erfahren."

Aiden nickte zustimmend. "Ja, wir werden vorsichtig sein. Ich denke das sie uns vertraut. Wir arbeiten dran." Dem stimmte ich zu. "Sie könnte ein wichtiger Schlüssel zu allem sein."

Wir tauschten entschlossene Blicke aus, während ich darüber nachdachte, wie ich Lyanna am besten für mich gewinnen kann und gleichzeitig die Mission vorantrieben werden konnte

Jedoch hütete ich mein eigenes Wissen über ihre Fähigkeiten und Absichten, denn meine Pläne, mein Wissen stand im Widerspruch zu den Absichten von meinen Brüdern.

Aiden

Ich führte Apollo mit zurück ins Kaminzimmer, wo Lyanna und Aurel noch inmitten ihrer lebhaften Unterhaltung waren. Als wir eintraten, spürte man die Spannung in der Luft, die von Apollo ausging. Lyanna lächelte. "Ist alles in Ordnung?"

Ich nickte ihr zu und nahm neben ihr Platz. "Ja, alles in Ordnung. Apollo und ich haben einige Dinge besprochen. Wir sollten weiter über unsere Besonderheiten sprechen."

Apollo nahm gegenüber von Lyanna und mir Platz, während sein Blick sie durchbohrte, ohne ein Wort zu sagen. Lyanna, die die Anspannung bemerkte, setzte ihr strahlendes Lächeln auf. "Klar, lasst uns darüber sprechen. Ich bin neugierig und möchte mehr darüber erfahren, wie wir unsere Fähigkeiten in Kombination nutzen können."

Aurel und ich tauschten einen kurzen Blick aus, bevor er fortfuhr: "Wir müssen auch vorsichtig sein, wem wir von unseren Fähigkeiten erzählen. Nicht jeder da draußen kann das verstehen."

Apollo schwieg weiterhin, aber seine Augen verrieten, dass er noch etwas zu sagen hatte. In diesem

Moment schien er seine eigene Agenda zu verfolgen, während wir uns bemühten, Lyanna auf den rechten Weg zu führen. Sie spürte die Spannung in der Luft und blickte von einem zum anderen, bevor sie schließlich zu Apollo aufblickte. "Und was ist deine Meinung dazu, Apollo?"

Apollo lächelte und antwortete: "Lyanna, ich denke, du bist klug und fähig. Du könntest eine wichtige Rolle in unserer Welt spielen. Ich werde dich gerne in allem unterstützen, was du wissen möchtest."

Sie schien dankbar für seine Worte zu sein, obwohl ihr Gesichtsausdruck eine andere Sprache von sich gab. Unsere Bedenken hinsichtlich Apollos wahren Absichten hatten sich nicht geändert, aber wir hielten unsere Sorgen vorerst zurück. Im Moment lag der Fokus darauf, Lyanna zu helfen, ihre Fähigkeiten mit unseren zu vereinen, ohne dass sie von der Dunkelheit verschlungen wird.

Aurel trat näher an Lyanna heran, legte seine Hand fest auf ihre Schulter und sprach mit ernster Miene: " Du bist von unschätzbarem Wert für uns, denn du hast das Potential, das Licht in unserer Welt zu finden und zu entfachen."

Unsere Verbindung zu Apollo war undurchsichtig und gefährlich, aber wir würden alles daransetzen, sicherzustellen, dass Lyanna nichts passieren würde. Die Schatten, die uns umgaben, mochten tief und undurchsichtig sein, aber wir hielten den Glauben daran aufrecht, dass es einen Weg zum Licht gab. Kein ständiger Kampf mehr, kein Blutvergießen, keine Lügen, keine Intrigen. Lyannas Ankunft in unserem Leben war der erste Schritt auf diesem Weg, hoffentlich konnten wir auch Apollo mitnehmen. Er schien schon so tief im Strudel der Rituale und Besessenheit zu stecken, dass es einem manchmal Angst machte.

Lyanna

Am nächsten Morgen brach die Sonne über der Stadt an, und der Himmel erstrahlte in einem beruhigenden Blau. Ich stand vor meinem Spiegelbild und atmete tief durch. Mein Blick war fest und entschlossen. Ich wusste, dass ich eine wichtige Entscheidung getroffen hatte, indem ich mich auf die Caelus-Brüder und auf ihr Vorhaben eingelassen hatte.

Ich zog mich an, wählte ein schlichtes, aber elegantes Outfit und legte meine Kette um, die mich seit Jahren begleitete. Ich fühlte mich gestärkt von dem Gedanken, dass ich die Gelegenheit hatte, Licht in das Dunkel um die Brüder zu bringen. Gleichzeitig hoffte ich, dass ich mit meinen eigenen Fähigkeiten Frieden schließen kann und zusammen mit ihnen Gutes bewirken kann.

Mit einem entschlossenen Lächeln verließ ich meine Wohnung und machte mich auf den Weg zur Arbeit. Das Café au Soleil war ein Ort, an dem ich mich wohl und geborgen fühlte. Ich liebte die Atmosphäre, den Duft von frischem Kaffee und die Fröhlichkeit der Stammkunden. Es war ein Ort, an dem ich, ich selbst sein und meine Gedanken freien Lauf lassen konnte.

Der Morgen im Café war eine kleine Routine. Zuerst begrüßte ich meine Kollegen und begann die Vorbereitungen für den Tag zu treffen. Anschließend wurde der Kaffee zubereitet. Auf meinem Plan stand weiter die köstlichen Croissants zu servieren und dafür zu sorgen das die Tische sauber und einladend waren. Während ich arbeitete, dachte ich über die Geschehnisse der letzten Tage nach und darüber, wie sich mein Leben auf unerwartete Weise verändert hatte.

Die Stammkunden strömten langsam ins Café, und ich bemerkte die vertrauten Gesichter, die ich bereits kannte. Ich schätzte die Routine und den Trost, den dieser Ort mir bot. Doch tief in meinem Inneren wusste ich, dass ich nun Teil einer viel größeren Geschichte war.

Während ich den Gästen ihren Kaffee servierte, dachte ich immer wieder an die Brüder. Ich hoffte, dass wir gemeinsam einen Weg finden würden. Ganz in meinen Gedanken versunken, hörte ich gar nicht die Türklingel des Cafés.

Raphael betrat das Innere mit der Eleganz und Selbstsicherheit eines Mannes, der daran gewöhnt war, Aufmerksamkeit zu erregen. Seine dunklen Locken rahmten sein Gesicht, und seine schwarzen Augen funkelten, als er den Raum durchquerte. Er war charmant und wusste es.

Als er an meinem Tresen Platz nahm, legte er ein breites, selbstbewusstes Lächeln auf und blickte mich intensiv an. "Guten Morgen, Lyanna. Wie geht es Ihnen heute?"

Ich erwiderte sein Lächeln, obwohl ich wusste, dass Raphael ein Charmeur war. "Guten Morgen, Raphael. Mir geht es gut, danke. Wie kann ich Ihnen helfen?"

Raphael zuckte leicht mit den Schultern und stützte sich auf den Tresen, um mir noch näher zu sein. "Nun, ich dachte, vielleicht könnten Sie mir helfen, meine Laune noch zu verbessern. Ein Lächeln von Ihnen könnte Wunder wirken."

Ich musste lachen und schüttelte den Kopf. "Sie sind wirklich unverbesserlich, Raphael. Aber ich schätze, ein Kaffee könnte ihrer Laune helfen."

Während ich sein Getränk zubereitete, führten wir eine lockere Unterhaltung. Raphael kam öfters ins Café und wusste, wie er charmant und unterhaltsam sein konnte. Er fragte nach meinem Tag, erzählte von seinen eigenen Abenteuern und schien ständig in meiner Nähe zu sein.

Aber trotz seiner Flirts konnte ich nicht aufhören, über die Caelus-Brüder nachzudenken. Die Erlebnisse der letzten Tage hatten meine Gedanken geprägt, und ich fühlte, dass sich mein Leben in eine unerwartete Richtung bewegte. Raphael bemerkte meine geistesabwesende Art und sah mich besorgt an. "Lyanna, ist alles in Ordnung? Sie scheinen heute nicht ganz bei der Sache zu sein."

Ich schaute ihm in die Augen und erkannte, dass er aufmerksamer war, als es den Anschein hatte. "Es tut mir leid, Raphael. Es gibt im Moment viel in meinem Kopf. Aber keine Sorge, ich komme schon zurecht."

Er lächelte verständnisvoll und nickte. "Wenn Sie jemanden zum Reden brauchen, bin ich hier. Sie haben ja meine Nummer." Ich bedankte mich für sein Angebot und setzte meine Arbeit fort. Daraufhin drehte er sich um und verließ das Café.

Tief in meinem Inneren wusste ich, dass meine Gedanken und meine Aufmerksamkeit weiterhin den Caelus-Brüdern galten, und ich war gespannt darauf, was die Zukunft noch für uns bereithalten würde.

*

Kaum war Raphael verschwunden, sah ich in der dunklen Ecke diesen geheimnisvollen Mann von neulich stehen. Die Ecke war bereits schlecht beleuchtet, doch er schien förmlich im Schatten zu verschwinden. Ich schaute kurz in die Richtung, in der er stand, und erkannte seine markanten Gesichtszüge.

Vorsichtig und ein wenig unsicher verließ ich den Tresen und bewegte mich auf den geheimnisvollen Fremden zu. Er stand dort mit einem undurchdringlichen Ausdruck, der mir das Gefühl gab, ich sollte lieber rennen. Als ich schließlich vor ihm stand, flüsterte er leise: "Lyanna, du musst vorsichtig sein. Was wollte Raphael von dir?"

Ich fühlte mich von seiner Ausstrahlung wie gelähmt und konnte meinen Blick nicht von seinen Augen abwenden. "Wer sind Sie? Und woher kennen Sie Raphael?"

Der geheimnisvolle Mann lächelte schwach, doch sein Blick blieb ernst. "Mein Name ist Erol. Du kannst mir glauben, dass ich meine Gründe habe, mich dir zu offenbaren. Ich arbeite für die Caelus-Brüder, um genauer zu sein ist Apollo mein Boss. Also, was wollte Raphael? Woher kennst du ihn?"

Seine Worte ließen mich erzittern, und ich fragte mich, ob ich wirklich so tief in etwas verstrickt war, von dem ich keine Ahnung hatte. Erol schien mehr zu wissen, als er preisgeben wollte, und ich konnte nicht leugnen, dass sein Rat und seine Warnung meine Gedanken in Unruhe versetzten.

Erol beobachtete mich aufmerksam, als ob er auf eine Antwort lauerte. Ich rang nach Worten, bevor ich schließlich antwortete: "Raphael ist neu in der Stadt. Wir haben uns erst vor kurzem kennengelernt. Er wollte nur nett plaudern, mehr nicht."

Erols Miene blieb undurchdringlich, aber ich konnte in seinen Augen einen Schimmer von Skepsis erkennen.

Er musterte mich aufmerksam, und es war, als könnte er meine Gedanken lesen. Nach einer kurzen Pause fuhr er fort: "Raphael ist gefährlich, Lyanna. Er ist mehr, als er auf den ersten Blick scheint. Die Caelus-Brüder, besonders Apollo, möchten dich schützen. Halt dich von Raphael fern! Hast Du verstanden?!"

Ich nickte langsam und spürte, wie sich meine Sorgen verstärkten. "Ok, dann sag mir warum ich mich von ihm fernhalten soll? Er war stets ein Gentleman mir gegenüber. Er hat mich sogar mal nach Hause gebracht. Aber ich werde deine Warnung zur Kenntnis nehmen, Erol."

Erols Blick blieb auf mir haften, als ob er noch mehr sagen wollte, sich aber letztendlich anders entschied. "Er hat was?! Pass auf dich auf, Lyanna. Und denk daran, dass nicht alles so ist, wie es auf den ersten Blick scheint."

Dann wandte er sich ab und verschwand und ich blieb mit einem ungutem Gefühl in der Magengrube zurück.

Erol

Leise und behutsam trat ich durch die dunklen Flure des Anwesens. Dringend musste ich Apollo finden. Meine eigene Agenda und die Loyalität gegenüber Apollo trieben mich an, die Brüder zu schützen und zu unterstützen. Als ich schließlich Apollo in einem der schummrigen Räume des Anwesens fand, klopfte ich an den Türrahmen.

"Boss", begann ich vorsichtig, "ich habe etwas Interessantes beobachtet, das du vielleicht wissen solltest." Mein Blick traf den von Apollo, und ich konnte die unergründliche Tiefe in seinen Augen erkennen. Apollo schaute mich ruhig an und nickte mir zu, um fortzufahren.

"Sprich, Erol. Was hast du beobachtet?"

Ich zögerte einen Moment und senkte dann meine Stimme, um sicherzustellen, dass niemand mithörte. "Ich habe Raphael Ferragosto in Lyannas Café gesehen. Er hat mit ihr gesprochen, und es sah so aus, als würde er versuchen, sie für sich zu gewinnen."

Apollo runzelte die Stirn, und seine Miene verdüsterte sich.

"Raphael Ferragosto? Das ist interessant. Was hat er gesagt?"

Ich berichtete ruhig und sachlich von meiner Beobachtung, wie Raphael versucht hatte, mit Lyanna zu flirten. "Es scheint, als wäre er an ihr interessiert, Boss. Ich dachte, du würdest das wissen wollen."

Apollo blieb einen Moment lang still, sein Blick fixiert auf einen Punkt in der Ferne. Dann nickte er langsam. "Gut gemacht, Erol. Wir müssen ein Auge auf Raphael haben. Seine Interessen könnten unsere Pläne stören. Halte mich auf dem Laufenden und stelle sicher, dass Lyanna nicht mehr in seine Nähe gelangt."

"Verstanden, Boss," antwortete ich und trat leise aus dem Raum, um meine Überwachung fortzusetzen. Sind die Ferragostos erst einmal auf etwas neugierig geworden ist es schwer sie wieder von ihrem Ziel abzubringen. Ich wusste, dass ich wachsam bleiben musste.

Apollo

Ich stand einen Moment still, nachdem Erol mir von der Begegnung zwischen Raphael und Lyanna berichtet hatte. In meinen Gedanken begann ich sofort zu analysieren, warum Raphael Interesse an Lyanna haben könnte. Eine Vielzahl von Gedanken und Möglichkeiten wirbelte in meinem Kopf herum. Raphael war kein gewöhnlicher Mann; er hatte seine Finger in vielen zwielichtigen Geschäften, und seine Absichten waren oft fragwürdig.

Ich wusste, dass Lyanna über Fähigkeiten verfügte, die sie zu einer wertvollen Ressource machten. Ihr Potenzial war vollständig entwickelt, und das weckte das Interesse von Menschen wie Raphael, die nach Macht und Einfluss strebten. Außerdem konnte Raphael vielleicht vermuten, dass es eine Verbindung zwischen Lyanna und uns gab. Das könnte ein weiterer Grund sein, warum er versuchte, näher an sie heranzukommen. Vielleicht suchte er nach Informationen über uns oder hatte sogar vor, uns zu erpressen. Oder es trieb ihn seine Rache an, weil ich ihm damals seine große Liebe ausgespannt hatte.

Ich vertraute niemandem leichtfertig und war misstrauisch gegenüber jedem, der sich Lyanna näherte. Ich wusste, dass sie ein wichtiger Schlüssel in unserem Spiel der Macht und Intrigen sein würde. Meine Gedanken wanderten weiter, während ich darüber nachdachte, wie ich Lyanna und meine Brüder am besten schützen konnte.

Ich überlegte, ob ich Raphael Ferragosto tatsächlich treffen sollte. Der Gedanke an ein Treffen mit einem Mann von Raphaels Kaliber war riskant, aber ich spürte, dass ich mehr über seine Absichten herausfinden musste. Raphael schien ein Interesse an Lyanna zu haben, und das beunruhigte mich zutiefst.

Raphael verfügte über viele Ressourcen und Verbindungen, aber ich war kein Mann, der vor Herausforderungen zurückschreckte.

Entschlossen, keine Details auszulassen, begann ich meine Vorbereitungen zu treffen und mich auf Raphael vorzubereiten. Ich würde sicherstellen, dass ich auf jede Situation eingestellt bin. Die Sicherheit von Lyanna und meinen Brüdern war oberste Priorität, und ich würde alles für sie tun.

Ich griff zum Hörer und rief Raphael an.

*

Ich wartete in einem abgelegenen Café, weitab von den üblichen Treffpunkten. Das bevorstehende Treffen mit Raphael Ferragosto machte mich nervös. Die Stimmung war angespannt, und ich hatte keine Ahnung, was ich von diesem Mann erwarten konnte.

Als Raphael das Café betrat, sah er sich kurz um, bis sein Blick auf mich fiel. Entschlossen kam er auf mich zu und setzte sich mir gegenüber. "Apollo Caelus persönlich. Was verschafft mir die Ehre? Oder wollen wir gleich zur Sache kommen? Was ist dein Vorwand für diesen Anlass? Ach.... Lass mich raten. Geht es um die hübsche Kellnerin? Wie heißt sie doch gleich... Lyanna. Ein hübsches Ding. Passt perfekt zu meinen Pferdchen. Sie wird sicher sehr gefragt sein. Oder hast du etwa Interesse an ihr?"

Ich nickte ruhig, wohlwissend das meine Halsschlagader kurz vor dem Platzen war. "Ja, das stimmt, Raphael. Ich habe Interesse. Mir wurde zugetragen, dass du auch nicht abgeneigt bist."

Raphael lächelte leicht. "Du bist clever, Apollo. Ich finde Lyanna faszinierend. Sie ist etwas ganz Besonderes."

Wir saßen uns gegenüber und musterten einander. Die Spannung war deutlich zu spüren, aber wir waren beide erfahren genug, um keine unnötigen Konfrontationen zu provozieren.

Ich brach das Schweigen. "Lyanna ist in Sicherheit bei uns. Wir werden sie beschützen, egal was passiert. Aber ich möchte wissen, was deine Absichten sind."

Raphael lehnte sich lässig in seinem Stuhl zurück. "Apollo, ich habe keine bösen Absichten. Ich möchte Lyanna näher kennenlernen. Ich denke, wir könnten viel voneinander lernen."

Skepsis nagte an mir, aber ich spürte, dass ich mehr über Raphael erfahren musste, bevor ich eine endgültige Meinung bildete. "Wir werden sehen, wie sich die Dinge entwickeln. Aber sei gewarnt, wir werden nicht zulassen, dass du sie bedrängst oder gefährdest."

Raphael lächelte erneut. "Vertrau mir, Apollo. Ich habe keine Absicht, Lyanna zu schaden. Im Gegenteil, ich denke, sie könnte sich als äußerst nützlich erweisen. In welcher Form auch immer."

Das Treffen endete vorerst ohne klare Vereinbarungen, aber wir verließen das Café mit einer gewissen Vorstellung davon, was der andere im Schilde führte. Die Spannung und das Misstrauen blieben bestehen, und die Zukunft versprach weitere Herausforderungen und Geheimnisse im Zusammenhang mit Lyanna.

Mit einem frustrierten Seufzen verließ ich das Café. Das Treffen mit Raphael hatte mehr Fragen aufgeworfen als beantwortet. Ich stieg in mein Auto und fuhr durch die dunklen Straßen der Stadt, während mein Kopf voller Gedanken und Sorgen war. Die Unklarheiten in Bezug auf Raphaels Absichten und die mögliche Bedrohung für Lyanna nagten an mir. Ich konnte die Tatsache nicht ignorieren, dass Raphael eine unbekannte Größe darstellte und seine eigenen Interessen verfolgte.

Knirschend mit den Zähnen starrte ich auf die kurvenreiche Straße vor mir. Das Gefühl, die Kontrolle zu verlieren, ließ mich nicht los, und die Ereignisse schienen sich gegen mich zu verschwören. Als ich schließlich das Anwesen erreichte, spürte ich die Dunkelheit, die in meinem Inneren wuchs. Ich wusste, dass ich bald eine wichtige Entscheidung treffen musste, die das Schicksal von Lyanna und meiner eigenen Zukunft bestimmen würde.

Zurück zu Hause war meine Laune auf dem Tiefpunkt. Die Ereignisse des Tages hatten mich frustriert und wütend gemacht. Nachdem ich die Haustür öffnete, hörte ich die fröhliche Stimmung meiner Brüder aus dem Kaminzimmer und das verschärfte nur meine ohnehin schlechte Laune.

Mit finsterer Miene trat ich in den Raum, und meine Brüder verstummten augenblicklich. Aiden und Aurel spürten sofort die düstere Aura, die mich umgab, und sie wussten, dass etwas nicht stimmte.

"Apollo, was ist los?", fragte Aiden vorsichtig.

Ich schnaubte verärgert und stieß die Worte mit eiskalter Stimme aus: "Lasst mich in Ruhe! Es ist nicht der richtige Moment für eure fröhlichen Gespräche."

Meine Worte trafen Beide wie ein Schlag. Sie tauschten besorgte Blicke aus, während ich mich in mein Privatzimmer zurückzog. Die düstere Stimmung, die ich mitbrachte, schien den Raum zu erfüllen und legte sich wie ein Schatten über das Anwesen. Aiden und Aurel wussten, dass sie sich von meiner schlechten Laune fernhalten sollten, zumindest bis ich bereit war, darüber zu sprechen.

Schwer ließ ich mich in einen Sessel sinken. Meine Gedanken waren dunkel und beunruhigend, und eine drückende Schwere erfasste mich. Ich wusste, dass ich mich beherrschen musste, um nicht die Kontrolle zu verlieren.

Die Gespräche, die ich mit Erol und Raphael geführt hatte, ließen mich nachdenken. Raphael hatte eindeutig Interesse an Lyanna gezeigt, und das weckte eine seltsame Eifersucht in mir. Die Vorstellung, dass jemand anderes sich Lyanna nähern könnte, verärgerte mich zutiefst.

Doch auch Erols Worte hatten mich beunruhigt. Erol schien mehr zu wissen, als er preisgeben wollte. Die Tatsache, dass er Raphael bei Lyanna gesehen hatte, warf Fragen auf. Wieso sollte jemand wie Raphael, ein bekannter offizieller Geschäftsmann, an Lyanna interessiert sein? Und was hatte er vor?

Ich ballte die Fäuste und versuchte, meine Gedanken zu ordnen. Ich konnte nicht zulassen, dass jemand Lyanna in irgendeiner Weise gefährdete. Doch gleichzeitig wusste ich, dass ich meine Brüder nicht einbeziehen konnte. Sie versuchten, Lyanna nicht zu schaden, während ich mich mehr und mehr zu ihrer dunklen Seite hingezogen fühlte.

Ich goss mir ein Glas Whiskey ein und setzte mich in einen Sessel, während ich den Alkohol in einem Zug hinunterstürzte. Die Dunkelheit des Zimmers schien zu meiner Stimmung zu passen. Ich griff nach der Flasche und schenkte mir erneut ein, und dann noch einmal. Der Whiskey brannte auf dem Weg hinunter und half mir vorerst, meine Emotionen zu betäuben. Doch je mehr ich trank, desto weiter geriet ich in meine düstere Gedankenwelt. Die Zimmerdecke schien auf mich herabzustürzen, und der Raum fühlte sich erdrückend an.

Ich erhob mich vom Stuhl, die Emotionen in mir steigerte sich. Mit einem wütenden Faustschlag zertrümmerte ich eine wertvolle Vase auf einem Beistelltisch. Die Scherben verteilten sich über den Boden, und ich stürmte weiter durch den Raum. Meine Bücher, einst akkurat aufgereiht, wurden von mir wütend zu Boden geworfen, und die Regale stürzten ein.

Meine Möbel wurden umgestoßen, und ein düsterer Schleier aus Chaos senkte sich über den Raum. Ich schrie vor Wut, meine Beherrschung war längst verloren. Alles, was mir einst teuer war, wurde zu einem Symbol meines inneren Sturms.

Ich sah auf mein Handy, das auf dem Tisch lag, und überlegte, ob ich jemanden anrufen sollte. Aber ich entschied mich dagegen. Ich fühlte mich allein und verlassen, und niemand schien in der Lage zu sein, meine inneren Dämonen zu vertreiben.

Schließlich taumelte ich auf wackligen Beinen zum Kaminzimmer hinunter, immer noch von den Auswirkungen des Alkohols benommen.

Aiden

Aurel und ich hörten den wütenden Krach aus Apollos Zimmer. Wir tauschten besorgte Blicke aus, doch keiner von uns schien gewillt zu sein, sich in Apollos Zorn zu stürzen.

Ich flüsterte leise zu Aurel: "Lass ihn, vielleicht muss er das durchstehen. Vielleicht ist es ein Teil seines eigenen Weges zur Veränderung." Aurel nickte zustimmend, auch wenn er sich nicht sicher war, ob es das Richtige war, Apollo in dieser Verfassung zu lassen.

Wir saßen im Kaminzimmer, unsere Blicke trübe von Sorgen, als die Tür ins Zimmer plötzlich aufschwang. Apollo taumelte herein, sein Gesicht gerötet und seine Schritte unsicher. Der Alkohol hing schwer in der Luft, und sein Blick war trüb und wütend.

Wir sprangen auf, als wir Apollo sahen, der offensichtlich zu viel getrunken hatte. "Apollo, was zur Hölle hast du gemacht?" rief ich und versuchte, meinen Bruder aufzufangen, als dieser ins Zimmer torkelte.

Apollo schubste mich jedoch weg und brüllte wütend: "Lasst mich in Ruhe, ihr Heuchler! Ihr denkt, ihr könnt mir vorschreiben, was richtig ist und was nicht?" Seine Worte waren verschwommen und aggressiv.

Aurel versuchte, auf Apollo zuzugehen und ihn zu beruhigen, aber Apollo stieß ihn grob zur Seite. "Niemand versteht mich, niemand!", schrie er, während er wankend durch das Zimmer taumelte.

Wir sahen uns besorgt an, unfähig, Apollo in diesem Zustand zu erreichen. Es schien, als wäre er außer Kontrolle, und wir wussten nicht, wie wir ihn beruhigen konnten. In diesem düsteren Moment wurden die Risse in unserer Welt deutlich sichtbar, und die Dunkelheit schien immer stärker zu werden.

Ich seufzte und legte eine Hand auf Apollos Schulter. "Bruder, du musst uns sagen, was passiert ist. Wir sind hier, um dir zu helfen."

Apollo hob langsam den Kopf, und seine Augen waren von Tränen gerötet. "Es ist alles außer Kontrolle geraten, Aiden. Ich weiß nicht, was ich tun soll."

Aurel schloss sich der Unterhaltung an und sagte sanft: "Wir sind eine Familie, Apollo. Wir werden einen Ausweg finden, aber dazu musst du uns vertrauen und uns erzählen, was geschehen ist."

Apollo lehnte sich zurück und schloss die Augen, als ob er versuchte, die richtigen Worte zu finden. Schließlich sagte er nur: "Ich geh schlafen." Ohne ein weiteres Wort erhob er sich und ging hinauf in den Westflügel.

Aurel und ich blieben zurück, unsere Gedanken schwer. Wir wussten, dass dies nur der Anfang eines langen Weges war, und wir mussten stark bleiben – für Apollo und für uns alle.

Lyanna

Es war ein sonniger Freitag, als ich mich auf den Weg zum Caelus-Anwesen machte. Ein kurzer Besuch an diesem Wochenende war genau das, was ich brauchte, um dem Alltag zu entfliehen.

Jedoch als ich die Einfahrt zum hiesigen Anwesen erreichte, fiel mir auf, dass die massive Tür offenstand. Ein seltsames Gefühl der Unruhe machte sich breit. Normalerweise wurden Besucher bereits vorn am Tor begrüßt, aber heute schien niemand hier zu sein.

"Hallo?", rief ich vorsichtig und trat durch die weit geöffnete Tür in das prächtige Foyer. "Ist hier jemand?" Doch nur das Echo meiner eigenen Stimme antwortete. Entschieden, sich nicht von irrationalen Ängsten leiten zu lassen, ging ich weiter durch die geschmackvollen Flure und rief nacheinander ihre Namen. "Aurel? Aiden?"

Schließlich an der Küche angekommen, hielt ich inne. Dort saß Apollo am Tisch, bekleidet lediglich mit einer Jogginghose und offensichtlich von Kopfschmerzen geplagt. Vor ihm stand ein Glas Wasser, das er mit schmerzerfülltem Gesichtsausdruck in kleinen Schlucken trank. Sein Blick schien in die

Ferne zu schweifen, und er hatte mich noch nicht bemerkt. Also näherte ich mich leise und legte sanft eine Hand auf seine Schulter. "Apollo, geht es dir gut?"

Er zuckte zusammen und drehte sich langsam zu mir um. Als er mein vertrautes Gesicht erkannte, entspannte er sich etwas. "Lyanna... Oh, hey." Seine Stimme klang heiser, und er schien Schwierigkeiten zu haben, die Worte zu finden. "Ich habe wohl ein wenig zu viel getrunken gestern Abend."

Besorgt sah ich auf seinen Zustand. "Das ist nicht schlimm, Apollo. Pass auf dich auf. Aber wo sind Aurel und Aiden? Ich habe gerufen, aber niemand hat geantwortet."

Apollo rieb sich die Schläfen und versuchte, seine Gedanken zu sammeln. "Aiden und Aurel haben heute einen Außentermin, und ich warte darauf, dass sie zurückkommen."

Ein leicht gereizter Ton klang in seiner Stimme mit, und ich bemerkte, wie beschissen es ihm gehen musste. „Haben sie was gesagt, wann sie wieder hier sind?" „Nein, ich habe noch geschlafen, als sie los sind." „Kann ich dir etwas gegen den Kater machen?", fragte ich.

Apollo lächelte leicht, trotz seines Zustands. "Du bist zu gut zu mir, Lyanna. Ja, bitte, wenn du etwas gegen diesen Brummschädel hättest, wäre ich dir sehr dankbar."

Ich lächelte und machte mich daran ihm einen Tee aus der Rezeptur meiner Großmutter zusammen zu stellen. Als ich das dampfende Getränk vor ihn stellte, konnte ich seine Dankbarkeit förmlich hören.

Apollo griff nach der Tasse mit beiden Händen und inhalierte den beruhigenden Duft des Kräutertees. "Danke. Das hilft bestimmt." Er nippte vorsichtig an dem Tee und spürte. Es war beruhigend, seine Dankbarkeit zu spüren, und ich erkannte, wie viel ihm an meiner Anwesenheit lag.

Wir verbrachten einige ruhige Augenblicke zusammen, während Apollo langsam wieder zu Sinnen kam. Ich genoss die Nähe zu ihm und fühlte mich geborgen.

Apollo sah mich an und fragte leise: "Was verschlägt dich heute hierher?" Ich zögerte einen Moment, bevor ich antwortete: "Ich wollte euch eigentlich nur besuchen. Es ist lange her, dass ich hier war, und ich dachte, es wäre schön, Zeit mit dir und deinen Brüdern zu verbringen. Aber ich hatte nicht erwartet, dich in diesem Zustand vorzufinden."

Apollo konnte nicht leugnen, dass er sich zu mir hingezogen fühlte, aber er versuchte, diese Gefühle zu unterdrücken. Stattdessen lenkte er das Gespräch in eine andere Richtung.

"Was hast du heute vor? Ich meine, abgesehen davon, mich zu retten?", fragte er mit einem leichten Lächeln.

Ich überlegte einen Moment. "Es wäre schön die Gärten hier auf dem Anwesen zu erkunden. Ich weiß nur das Aurel davon so geschwärmt hat. Aiden hatte mir bereits eine kleine Ecke gezeigt, aber die scheinen ja riesig zu sein."

Apollo nickte zustimmend. "Die Gärten sind tatsächlich wunderschön. Wenn du möchtest, begleite ich dich gerne. Aber nur, wenn dein Retter-Instinkt mir verspricht, keinen weiteren Kräutertee zu brauen."

Ich lachte leise. "Ich verspreche, keine weiteren Kräutertees heute. Aber ich würde deine Begleitung sehr schätzen, Apollo."

Wir verbrachten ein paar Stunden gemeinsam im Garten, während wir uns näherkamen und uns über verschiedene Themen unterhielten. Wir genossen die Zeit miteinander, und es schien, als hätte meine Anwesenheit eine beruhigende Wirkung auf ihn.

Apollo

Während wir gemeinsam im Garten spazierten, konnte ich die Gedanken an die Vergangenheit nicht verdrängen. Das wunderschöne Waldhaus am See, das der Familie gehörte, war lange Zeit nicht genutzt worden. Die Erinnerungen an glückliche Tage in dieser abgelegenen Oase kehrten in mein Bewusstsein zurück. Ich überlegte, ob ich Lyanna dazu überreden könnte, mit mir dorthin zu fahren um ihr das Haus zu zeigen.

Schließlich fand ich den Mut, das Thema anzusprechen. "Lyanna, du hast heute so viel Freude an der Natur und den Gärten gezeigt. Es erinnert mich an ein besonderes Fleckchen, dass unser Anwesen zu bieten hat. Ein Waldhaus am See, das schon lange nicht mehr genutzt wurde. Es ist ein sehr schöner Ort, und ich frage mich, ob du vielleicht Lust hättest, ihn zu sehen."

Neugierig sah sie mich an. "Ein Waldhaus am See? Das klingt wirklich fantastisch, Apollo. Warum habt ihr es so lange nicht mehr genutzt?"

Apollo zögerte einen Moment, bevor er antwortete. "Es gibt einige düstere Erinnerungen an diesen Ort."

Sie überlegte kurz und lächelte dann. "Ich würde es gerne sehen. Vielleicht können wir die negativen Erinnerungen in positive verwandeln."

Eine Mischung aus Vorfreude und Unsicherheit machte sich in mir breit. Ich hatte sie näher an mich herangelassen, aber auf der anderen Seite waren da noch meine eigenen Pläne. Die Idee, mit ihr gemeinsam das Waldhaus am See zu erkunden, schien wie ein Schritt in die richtige Richtung.

Nach einer kurzen Pause fuhr ich fort: "Wir könnten sofort aufbrechen. Es ist ein abgelegenes Plätzchen, weit weg von jeglichen Ablenkungen. Ein Ort der Ruhe und des Friedens."

Lyanna nickte zustimmend. "Das klingt perfekt zum Entspannen. Ich freue mich darauf. Ich müsste aber erst noch nach Hause, mich umziehen."

Ich konnte mein Glück kaum fassen, dass sie meine Einladung angenommen hatte. In ihrer Nähe fühlte ich mich lebendig und hoffnungsvoll. Obwohl da immer noch die Geheimnisse sind, schien sie einen Lichtstrahl in meine dunkle Welt zu bringen.

DAS LICHT....es dämmert mir...

Schmunzeln und leicht kopfschüttelnd gingen wir die Pfade zurück zum Haus. Dort angekommen, stiegen wir ins Auto und fuhren los. Für einen

Moment vergaß ich meine düsteren Gedanken, die Probleme und genoss ihre Gegenwart.

Auf dem Weg zu ihrer Wohnung sprachen wir über Alltägliches. Es war so entspannend und unbeschwert. Angekommen bei ihrem Apartment, ging sie schnell nach oben um einige notwendige Sachen für den Ausflug zusammenzupacken. Derweil blieb ich draußen und genoss die ruhige Nachbarschaft. Ich konnte nicht anders, als über die Wendung nachzudenken, die mein Leben genommen hatte, seitdem Lyanna in meines getreten war. Es fühlte sich an, als ob die Dunkelheit, die mich umgeben hatte, langsam verblasste.

Schließlich kehrte Lyanna mit einem Rucksack und einigen anderen Utensilien zurück. Ich half ihr, die Sachen ins Auto zu verstauen, um dann gemeinsam direkt zum Waldhaus zu fahren.

Die Fahrt verlief ruhig. Ich konnte die Vorfreude in ihren Augen sehen, während die Landschaft an uns vorbeizog. Die Gegend wurde immer abgeschiedener, und schließlich erreichten wir den Waldweg, der zum Haus führte.

Als wir ausstiegen und auf das verlassene Waldhaus zuliefen, spürte ich eine Mischung aus Aufregung und Nervosität. Dieser Ort hatte eine bedrückende Atmosphäre, die mit meiner Vergangenheit belastet war. Ich war seit Jahren nicht mehr hier gewesen und hatte bewusst vermieden, an diesen Ort zurückzukehren. Aber diesmal war es anders. Mit Lyanna an meiner Seite fühlte ich mich gestärkt.

Das Haus war von dichtem Wald umgeben, der den kleinen See fast vollständig bedeckte. Als wir die Tür öffneten, betraten wir ein gemütliches und dennoch leicht verstaubtes Interieur. Alles wirkte so, als wäre die Zeit hier stehen geblieben.

Lyanna sah sich neugierig um. "Es ist ein wirklich charmantes Häuschen, Apollo. Vielleicht erzählst du mir die Geschichte dazu?"

Ich zögerte einen Moment, bevor ich antwortete. "Es gibt einige Erinnerungen an diesen Ort, die es mir schwer gemacht haben, hierher zurückzukehren. Aber ich denke, es könnte eine Gelegenheit sein, neue Erinnerungen zu schaffen und diesen Ort neu zu entdecken."

Lyanna nickte verständnisvoll. "Manchmal ist es wichtig, die Vergangenheit hinter sich zu lassen und einen Neuanfang zu wagen. Und ich freue mich darauf, diesen Ort mit dir zu erkunden. Unsere eigenen, gemeinsamen Erinnerungen zu schreiben."

Ich spürte, wie meine Anspannung langsam nachließ, und begann, die Zeit im Waldhaus mit Lyanna zu genießen. Gemeinsam ausgekundschafteten wir die Umgebung, gingen am Seeufer spazieren und genossen die Ruhe und Abgeschiedenheit.

Am Abend, als wir am Kamin saßen und den Flammen zusahen, bemerkte ich, wie ich mich ihr immer mehr öffnete. Sie schien einen besonderen Platz in meinem Herzen einzunehmen, und ich konnte mir nicht mehr vorstellen, ohne sie zu sein.

Als unsere Zeit im Waldhaus dem Ende entgegen ging und wir uns auf den Heimweg vorbereiteten, begann ich, meinen Plan zu schmieden. "Lyanna, hast du alles?", fragte ich sie. „Ja, habe alles wieder eingepackt", gab sie zurück.

„Okay, dann gehe ich nochmal rum, ob die Türen verschlossen und alle Lichter aus sind. Kannst du bitte die Möbel in der Zeit abdecken?", fragte ich sie mit einem diabolischen Grinsen. „Ja, mache ich", entgegnete sie.

Ich ging in den hinteren Teil des Hauses, schlich mich durch die Tür nach draußen. Leise und geduckt machte ich mich auf den Weg zu meinem Auto, öffnete die Motorhaube und klemmte das Kabel zur Stromversorgung ab. Anschließend schlich ich mich zurück durch den Hintereingang wieder ins Haus.

„Lyanna, das Haus ist wieder gesichert. Bist du soweit?"

„Ich bin startklar, es war wirklich sehr schön hier, Apollo."

Wir zogen die Haustür ins Schloss, aktivierten die Alarmanlage und stiegen ins Auto ein. Beim Drücken des Startknopfes rührte sich nichts. Ich versuchte es mehrmals, doch der Wagen blieb stumm.

"Verdammt! Es sieht so aus, als hätten wir ein Problem mit dem Auto. Ich schaue mal nach, was da los ist", murmelte ich und stieg aus dem Auto.

Lyanna beobachtete mich besorgt, als ich die Motorhaube öffnete und mich daran machte, das Problem zu identifizieren. Sie fühlte sich unwohl, in der Dunkelheit allein im Auto zu sitzen.

Nach einer Weile kehrte ich zurück und schüttelte den Kopf. "Es sieht so aus, als hätten wir wirklich Pech. Das Auto springt nicht an, und ich kann das Problem nicht auf die Schnelle beheben. Wir sind hier ziemlich abgelegen, aber ich werde versuchen, Hilfe zu rufen."

Ich griff nach meinem Handy und wählte eine Nummer. Während ich telefonierte, schaute Lyanna aus dem Fenster und versuchte, in der Dunkelheit Anzeichen von Leben zu entdecken. Die Geräusche der Natur um uns herum schienen lauter zu werden, als ob die Stille des Waldes plötzlich von unserem Eindringen gestört worden wäre. Die Dunkelheit draußen wirkte unheimlich.

Nachdem ich das Gespräch beendet hatte, kehrte ich ins Auto zurück und sah auf mein Handy. "Es tut mir leid, Lyanna, aber es wird wahrscheinlich noch eine Weile dauern, bis Hilfe hier ist. Es ist schon ziemlich spät, und es wird sicher noch dunkler. Vielleicht sollten wir wieder ins Haus gehen und die Nacht dort verbringen. Morgen wird Hilfe kommen. Es ist besser, wenn wir drinnen auf sie warten, anstatt hier draußen."

Sie nickte verständnisvoll. "Das klingt vernünftig, Apollo. Es ist ohnehin schon ziemlich kalt draußen. Lass uns ins Haus zurückkehren."

Die Nacht im Waldhaus verlief ruhig, und wir schliefen nebeneinander ein. Ich spürte, wie ich langsam mein Innerstes für Lyanna öffnete, ohne recht zu wissen, ob ich dafür bereit war.

Am nächsten Morgen erwachten wir gemeinsam, die Sonnenstrahlen warfen warmes Licht durch die Fenster des Waldhauses. Ich hatte die beste Nacht seit langem gehabt und spürte eine tiefe Verbundenheit zu Lyanna. Sie lächelte mich an, und ich konnte nicht anders, als ihr Lächeln zu erwidern. "Die Nacht war schön", sagte Lyanna leise.

Ich nickte zustimmend. "Ja, das war sie wirklich. Ich habe mich lange nicht mehr so entspannt gefühlt. Wir könnten auch länger hierbleiben und die Zeit genießen."

"Oh ja, gerne. Nur habe ich keine Sachen mit", sagte Lyanna ein wenig traurig.

„Im Haus gibt es bestimmt noch Wechsel-kleidung, und Lebensmittel finden wir bestimmt auch noch. Sonst muss ich für uns jagen gehen," zwinkerte ich ihr zu. "Ich werde nochmal telefonieren und uns etwas Leckeres bringen lassen."

Lyanna lachte sofort. „Ok, und du willst jagen gehen?!" Ihr Lachen war so erfrischend, dass ich einstimmte.

Wir verbrachten den Tag am See, gingen spazieren und genossen die Natur. Ich konnte mich nicht erinnern, wann ich das letzte Mal so viel Zeit draußen verbracht hatte. Die Gespräche mit Lyanna waren tiefgründig und berührten Themen, die ich normalerweise vermied.

Während wir am See verweilten, hatte Erol un-auffällig Lebensmittel und Notwendigkeiten in die Waldhütte gebracht. Als wir schließlich zum Wald-haus zurückkehrten, bemerkten wir die bereit-gestellten Lebensmittel und anderen Vorräte.

Der Tisch in der Hütte war gedeckt, und es gab frische Lebensmittel, Wasser und andere Notwendigkeiten. Erol war geschickt und unauffällig vorgegangen, sodass Lyanna seine Anwesenheit nicht bemerkt hatte.

Ein Lächeln breitete sich auf ihrem Gesicht aus. Ich konnte ein leichtes Grinsen nicht unterdrücken. "Hast du Hunger? Wollen wir gemeinsam etwas kochen?"

„Du kannst kochen?", fragte sie ungläubig. „Naja... ein wenig schon. Ich schaue mir bei dir etwas ab", zwinkerte ich ihr zu.

Wir zauberten uns ein kleines Mehrgänge-Menü.

Ihre erfrischende und leichte Art, machte es mir leicht sie ins Herz zu schließen, aber auch sehr gefährlich für mich. Es macht mich angreifbar und könnte mich leichtsinnig machen, wie damals. Das darf nicht noch einmal passieren.

Die Nacht brach herein, und wir setzten uns auf die Veranda des Waldhauses, um den klaren Sternenhimmel zu bewundern. Die Stille der Natur und die funkelnden Sterne schufen eine besondere Atmosphäre.

Lyanna lehnte sich an mich und flüsterte leise: "Apollo, diese Zeit hier mit dir ist wunderschön."

Wir saßen still nebeneinander und genossen die friedliche Nacht. Meine Gedanken kreisten um die

Verbindung zwischen uns. Es frustrierte mich, wie sehr ich ihre Nähe genoss. In ihrer Gegenwart fand ich meinen Frieden. Ich hatte in den letzten Tagen viel über sie erfahren, was mir helfen könnte.

Morgen würden wir zurückkehren, und dann müsste ich die Kontrolle über meine Gefühle behalten, um meinen dunklen Plan zu verwirklichen.

Die Zeit verging wie im Flug.

Schließlich brach der Morgen an, und die Sonnenstrahlen drangen durch die Fenster der Waldhütte. Wir hatten die Nacht auf dem gemütlichen Sofa verbracht, dicht aneinandergedrängt, als ob wir uns vor der Welt da draußen schützen wollten.

Ich gähnte herzhaft und rieb mir den Schlaf aus den Augen. "Guten Morgen, Lyanna. Ich hoffe, du hast gut geschlafen."

Lyanna lächelte verschlafen und nickte. "Ja, ich habe wunderbar geschlafen. Es ist erstaunlich, wie beruhigend diese Hütte ist."

Ich konnte nicht anders, als ihre Hand zu nehmen und sie sanft zu drücken. "Ich freue mich, dass du hier bist."

Lyanna erwiderte meinen Blick und drückte ebenfalls meine Hand. "Es ist, als ob ich eine Seite von dir entdecke, die ich vorher nicht kannte."

Ich lächelte, aber in meinen Augen glomm immer noch die Dunkelheit. "Es gibt so vieles, was ich dir noch zeigen und erzählen möchte, Lyanna. Doch ich fürchte, es wird nicht immer einfach sein."

Lyanna verstand, dass ich Geheimnisse hatte, aber sie spürte, dass wir einen Weg finden würden, diese gemeinsam zu entwirren. "Gemeinsam können wir alles schaffen, Apollo. Wir werden jeden Sturm überstehen."

Ich nickte und küsste sie sanft auf die Stirn. "Das hoffe ich, Lyanna."

Aiden

Wir hatten unseren Außentermin erfolgreich gemeistert und kehrten am späten Samstagnachmittag ins Anwesen zurück. Erschöpft, aber auch erleichtert, dass alles gut gelaufen war. Während wir durch die weitläufigen Flure des Anwesens gingen, um Apollo zu suchen, begegneten wir zufällig einem der Angestellten, der uns grüßte.

„Hallo, hast du Apollo irgendwo gesehen?", fragte Aurel den Bediensteten. „Nein, Sir, er ist gestern Nachmittag mit Mrs. Lyanna aufgebrochen." Aurel und ich tauschten einen überraschten Blick aus. "Lyanna? Was hat sie hier gemacht?", fragte ich verwirrt.

Der Angestellte zuckte mit den Schultern. "Ich weiß es nicht genau. Ich habe die beiden zusammen in der Küche gesehen, als ich vorbeigegangen bin. Keine Ahnung, warum sie vorbeigekommen ist." Aurel runzelte die Stirn. "Das ist merkwürdig. Ist Apollo seitdem wieder aufgetaucht?"

„Nein, Sir", gab der Angestellte kopfschüttelnd zurück. „Danke für die Info", sagte Aurel.

Wir tauschten erneut einen überraschten Blick aus. "Lyanna? Was hat sie hier gemacht?", fragte ich erneut, diesmal eher zu mir selbst als zu Aurel. Aurel runzelte die Stirn.

Die unerwartete Nachricht, dass Lyanna im Anwesen war, beschäftigte uns. Wir wollten mehr darüber erfahren, warum sie unangekündigt gekommen war und was zwischen ihr und Apollo geschehen war. Ich ging zu einem der Küchenmädchen und fragte besorgt: "Eine Frau war gestern bei Apollo. Ihr Name ist Lyanna. Hast du was mitbekommen?"

Das Küchenmädchen blickte nervös zu Boden, bevor sie antwortete: "Es tut mir leid, Sir, ich habe nicht viel mitbekommen. Ich habe nur gesehen, dass sie dem Boss Tee zubereitet hat, weil es ihm nach dem vorherigen Abend nicht gut ging. Dabei wollte ich nicht weiter stören und bin aus der Küche gegangen." Ein wenig irritiert blickte ich zu Aurel, dem ebenfalls sehr große Fragezeichen im Gesicht standen.

Das Küchenmädchen schluckte und fuhr fort: "Sie haben sich unterhalten und sind später im Garten gesehen worden. Danach habe ich nur gehört, dass beide mit dem Auto weggefahren sein sollen."

Aurel und ich tauschten einen besorgten Blick aus. Apollo hatte also Lyanna mitgenommen, ohne uns Bescheid zu sagen. Das war höchst ungewöhnlich. Ich dachte darüber nach und begann zu ahnen, dass es hier mehr gab, als wir wussten. "Danke für die Information."

Während wir durch das Anwesen eilten, versuchten wir, die möglichen Gründe für Apollos Handeln zu verstehen. Wir kannten unseren Bruder gut, aber diese Situation war rätselhaft und beunruhigend. Warum hatte er Lyanna mitgenommen, ohne es uns zu sagen? Und wohin waren sie gefahren?

Das Personal war genauso verwirrt wie wir über Apollos unangekündigte Abreise mit Lyanna. Die meisten wussten nicht, was vor sich ging, da Apollo ihnen keine Erklärungen gegeben hatte. Es schien, als ob Apollo im geheimen agierte, und das beunruhigte uns. In der Regel informierten wir uns gegenseitig. Man kann ja nie wissen.

Ich entschied, jemanden zu finden, der vielleicht mehr wusste. "Habt ihr Erol gesehen?", fragte ich einige der Bediensteten. Er könnte wissen, wohin sie gegangen sind.

Das Personal schüttelte die Köpfe, und einige hatten offensichtlich Angst, sich in diese Angelegenheit einzumischen. Erol war bekannt für seine Loyalität, besonders zu Apollo, und es war riskant, sich in Dinge einzumischen, die nicht für sie bestimmt waren.

Schließlich fanden wir Erol, der gerade in einem der Büros des Anwesens arbeitete.

Als er uns sah, wirkte er überrascht. "Was führt euch hierher?" Ich trat näher und sagte: "Wir suchen nach Apollo und Lyanna. Wir haben gehört, dass sie zusammen weggefahren sind. Weißt du, wohin sie sind?"

Erol wirkte kurz nachdenklich, bevor er antwortete: "Ja, ich weiß, wohin sie gefahren sind. Apollo hat mir Bescheid gesagt, dass sie ein paar Tage Auszeit nehmen, die sie im Waldhaus am See verbringen werden."

Aurel und ich atmeten erleichtert auf, als wir diese Mitteilung erhielten. Es schien, als ob Apollo und Lyanna einfach einige Zeit für sich alleine verbringen wollten. Doch das war immer noch ungewöhnlich für unseren Bruder. "Warum hat er uns nicht informiert?", fragte ich verwirrt.

Erol zuckte mit den Schultern. "Das kann ich nicht sagen. Apollo hat seine Gründe, und manchmal handelt er impulsiv. Aber ich bin sicher, dass es nichts Ernstes ist. Sie wollten wohl nur etwas Zeit zusammen verbringen." Aurel und ich dankten Erol für die Information.

„Aurel, wir fahren morgen früh gleich zum Waldhaus." Wir hofften, Apollo und Lyanna dort anzutreffen und Antworten auf unsere Fragen zu bekommen.

*

Aurel und ich starrten auf das Waldhaus am See, während wir durch die Bäume schlichen. Die Sicht auf das Haus weckte Erinnerungen, die wir lange verdrängt hatten. Vor vielen Jahren hatte es in diesem Haus ein tragisches Unglück gegeben, das unsere Familie tief erschüttert hatte.

"Das kann doch nicht sein", flüsterte Aurel, als er das Gebäude sah.

Ich nickte nur stumm. Auch ich konnte nicht glauben, dass Apollo uns ausgerechnet hierhergebracht hatte. Wir hatten nie darüber gesprochen, aber das Unglück war ein dunkles Kapitel in unserer Familiengeschichte. Ein Kapitel, das wir am liebsten vergessen würden.

Wir erinnerten uns an die Tragödie, die sich vor Jahren ereignet hatte. Ein schrecklicher Unfall, bei dem die damalige Verlobte von Apollo ums Leben gekommen war. Die Wunden, die das Ereignis in unserer Familie hinterlassen hatte, waren nie wirklich geheilt.

Aurel und ich hatten nie erwartet, dass Apollo uns ausgerechnet an diesen Ort führen würde, und wir waren sprachlos angesichts dieser Entscheidung. Wir fragten uns, was in seinem Kopf vorging und warum er diesen Ort gewählt hatte.

Nach einem Moment des Schweigens sagte Aurel mit einem schweren Seufzen: "Lass uns reingehen und nachsehen, was vor sich geht. Vielleicht können wir Apollo zur Rede stellen."

Ich stimmte zu, und wir betraten das Haus mit gemischten Gefühlen. Die Vergangenheit schien uns einzuholen, und wir wussten nicht, was uns in diesem Waldhaus erwartete.

*

Im Inneren des Waldhauses erstreckte sich eine unheimliche Stille. Die Erinnerungen schienen förmlich in der Luft zu hängen. Aurel und ich durchsuchten die Räume und fanden schließlich Apollo und Lyanna in der Küche, die gemeinsam am Esstisch saßen und aßen.

Er sah überrascht aus, als er uns bemerkte. "Aiden, Aurel, ihr seid zurück. Das ging schneller als erwartet."

Ich funkelte Apollo an. "Warum ausgerechnet hier, Apollo? Du weißt doch, was in diesem Haus passiert ist."

Aurel nickte zustimmend. "Es ist der Ort, an dem... du weißt schon. Warum hierher?"

Apollo seufzte und blickte zu Boden. "Ich wollte einfach mal raus, und Lyanna schien der Gedanke an einen Aufenthalt am See zu gefallen."

Lyanna fühlte sich unwohl in dieser angespannten Situation. "Es tut mir leid, wenn ich in irgendeiner Weise gestört habe."

Aurel schüttelte den Kopf. "Das ist nicht deine Schuld, Lyanna."

Wir blickten erwartungsvoll zu Apollo, und es lag eine gewisse Anspannung in der Luft. Wir hatten gehofft, dass Apollo mehr über seine Beweggründe preisgeben würde, aber stattdessen schien er zunehmend abweisender zu werden.

Apollo antwortete knapp: "Lyanna und ich haben hier Zeit verbracht, um uns zu erholen und uns näherzukommen. Es ist nichts weiter passiert."

Ich versuchte, behutsam auf Apollo einzureden. "Apollo, du weißt, dass wir uns Sorgen um dich machen. Dieser Ort ist mit so vielen schmerzhaften Erinnerungen verbunden. Warum ausgerechnet hierher? Warum mit Lyanna?"

Aurel nickte zustimmend.

Apollo blickte zwischen uns hin und her und spürte den Druck, sich zu öffnen. Doch gleichzeitig wollte er seine Geheimnisse und Pläne wahren.

Sein Blick wurde kaltherziger, und er erwiderte mit einer Spur von Härte: "Es geht euch nichts an. Lyanna und ich haben unsere Gründe, hier zu sein. Das ist meine Angelegenheit."

Lyanna konnte die Anspannung förmlich spüren und versuchte, die Situation zu entschärfen. "Bitte, lasst uns nicht streiten. Wir sind hier, um zu entspannen und die Zeit miteinander zu genießen. Apollo wird schon mit euch reden, wenn er bereit ist."

Wir ließen schließlich von unserem Drängen ab, auch wenn wir besorgt waren. Die restliche Mahlzeit verlief in Stille, und es war klar, dass zwischen Apollo und uns eine Kluft entstanden war. Wir brauchten dringend ein Gespräch unter sechs Augen.

Nachdem das Frühstück beendet war, standen Apollo und Lyanna auf und begannen ihre Sachen zu packen. Sie schienen die Nacht im Waldhaus genossen zu haben, aber es war an der Zeit, zum Anwesen zurückzukehren. Apollo warf noch einen Blick auf den See durch das Fenster, während Lyanna die letzten Dinge zusammensuchte.

Aurel und ich saßen noch am Tisch, als die Beiden sich auf den Weg zum Auto machten. Wir waren entschlossen, die Gelegenheit zu nutzen und noch einen Spaziergang am See zu unternehmen. "Wir kommen nach", sagte Aurel und stand auf.

Apollo nickte knapp und verließ mit Lyanna die Hütte. Die Zeit am See hatten wir immer genossen. Bis vor dem Unfall war es ein unbeschwerter Ort für uns gewesen.

Aurel und ich verließen das Waldhaus mit einem Gefühl der Frustration und der Sorge. Wir fühlten uns ausgeschlossen und machten uns große Sorgen um Apollo. Unser Bruder schien sich mehr und mehr von uns zu entfernen, und wir verstanden nicht, was in ihm vorging.

Die Erinnerungen an das tragische Ereignis in dem Waldhaus lasteten schwer auf uns. Es war der Ort, an dem wir jemanden verloren hatten, den wir alle geliebt hatten. Die Tatsache, dass Apollo ausgerechnet dorthin gegangen war, verursachte ein mulmiges Gefühl.

Ich fühlte mich hilflos und konnte nicht verhindern, dass ich in einen Streit mit Apollo geraten war. Ich wollte doch nur verstehen, was in meinem Bruder vorging, aber er hatte sich verschlossen.

Aurel war ähnlich besorgt. Er wünschte sich, dass wir Brüder wieder enger zusammenrücken könnten, wie wir es früher einmal waren. Aber der Abstand zwischen uns schien immer größer zu werden, und er konnte nichts dagegen tun.

Wir beide fühlten uns wie Zuschauer in Apollos Leben, unfähig, ihm zu helfen oder zu verstehen, warum er so gehandelt hatte. Die Sorge um Apollo nagte an uns, und wir fragten uns, wie wir unseren Bruder zurückgewinnen könnten.

Während wir uns auf dem Rückweg vom Waldhaus befanden, fuhren unsere Gedanken karussellartig. Wir hatten so viele Fragen, aber nur wenige Antworten. Der Weg zurück zum Anwesen verlief schweigsam, da wir beide in unseren Gedanken gefangen waren.

Als wir schließlich wieder das Anwesen erreichten, spürten wir die Anspannung in der Luft. Etwas stimmte nicht, und wir konnten es förmlich spüren. Wir tauschten einen beunruhigten Blick aus, bevor wir gemeinsam ins Haus gingen.

Wir fühlten uns wie Fremde in unserem eigenen Zuhause. Apollo saß bereits im Wohnzimmer, und die Spannung zwischen uns war unübersehbar. Aurel und ich wussten, dass wir einige unangenehme Fragen stellen mussten, aber wir hatten keine Ahnung, wie Apollo reagieren würde.

Die bevorstehende Konfrontation lag wie ein dunkler Schatten über uns, und wir waren uns bewusst, dass die Worte, die gesprochen wurden, das Potenzial hatten, unsere Beziehung zu unserem Bruder für immer zu verändern. Dennoch konnten wir nicht länger schweigen. Wir mussten herausfinden, was mit Apollo los war und wie wir ihm helfen konnten.

Wir tauschten einen entschlossenen Blick aus, bevor wir uns auf den Weg ins Wohnzimmer machten. Die Anspannung in der Luft schien mit jedem Schritt zu wachsen, und als wir den Raum betraten, konnte man die Luft förmlich schneiden.

Apollo saß auf dem Sofa und starrte ins Leere. Als er uns bemerkte, sah er auf und seine Miene verhärtete sich. Es war, als ob er sich auf die bevorstehende Konfrontation vorbereitete.

Schließlich sprach ich das aus, was wir alle dachten. "Apollo, wir müssen über das sprechen, was passiert ist. Warum hast du Lyanna mitgenommen, ausgerechnet an diesen Ort?"

Apollo seufzte und antwortete in einem kühlen Ton: "Es ging mir darum, eine Auszeit zu nehmen und Lyanna eine schöne Zeit zu bereiten. Ich sehe nicht, warum das ein Problem sein sollte."

Aurel versuchte einen einfühlsameren Ansatz. "Du weißt, dass dieser Ort für uns eine besondere Bedeutung hat. Du hättest uns zumindest Bescheid geben sollen, Apollo."

Apollo wirkte unbeeindruckt von unseren Worten und entgegnete mit einem kalten Lächeln: "Ich habe niemanden um Erlaubnis gebeten. Lyanna und ich hatten eine großartige Zeit, das ist alles, was zählt."

Wir spürten, dass Apollo nicht gewillt war, unsere Fragen zu beantworten, und dass er sich von uns abwandte. Die Atmosphäre im Raum wurde immer gespannter, und wir wussten nicht, wie wir weiter vorgehen sollten. Doch eines war klar: Etwas stimmte mit Apollo nicht, und wir würden nicht aufgeben, bis wir die Wahrheit herausgefunden hatten.

Apollo erhob sich langsam vom Sofa und wandte sich uns zu, sein Blick kalt und unnachgiebig. "Ihr wollt Antworten? Ihr meint, ihr könnt in mein Leben eindringen, nur weil ihr Blutsverwandte seid? Denkt nicht, dass ihr das Recht dazu habt. Es gibt Dinge, die ihr nicht wissen müsst und die ihr auch nie erfahren werdet. Haltet euch da raus, bevor ihr Dinge enthüllt, die ihr besser nicht wissen wollen würdet."

Die bedrohliche Dunkelheit in Apollos Augen war unverkennbar, und er schien fest entschlossen, seine Geheimnisse zu wahren, selbst vor uns. Aurel und ich waren sprachlos angesichts der Kälte, die von ihm ausging. Wir kannten ihn so nicht.

Apollo

Erol saß mit mir zusammen in meinem Arbeitszimmer, und die Stimmung war ernst. Ich hatte einige Tage Zeit gehabt, um über ihre Erkenntnisse am Waldhaus nachzudenken. Somit brach ich das Schweigen und ich wandte mich an Erol: "Erol, wir müssen vorsichtig sein. Meine Brüder waren am Waldhaus, und sie sind misstrauisch geworden. Wir dürfen nichts überstürzen." Erol nickte zustimmend. "Ich verstehe, Apollo. Aber wir müssen auch bedenken, dass die Zeit drängt. Lyanna wird immer selbstbewusster, und wenn wir sie auf unserer Seite haben wollen, müssen wir schnell handeln." Apollo runzelte die Stirn. "Ich weiß, aber wir dürfen nicht vergessen, dass sie über uns Bescheid weiß. Zumindest das was meine Brüder ihr erzählt haben. Wir müssen vorsichtig vorgehen." Erol dachte einen Moment nach und antwortete dann: "Vielleicht solltest du weiter einwickeln, so könntest du mehr über ihre sie herauszufinden. Wenn wir verstehen, was sie kann, können wir sie besser lenken und wissen wie sie ihre Gaben nutzt." Apollo nickte zustimmend. "Das ist ein guter Ansatz, Erol."

Lyanna

Ich erwachte an einem klaren Montagmorgen und streckte mich gähnend in meinem gemütlichen Bett. Das Tageslicht, das durch die Vorhänge fiel, kündigte einen weiteren Tag an. Ich war schon spät dran und musste mich beeilen.

Mit einem Seufzen stand ich auf und schlüpfte in meinen flauschigen Morgenmantel. Die Dusche weckte mich richtig auf, und ich genoss das warme Wasser auf meiner Haut. Nachdem ich mich abgetrocknet hatte, zog ich mein gewohntes Arbeitsoutfit: Jeans und ein T-Shirt an. Ich liebe die entspannte Atmosphäre im Café und fühle mich in dieser Kleidung wohl.

Ich schlüpfe in die bequemen Sneaker und eile in die Küche, um mir eine schnelle Tasse Kaffee zuzubereiten. Der Kaffeeduft füllt die Luft und weckt meine letzten schlafenden Sinne.

Mit der Tasse Kaffee in der Hand setze ich mich an den Küchentisch und überlege, was der Tag bringen mag.

Völlig verträumt vergaß ich die Zeit. Ich war zu spät. In Windeseile machte ich mich auf den Weg.

Nachdem ich das Café au Soleil betrat kam Emily sofort auf mich zu.

"Guten Morgen, Lyanna! Der Kaffee ist frisch, und heute haben wir frische Zimtschnecken im Angebot. Du kannst dich also auf einen guten Start in den Tag freuen", lächelt Emily.

Dankbar nickte ich und begab mich hinter den Tresen. Ich liebte zwar die morgendliche Hektik im Café, aber heute Morgen fehlte mir ein wenig die Energie. Die ersten Gäste strömten herein, und ich begrüßte sie mit einem strahlenden Lächeln, während ich ihre Bestellungen aufnahm. Im Laufe des Vormittags war ich wieder in meinem Element.

Während ich meine Aufgaben erledigte, bemerkte Emily, wie fröhlich ich an diesem Morgen bin. "Weißt du, Jason, ich habe das Gefühl, Lyanna ist heute besonders glücklich."

Jason hebt fragend die Augenbrauen und sieht zu mir hinüber, während ich geschäftig hinter dem Tresen herumwirbele. "Ja, das habe ich auch bemerkt. Du scheinst heute in bester Laune zu sein, Lyanna. Hattest du ein tolles Wochenende?"

Ich wende mich meinen Freunden zu, strahle und nicke fröhlich. "Ja, ich hatte ein wirklich schönes Wochenende. Alles war perfekt."

Die beiden Freunde tauschten vielsagende Blicke aus und lächelten mich an. "Das freut uns zu hören, Lyanna", sagte Emily mit einem verschmitzten Grinsen. "Hast du vielleicht jemanden Besonderen getroffen?"

Leicht errötend zwinkerte ich ihnen zu. "Das könnte durchaus sein, aber ich möchte noch nicht zu viel verraten. Ihr werdet es schon früh genug erfahren."

Ihr Lachen verriet, dass sie verstanden hatten, dass ich offensichtlich ein Geheimnis hatte, das ich für mich behalten wollte. Das reichte für den Moment völlig aus. Das Café war erfüllt von fröhlichem Geplapper.

Als am frühen Nachmittag die Türklingel des Cafés ertönte, schenkte ich dem hereinkommenden Gast keine Beachtung. Ich war so sehr mit der Bestellung beschäftigt, dass ich erst die Schritte in der Stille bemerkte. Als ich mich umdrehte, sah ich Apollo. In dem Moment geschah etwas Seltsames. Mein Bauch schlug Purzelbäume.

Ein unmittelbares Schweigen legte sich über den Raum, als würde seine bloße Anwesenheit die Worte und das Gelächter ersticken. Die Gäste, die gerade noch angeregt miteinander gesprochen hatten, wandten ihre Blicke zu ihm, und jegliches Geräusch verebbte.

Apollo schritt weiter durch den Raum, seine düstere Aura und seine berühmte Präsenz nahmen das gesamte Café in Beschlag. Er trug einen eleganten, maßgeschneiderten Anzug, der seine imposante Statur betonte. Dunkle, geheimnisvolle Augen schweiften ruhelos durch den Raum, und seine markanten Gesichtszüge ließen keinen Zweifel daran, wer er war. Er war der Mann, über den die Stadt sprach, der geheimnisvolle Millionär, selten in der Öffentlichkeit und der Älteste der Caelus-Brüder.

Meine Freunde und ich sahen zu ihm auf, als er sich dem Tresen näherte. In unseren Gesichtern spiegelte sich die Mischung aus Ehrfurcht und Anspannung wider. Apollo war nicht nur ein Gast im Café, sondern auch ein Mann, der Macht und Einfluss ausstrahlte.

Apollo ließ seinen Blick weiter über die Gäste schweifen, als suchte er nach etwas oder jemandem. Seine wassergrünen Augen ruhten kurz auf mir, bevor er sich abwandte und auf einen freien Tisch zusteuerte. Das Café atmete erleichtert auf, als er sich setzte. Der Klang der Gespräche und des Geschirrs kehrte allmählich zurück.

Die Anwesenheit von Apollo hatte eine gewisse Spannung in die Luft gebracht. Wir arbeiteten fleißig, und die Gäste schienen sich von dem kurzen Zwischenfall erholt zu haben.

Doch alle wussten, dass die Caelus-Brüder immer für Überraschungen gut waren.

Apollo saß an einem der hinteren Tische des Café, die Menükarte vor sich. Er sah tief in Gedanken versunken aus. Als ich später zu Apollo an seinen Tisch ging, begrüßte ich ihn freundlich und war bereit, seine Bestellung aufzunehmen: "Hallo, Apollo. Schön, dich hier zu sehen. Wie kann ich dir helfen?"

Apollo hob kurz den Blick von der Speisekarte, sah mir direkt in die Augen und erwiderte mit einer kühlen und distanzierten Stimme: "Ich warte auf meine Geschäftspartner. Aber bring mir einfach einen Kaffee, ...schwarz."

Doch seine kühle und distanzierte Reaktion auf meine Begrüßung verwirrte mich. Es war schwer zu verstehen, warum er nach dem Wochenende, das wir zusammen verbracht hatten, so abweisend war. "Natürlich, Apollo. Ein schwarzer Kaffee, verstanden."

Während ich den Kaffee für Apollo zubereitete, konnte ich nicht aufhören, über sein kaltes Verhalten nachzudenken. Es schien, als ob er die Intimität und die Gefühle, die wir am Wochenende geteilt hatten, einfach abschüttelte.

Ich brachte den Kaffee an Apollos Tisch und stellte die Tasse vor ihm ab. "Hier ist dein Kaffee."

Er nickte knapp und murmelte ein "Danke" ohne mich anzusehen. Meine Verwirrung und Enttäuschung wuchsen, aber ich zwang mich, professionell zu bleiben.

Während Apollo auf seine Geschäftspartner wartete, nahm er einen Schluck von seinem Kaffee und schaute gedankenverloren aus dem Fenster. Wir konnten nicht leugnen, dass wir uns gegenseitig angezogen fühlten, aber er hatte seine eigenen Gründe, seine Emotionen zu unterdrücken.

Ich konnte nicht anders, als auf Apollo zu blicken, während er in Gedanken versunken aus dem Fenster starrte. Ich hatte das Gefühl, dass irgendetwas nicht stimmte, und sein plötzliches kaltes Verhalten verwirrte mich zutiefst.

Währenddessen betraten Apollos Geschäftspartner das Café und gingen schnurstracks auf den Tisch zu.

Ich konnte spüren, wie angespannt Apollo war, als er sich auf das Gespräch konzentrierte. Er schien vollkommen in seiner Rolle als erfolgreicher Geschäftsmann aufzugehen, und die dunkle Aura, die ihn umgab, wirkte erdrückend.

Die Geschäftspartner sprachen in gedämpften, eiligen Tönen, und ich fand es schwer, mich auf meine Arbeit zu konzentrieren. Ich sehnte mich nach der Wärme und Nähe, die wir am Wochenende geteilt hatten, aber jetzt schien er unerreichbar weit entfernt.

Als sie das Café verließen, war ich ziemlich verwirrt und mit meinen Gedanken allein. Die bedrückende Stille machte das Ganze nicht besser.

"Lyanna, was war das gerade? Ich habe gesehen, wie er dich behandelt hat, als wärt ihr euch nie zuvor begegnet. Ist alles in Ordnung?"

Ich seufzte und lehnte mich für einen Moment an die Theke. "Ich weiß es nicht, Emily. Am Wochenende war alles so anders. Wir hatten eine großartige Zeit, und ich dachte, wir würden uns näherkommen. Aber heute hat er mich völlig ignoriert und kalt abblitzen lassen, als wären wir uns fremd."

Emily runzelte die Stirn. "Das ergibt keinen Sinn. Warum sollte er sich so verhalten? Ist irgendetwas passiert?"

Ich zuckte mit den Schultern. "Ich habe keine Ahnung. Ehrlich gesagt, bin ich genauso verwirrt wie du. Es ist, als ob er eine völlig andere Person ist, wenn er sich im Geschäftsmodus befindet."

Emily nickte nachdenklich. "Das ist seltsam, aber vielleicht gibt es eine Erklärung. Vielleicht hat er persönliche Gründe, die du nicht kennst. Ich würde nicht gleich aufgeben, Lyanna. Vielleicht

kannst du das Gespräch mit ihm suchen und herausfinden, was los ist."

Ich lächelte schwach. "Danke, Emily. Nach der
Arbeit schaue ich ob er zu Hause ist und ob wir
reden können. Hoffentlich wird alles wieder
normal."

Nach einem anstrengenden Tag im Café fuhr
Emily mich zu dem Anwesen der Brüder. Die Sonne
ging bereits unter, und die Straßen waren ruhig.
Ich fühlte mich immer noch verwirrt über Apollos
Verhalten vor paar Stunden und hoffte, dass ich
einige Antworten bekommen würde.

Ich stieg aus dem Auto und Emily lächelte und
sagte: "Ich hoffe, du findest hier, wonach du suchst.
Wenn du irgendwelche Probleme hast, bin ich nur
einen Anruf entfernt. Pass auf dich auf, okay?"

Ich bedankte mich bei meiner Freundin und
betrat das Anwesen der Brüder. Die massiven Tore
öffneten sich, als ich näherkam. Ich ging weiter auf
die Haustür zu und klopfte an.

Der Angestellte öffnete die Tür und fragte: „Guten
Tag, sie wünschen?" „Hallo", antwortete ich. „Ist
Apollo da? Kann ich ihn sprechen?" „Wie ist ihr
Name?" „Ich heiße Lyanna. Die Brüder kennen
mich."

Der Diener schaute mich ungläubig an „Haben sie einen Termin?" „Nein, aber es ist wichtig", antwortete ich ihm.

„Bitte warten sie hier. Ich werde nachfragen", entschuldigte sich der Mann und schloss die Tür vor meiner Nase. Wie seltsam das war. Kurz drauf wurde die Tür erneut geöffnet.

„Kommen Sie mit. Hier können Sie warten, es wird einen Moment dauern", mit den knappen Worten ließ der Bedienstete mich allein in der Empfangshalle stehen.

Nun hatte ich mehr Zeit mir genauer die Halle anzusehen und bemerkte, dass das Anwesen wie immer still und geheimnisvoll wirkte. Das Dunkle, das die Brüder umgab, schien in den Mauern dieses Hauses eingefangen zu sein. Die Erinnerungen an das vergangene Wochenende mit Apollo ließen mich nicht los. Ich verstand seine Reaktion nicht. Die plötzliche Kälte und Gleichgültigkeit.

Unsicher über den nächsten Schritt, entschied ich mich, in das Wohnzimmer zu gehen. Vielleicht würde dort Antworten finden, wenn ich dort auf Apollo oder seine Brüder stieß. Als ich das prächtige Zimmer betrat, das von Gemälden und Antiquitäten nur so geschmückt war, konnte man in jedem Detail des Zimmers die Präsenz der Brüder regelrecht spüren.

Während ich im Raum stand und auf eine Spur oder ein Zeichen von jemanden wartete, hörte ich leise Schritte hinter mir. Ich drehte mich um und sah Apollo, der mit verschränkten Armen in der Tür stand, sein Blick kalt und undurchdringlich.

Apollo sprach mit einer Distanziertheit, die mich verletzte. "Du hast dich also entschlossen, hierher-zukommen. Was suchst du, Lyanna?"

Ich rang nach Worten, überwältigt von der plötzlichen Konfrontation. "Ich suche Antworten, Apollo. Ich verstehe nicht, was zwischen uns vor-geht. Warum hast du dich heute Nachmittag im Café so distanziert verhalten?"

Apollo sah mich scharf an, bevor er eine bittere Erwiderung gab. "Du überschätzt unsere Ver-bindung, Lyanna. Das Wochenende war nur ein kleiner Ausflug, mehr nicht. Du solltest dich nicht in Dinge einmischen, die dich nichts angehen."

Ich fühlte mich von seinen Worten getroffen und verstand nicht, wie er so kalt sein konnte. "Apollo, das war nicht nur ein Ausflug für mich. Ich dachte, wir hätten eine Verbindung. Warum tust du so, als ob wir uns kaum kennen?"

Apollo seufzte und trat näher. Seine Stimme wurde leiser, aber auch härter. "Es gibt Dinge, die du nicht verstehen kannst, Lyanna. Du solltest dich nicht weiter in unsere Angelegenheiten einmischen. Es wäre klug, dich von mir und meinen Brüdern fernzuhalten."

Ich kämpfte mit meinen Emotionen, fühlte mich zurückgewiesen und doch verwirrt über Apollos Worte. Ich antwortete schließlich: "Wenn du mir keine Antworten geben kannst, Apollo, werde ich meine eigenen finden."

Apollo wandte sich ab, seine finstere Aura erfüllte den Raum. "Wie du willst, Lyanna. Aber sei gewarnt, manchmal ist die Wahrheit dunkler, als du dir vorstellen kannst."

Völlig verwirrt und ohne Antworten stand ich nun allein im Wohnzimmer. Plötzlich hörte ich ein leises Geräusch in der Nähe. Ich drehte mich um und entdeckte Aiden, der die Treppe hinunterkam. Er schien überrascht, mich hier zu sehen.

Aiden trat näher und fragte: "Lyanna, was machst du hier? Wo sind die anderen?"

Ich blickte auf und erklärte: "Ich bin gekommen, um Antworten zu finden."

Aiden nickte verständnisvoll und sagte: "Ich verstehe deine Sorge. Wir sind immer für dich da, Lyanna. Aber du solltest wissen, dass es manchmal Dinge gibt, über die wir nicht sprechen können."

Ich seufzte und antwortete: "Ich verstehe das, Aiden. Ich dachte, nach diesem Wochenende mit Apollo würden wir uns näherkommen, aber sein Verhalten heute hat mich verwirrt."

Aiden seufzte und überlegte, wie er mir am besten antworten sollte. "Es ist kompliziert, Lyanna. Apollo ist... anders. Es gibt Dinge in seiner Vergangenheit, die ihn geprägt haben, und er hat Schwierigkeiten, sich anderen zu öffnen. Es hat nichts mit dir zu tun, glaube mir."

Ich sah Aiden mit ernstem Blick an. "Aber ich dachte, nach diesem Wochenende am See wären wir uns nähergekommen. Er schien anders zu sein, offener. War das alles nur eine Täuschung?"

Aiden schüttelte den Kopf. "Nein, das war keine Täuschung. Ich denke, er hat wirklich versucht, sich zu öffnen. Aber es ist schwer für ihn, seine Dämonen loszulassen. Du darfst nicht vergessen, dass Apollo viele Lasten trägt."

Ich ließ den Kopf sinken und murmelte: "Ich verstehe das, aber ich will ihm helfen. Ich glaube, ich habe mich in ihn verliebt, Aiden, und ich will helfen, egal was passiert oder wie schwer es wird."

Aiden lächelte sanft und drückte meine Hand. "Das ist bewundernswert, Lyanna. Vielleicht können wir gemeinsam einen Weg finden, ihm zu helfen. Aber wir müssen vorsichtig sein und ihm Zeit geben."

In diesem Moment hörte ich Schritte im Flur, und die Brüder kehrten zurück. Apollo betrat den Raum, gefolgt von Aurel. Die Gesichtsausdrücke der beiden blieben weiterhin abweisend. Die Brüder warfen sich stumme Blicke zu und kommunizierten auf diese Weise miteinander. Es war offensichtlich, dass etwas in der Luft lag.

Ich atmete tief durch und sprach sie an: "Apollo, ich gebe nicht auf. Ich möchte verstehen, was hier vor sich geht, und ich will für dich da sein. Bitte, sprich einfach mit mir."

Apollo beobachtete mich mit einem abwertenden Blick und einem Hauch von Arroganz in seiner Stimme. "Das wirst du nie verstehen, Lyanna. Du denkst, du könntest in mein Leben eindringen und alles ändern. Du machst dir Illusionen, die nie wahr werden."

"Warum tust du das, Apollo? Warum behandelst du mich so?" fragte ich mit zitternder Stimme.

Apollo sah mich herausfordernd an. "Du willst die Dunkelheit in mir erhellen, aber das wird niemals passieren. Das ist lächerlich."

Ich schluckte, doch mein Blick wurde entschlossener. "Du redest viel von Dunkelheit, Apollo.

Aber vielleicht bin ich stark genug, um damit umzugehen. Vielleicht bin ich stark genug für dich."

Apollo lachte bitter auf. "Stark genug? Du? Du
kannst nicht einmal die Wahrheit ertragen. Wenn
du wüsstest, was wirklich in mir vorgeht, würdest
du vor Angst davonlaufen."

Ich wich nicht zurück. "Dann erzähl mir die
Wahrheit, Apollo. Lass mich hinter die Fassade
blicken, die du aufrechterhältst. Lass mich an
deinem Leben teilhaben."

Apollo trat noch näher an mich heran, seine
Augen funkelten vor dunkler Entschlossenheit.
"Die Wahrheit? Die Wahrheit ist, dass ich ge-
brochen bin. Ich habe Dinge getan, die du dir nicht
einmal vorstellen kannst. Ich bin ein Monster,
Lyanna, und du solltest Angst vor mir haben."

Ich fühlte, wie seine Worte wie Messerstiche in
meine Seele schnitten, doch ich wich nicht zurück.
"Vielleicht habe ich keine Angst, Apollo. Vielleicht
sehe ich mehr in dir, als du in dir selbst siehst."

Apollo und ich standen uns so nahe gegenüber,
dass unsere Atemzüge sich vermischten. Die
Spannung zwischen uns war greifbar, doch in
diesem Moment gab es keine Worte mehr, um die
Spannung zu beschreiben, die uns umgab.

Ich wagte es, meine linke Hand auf Apollos Herz zu legen, und spürte seinen rasenden Herzschlag unter meiner Berührung. Tränen traten mir in die Augen, während ich tief in Apollos Augen schaute, als wären sie ein Spiegel seiner Seele.

In diesem Moment schienen alle Worte, alle Schmerzen und Zweifel verblasst zu sein. Die Stille zwischen uns war fast unerträglich, und dennoch sprach sie lauter als alles, was wir je gesagt hatten.

Wir entdeckten einander in diesem Augenblick auf eine Weise, die keine Worte jemals hätten vermitteln können. Unsere Seelen trafen sich in dieser Verbindung, und für einen flüchtigen Moment schien die Dunkelheit in Apollo von einem Lichtstrahl durchdrungen zu werden.

Apollo und ich verharrten in diesem intensiven Moment. Wir waren gefangen in unseren Emotionen. Es fühlte sich an, als würde die Zeit stillstehen. Apollo schloss kurz seine Augen und legte sanft seine Stirn an meine, während ich ihm tief in die Seele blickte.

Für einen Augenblick vergaßen wir die Welt um uns herum, die Konflikte, die Düsternis und die Geheimnisse. In diesem Augenblick schienen wir Frieden und Verständnis zu finden.

Doch dann brach die Realität über uns herein, und die Dunkelheit schloss sich erneut um Apollo.

Er löste sich mit einem Ruck von mir und trat einen Schritt zurück, sein Blick wieder kalt und undurchdringlich. "Lyanna, du solltest gehen", murmelte er mit einer Stimme, die kaum zu hören war.

Ich schluckte schwer, die Tränen in meinen Augen und die Worte in meiner Kehle gefangen. Schließlich nickte ich langsam und wandte mich ab, um den Raum zu verlassen.

Aurel, der bisher schweigend zugesehen hatte, trat näher zu Apollo und sagte leise: "Es ist besser so, Bruder. Lass uns jetzt klären, was als Nächstes zu tun ist."

Apollo nickte knapp und konzentrierte sich auf die düsteren Pläne, die er geschmiedet hatte. Die Dunkelheit war wieder über ihm zusammengebrochen.

*

Am nächsten Tag fühlte ich mich zutiefst erschöpft und niedergeschlagen. Die Geschehnisse der letzten Tage hatten mich emotional zermürbt. Ich hatte mich krankgemeldet und beschlossen, im Bett zu bleiben, um Zeit für mich selbst zu haben.

Mein Kopf fühlte sich an, als wäre er in einem dichten Nebel gefangen, und mein Herz war schwer von den unausgesprochenen Worten und der schmerzhaften Begegnung mit Apollo. Ich hatte das Gefühl, dass ich Zeit brauchte, um mich zu sammeln und meine Gedanken zu sortieren.

Ich lag in meinem Bett, eingehüllt in Decken, und starrte auf die Decke. Die Tränen, die ich bisher zurückgehalten hatte, strömten nun in einem stummen Strom über meine Wangen. Ich fühlte mich verletzlich und verloren und wusste nicht, wie ich mit all den Emotionen umgehen sollte.

In den folgenden Tagen würde ich Zeit benötigen, um mich zu erholen und meine Wunden zu heilen. Vielleicht konnte ich dann klarer sehen und herausfinden, wie es mit Apollo und den Brüdern weitergehen sollte.

Am späten Nachmittag, als ich mich immer noch in meinem Bett befand und versuchte, die Gedanken zu ordnen, hörte ich ein Klingeln an meiner Tür. Es war ein leises, zögerndes Läuten, als ob jemand nicht sicher war, ob er überhaupt erwartet wurde.

Ich seufzte und kämpfte mich aus den Decken, die mich umhüllten, aber ich konnte niemanden vor meiner Tür warten lassen, ohne zu wissen, wer es war. Langsam, mit zittrigen Schritten, ging ich zur Tür und öffnete sie einen Spalt. Vor mir stand Aiden, der mich mit einem besorgten Blick ansah.

"Lyanna, wie geht es dir?", fragte er leise.

Ich seufzte erneut und antwortete mit müder Stimme: "Es geht mir... nicht so gut, Aiden. Aber danke der Nachfrage. Was verschafft mir die Ehre deines Besuchs?"

Aiden trat vorsichtig in meine Wohnung und schloss die Tür hinter sich. "Ich mache mir Sorgen um dich, Lyanna. Ich habe gehört, dass du dich krankgemeldet hast, und ich wollte nach dir sehen."

Ich blickte zu Boden, unsicher, wie ich auf Aidens Besorgnis reagieren sollte. "Es ist wirklich nett von dir, vorbeizukommen. Aber es gibt nicht viel, was du tun kannst. Es ist kompliziert."

Aiden trat näher und legte sanft eine Hand auf meine Schulter. "Du bist nicht allein in dieser Sache. Wir sind da, um dir zu helfen, und wir sorgen uns um dich. Wir möchten verstehen, was passiert ist."

Ich blickte in Aidens Augen und konnte die Aufrichtigkeit in seinem Blick erkennen. Ich seufzte erneut, aber diesmal fühlte es sich anders an, weniger belastend. "Ich weiß, Aiden. Aber es ist so schwer zu erklären. Es gibt so viele Dinge, die ich nicht verstehe."

Aiden nickte verständnisvoll. "Vielleicht kannst du mir wenigstens erzählen, was zwischen dir und

Apollo passiert ist. Ich habe das Gefühl, da gibt es eine Menge ungeklärter Fragen."

Ich zögerte einen Moment, bevor ich schließlich nickte. "Ja, da gibt es viele Fragen. Und vielleicht sollte ich dir einige davon beantworten."

Aiden zog einen Stuhl heran und setzte sich neben mich. "Ich bin hier, Lyanna. Erzähle mir, was passiert ist."

"Aiden..., du kannst dir nicht vorstellen, wie wundervoll es war", begann ich mit einem aufgesetzten, strahlenden Lächeln. "Wir haben so viel Zeit mit¬einander verbracht. Wir waren im Garten, wo er mir viele Erinnerungen und Dinge gezeigt hat. Und er hat mir das Waldhaus am See gezeigt. Es ist ein so toller Ort. So ruhig und abgeschieden. Apollo war so aufmerksam und charmant."

Er lächelte, er schien froh zu sein, dass ich solche positiven Erinnerungen hatte. "Es klingt wirklich nach einer besonderen Zeit, Lyanna. Ich bin froh, dass ihr einige schöne Momente hattet."

Ich nickte und fuhr fort. "Wir sind am See spazieren gegangen, haben in der Hütte gemeinsam gekocht und uns unterhalten. Abends in die Sterne geschaut und es uns vor dem Kaminfeuer gemütlich gemacht. Es war sehr romantisch und es fühlte sich an, als ob alle Sorgen für einen Moment verschwunden wären."

Aiden schmunzelte leicht und hörte weiter aufmerksam zu, ohne mich zu unterbrechen. Als ich geendet hatte, sah er nachdenklich aus. "Das klingt nach einer sehr komplizierten Situation, Lyanna. Aber ich bin froh, dass du mir davon erzählt hast."

Ich seufzte und blickte aus dem Fenster. "Ich weiß immer noch nicht, was mit Apollo los ist. Er war so anders am Anfang, und dann... Er hat so viele Dinge gesagt, die wehgetan haben. Ich verstehe nicht, warum er sich so verhält. Ich könnte damit umgehen, wenn er es mir erklären würde. Egal wie es ist. Ich möchte es einfach nur verstehen dürfen."

Aiden nahm mich tröstend in den Arm. "Manchmal tragen Menschen viele Geheimnisse in sich, Lyanna. Das macht es schwer, sich zu öffnen und Vertrauen zu schenken. Vielleicht lässt er sich helfen, seine Dämonen zu besiegen."

Ich nickte, dankbar für Aidens Verständnis. "Ich hoffe es, Aiden. Aber im Moment fühle ich mich einfach leer und erschöpft."

Er stand auf und lächelte sanft. "Das ist verständlich, Lyanna. Ruhe dich aus und lass uns wissen, wenn du reden möchtest. Wir sind für dich da, wenn du uns brauchst."

Ich lächelte schwach und nickte. "Danke, Aiden. Das bedeutet mir sehr viel. Ich möchte nicht aufgeben. Ich glaube, da ist etwas Besonderes zwischen Apollo und mir, auch wenn es im Moment kompliziert ist."

Aiden verzog seine Mundwinkel zu einem leichten Grinsen und nickte zustimmend. "Das ist der richtige Ansatz, Lyanna. Ich bin sicher, dass ihr beide Wege finden werdet, die Hindernisse zu überwinden. Und wir, Aurel und ich, werden euch unterstützen, so gut wir können."

Aiden verabschiedete sich und verließ meine Wohnung, während ich mich wieder in mein Bett zurückzog, um mich auszuruhen und meine Gedanken zu ordnen.

Apollo

Ich saß an meinem Schreibtisch im Büro, die Hände auf der Tastatur meines Computers, während ich versuchte, mich auf die Arbeit zu konzentrieren. Doch meine Gedanken schweiften ständig ab, und mein Blick wurde leer, als ich an das Wochenende mit Lyanna am Seehaus dachte.

Ich konnte mich nicht auf die Zahlen und Berichte vor mir konzentrieren, obwohl das mein Job war. Stattdessen durchlebte ich die Erinnerungen an die Spaziergänge am See, die Gespräche am Feuer und den Moment, als Lyanna und ich uns tief in die Augen geschaut hatten. Diese Momente hatten etwas in mir berührt, dass ich tief in meinem Inneren vergraben hatte.

Die Wärme ihrer Nähe und ihr Lächeln hatten eine Seite von mir geweckt, die ich lange Zeit verschlossen hatte. Ich versuchte, mich selbst zu überzeugen, dass es nichts Bedeutendes war, dass es nur ein Ausflug war, aber ich wusste, dass das nicht stimmte. Ich konnte Lyanna nicht vergessen, und das beunruhigte mich.

Mein Handy lag neben mir, aber ich zögerte, sie anzurufen. Mein kaltherziger Schutzwall schien dicker denn je, und ich wusste nicht, wie ich die Brücke zwischen uns wieder aufbauen sollte. Doch die Gedanken an sie ließen mich nicht los, und ich fragte mich, ob ich es wagen sollte, sie anzurufen. Ich seufzte und schüttelte den Kopf, bevor ich versuchte, mich wieder auf meine Arbeit zu konzentrieren.

Während ich tief in Gedanken versunken an meinem Schreibtisch saß, öffnete sich die Bürotür, und Erol trat ein. Ich bemerkte ihn erst, als ich seine Anwesenheit direkt neben mir spürte und blickte auf.

"Was gibt es, Erol?", fragte ich, immer noch von meinen Gedanken abgelenkt. Erol trat um mich herum und setzte sich auf einen der Stühle vor meinem Schreibtisch. "Du siehst abwesend aus, Boss. Alles in Ordnung?"

Ich nickte abwesend. "Ja, ja, alles in Ordnung. Nur viel Arbeit." Er warf mir einen skeptischen Blick zu. "Es sieht eher so aus, als ob du dich in Gedanken in der Vergangenheit verlierst, Boss. Ist es wegen Lyanna?"

Ich zuckte zusammen und sah Erol scharf an. "Wie kommst du darauf? Was weißt du über Lyanna?"

Erol hob beschwichtigend die Hände. "Nichts, was du mir nicht erzählt hast, Boss. Aber ich kenne deinen Blick, wenn du an sie denkst. Sie hat einen Platz in deinen Gedanken gefunden."

Ich seufzte und lehnte mich zurück. "Ja, du hast recht. Ich kann nicht aufhören, an das Wochenende mit ihr zu denken. Es war... anders."

Erol lächelte leicht. "Anders im positiven Sinne, Boss?"

Ich nickte nachdenklich. "Ja, anders im positiven Sinne. Aber ich habe mein Leben so organisiert, dass solche Dinge keine Rolle spielen. Ich habe meine Ziele und Pläne."

Erol lehnte sich vor. "Boss, manchmal muss man zulassen, dass das Leben einen anderen Weg nimmt. Lyanna scheint etwas Besonderes zu sein, und vielleicht ist es an der Zeit, die Mauern um dein Herz ein wenig abzubauen."

Ich blickte Erol ernst an und schüttelte den Kopf. "Erol, das kann ich mir nicht erlauben. Eine Öffnung meines Herzens würde mich angreifbar machen. Du weißt, welche Feinde wir haben und was auf dem Spiel steht. Meine Gefühle könnten uns alle gefährden."

Erol seufzte und verstand meine Bedenken. "Ich verstehe deine Sorge, Apollo, aber du darfst nicht vergessen, dass wir auch Verbündete haben, die uns schützen können. Deine Brüder und ich stehen an deiner Seite, und wir werden alles tun, um dich zu unterstützen. Es heißt doch nicht, nur weil du das Oberhaupt bist, das du deine Liebe nicht leben darfst. Du hast ebenfalls ein Recht darauf. Was wäre, wenn es eure Bestimmung ist? Was wäre, wenn SIE genau die ist, die euch gemeinsam zu einer der stärksten Einheit macht? Darf ich offen reden?"

„Natürlich, du immer, aber nur unter vier Augen, das weißt du."

„Danke, ...Apollo.... Schiebt dein scheiß Stolz, dein Ego und die Vergangenheit an die Seite und kämpfe mit deinem Herz um Lyanna. Das sieht jeder Mensch mit Krückstock das ihr etwas füreinander empfindet und zusammengehört!", sagte Erol im scharfen Ton, den ich von ihm nicht kannte.

Ich lehnte mich in meinem Stuhl zurück und dachte nach. "Es ist so kompliziert, Erol. Ich fühle mich hin- und hergerissen zwischen meinen Verpflichtungen und meinen Gefühlen. Aber ich werde darüber nachdenken, wie wir weitermachen können."

Erol nickte und verließ mein Büro, wissend, dass ich vor einer schweren Entscheidung stand.

Lyanna

In den folgenden Tagen verspürte ich eine gewisse Traurigkeit und Antriebslosigkeit. Die Erinnerungen an das Wochenende mit Apollo hatten mich emotional sehr berührt, jedoch führten die jüngsten Geschehnisse und der Streit zu einer gewissen Verwirrung und Niedergeschlagenheit. Ich entschied mich, wieder mit Freunden zu treffen und nach Ablenkung zu suchen.

Ich traf mich mit Emily und Jason, aber meine Gedanken schweiften immer wieder zu Apollo ab. Es fühlte sich an, als ob ein Teil von mir fehlte, und ich konnte die tiefen Gefühle, die ich für ihn entwickelt hatte, nicht einfach beiseiteschieben.

Obwohl ich versuchte, mich auf die Gespräche und Aktivitäten mit meinen Freunden zu konzentrieren, spürte ich, dass ich nicht wirklich bei der Sache war.

Auch zu Hause verfolgten mich die trüben Gedanken. Ich versuchte, mich abzulenken, indem ich las, aber selbst meine Lieblingsbücher konnten mich nicht wirklich aus meinem Gedankenkarussell reißen. Ich sehnte mich danach, die

Dinge mit Apollo zu klären, aber ich wusste nicht, wie ich den ersten Schritt machen sollte.

Die Tage zogen sich hin, und ich hoffte, dass die Zeit die Wunden heilen würde.

*

Während wir auf einer Parkbank saßen und die Sonne genossen, bemerkte ich plötzlich eine vertraute Gestalt in der Ferne. Es war Erol, die rechte Hand von Apollo und sein enger Vertrauter. Er kam auf uns zu, und ich spürte einen Stich der Nervosität. Ich wusste nicht, wie ich auf Erol reagieren sollte, nachdem ich in den vergangenen Tagen so viele verwirrende Dinge erlebt hatte.

Erol erreichte uns und lächelte freundlich. "Hallo, Lyanna, ... Emily, Jason. Wie geht es euch?" Ich antwortete vorsichtig: "Hallo, Erol. Uns geht es soweit gut. Was führt dich hierher?"

Erol zuckte mit den Schultern und setzte sich auf die freie Bank neben mir. "Ich dachte, ich könnte eine kleine Pause machen und ein bisschen frische Luft schnappen. Ich habe in letzter Zeit viel Arbeit, da tut eine Pause gut."

Langsam ließ meine Anspannung nach. Erol schien freundlich und entspannt zu sein, und ich begann mich zu fragen, ob er mir vielleicht Antworten auf einige der Fragen geben könnte, die mich plagten. Vorsichtig fragte ich: "Erol, hat dir Apollo etwas von dem Wochenende und dem Streit erzählt? Ich fühle mich immer noch verwirrt über alles, was passiert ist."

Erol sah mich nachdenklich an und antwortete: "Es tut mir leid, Lyanna, aber es gibt Dinge, die ich dir nicht sagen kann. Das ist eine Sache zwischen dir und ihm."

Ich seufzte und nickte verständnisvoll. "Ich verstehe, dass du loyal bist. Das ist richtig. Aber ich möchte nur verstehen, was vor sich geht. Ich hatte gehofft, dass du mir Klarheit verschaffen könntest."

Erol lächelte sanft und legte eine beruhigende Hand auf meine Schulter. "Lyanna, ich verstehe deine Neugier, aber es gibt viele Dinge, die du vielleicht besser nicht wissen solltest. Vertrau darauf, dass Apollo und seine Brüder ihre Gründe haben. Manchmal ist es besser, im Unklaren zu bleiben."

Ich seufzte erneut und ließ den Blick über den sonnigen Park schweifen. Ich fühlte mich weiterhin verwirrt, aber ich respektierte Erols Worte und beschloss, vorerst keine weiteren Fragen zu stellen.

Nach einer Weile erhob sich Erol und entschuldigte sich höflich. "Ich muss jetzt zurück zur Arbeit. Es war schön, ein wenig Zeit mit euch zu verbringen. Hoffentlich können wir das bald wiederholen."

Wir nickten und verabschiedeten uns von Erol. Aus den Augenwinkeln bemerkte ich etwas Helles auf der Bank, wo er zuvor gesessen hatte. Ich schaute genauer hin und erkannte, dass es ein Handy war.

"Oh, Erol hat sein Handy vergessen", sagte ich und hob es vorsichtig auf. Ich sollte ihm Bescheid sagen.

Ich drehte mich um und sah, wie Erol bereits ein Stück entfernt war. "Erol! Du hast dein Handy vergessen!" rief ich ihm hinterher, aber er schien mich nicht zu hören. Dann entschied ich mich, das Handy in meiner Tasche zu verstauen und es ihm später zurückzugeben. Es fühlte sich seltsam an, das Handy heimlich zu behalten, aber ich wollte keine Aufmerksamkeit erregen und Erol auch nicht in Verlegenheit bringen. Doch in meinem Inneren blieb die Neugier auf das Handy und die Fragen, die es aufwerfen könnte.

Die Gedanken an Erols Handy ließen mich nicht los, selbst als ich mich wieder in die Gespräche mit meinen Freunden vertiefte. Ich spürte eine unterschwellige Unruhe, die ich nicht abschütteln konnte. Während Emily und Jason über ihre Pläne für das Wochenende sprachen, überlegte ich, was ich tun sollte.

Schließlich beschloss ich, das Handy vorerst zu behalten und in Ruhe zu überlegen, wie ich damit umgehen sollte. Ich wollte zwar nicht, dass Erol in Probleme geriet oder dass es zu einem Missverständnis mit Apollo führte. Mein Ziel war es, die Situation sorgfältig zu klären, ohne unnötigen Stress zu verursachen.

Nach einiger Zeit im Park verabschiedeten wir uns voneinander, und ich kehrte alleine nach Hause zurück. Als ich in meiner Wohnung ankam, legte ich das Telefon auf den Tisch und ließ mich auf mein Sofa sinken.

Ich starrte auf das Handy und dachte darüber nach, wie ich am besten vorgehen sollte. Sollte ich direkt zum Anwesen fahren oder einfach dort anrufen und nach Erol fragen? Ich fühlte mich unsicher und wollte keine unüberlegten Schritte unternehmen.

Letztendlich entschied ich mich, Erol aufzusuchen. Mit einer entschlossenen Haltung rief ich mir ein Taxi. Als ich das Anwesen erreichte, machte ich mich auf den Weg zu dem Gebäude, in dem ich wusste, dass Erol normalerweise arbeitete.

Nachdem ich ihn in seinem Büro nicht angetroffen hatte, suchte ich das Anwesen ab. Ich fragte einige der Angestellten, aber niemand schien zu wissen, wo er sich gerade aufhielt. Mein Entschluss, das Handy zurückzugeben, schien schwieriger zu sein als erwartet.

Frustriert und verunsichert, entschied ich mich, das Anwesen weiter abzusuchen, um vielleicht doch noch auf Erol zu stoßen.

Ich lief an den prächtigen Gebäuden und den gepflegten Gärten vorbei, bis ich zu einem großen Pool gelangte, der von hohen Hecken umgeben war. Das Plätschern des Wassers und das glitzernde Blau zogen meine Aufmerksamkeit auf sich. Als ich mich dem Pool näherte, sah ich jemanden darin schwimmen. Mein Herz setzte einen Schlag aus, als ich erkannte, wer es war. Es war Apollo selbst, der ruhig durch das Wasser glitt. Seine muskulöse Gestalt und die Art, wie er durch das Wasser glitt, faszinierten mich.

Ich zögerte einen Moment, bevor ich schließlich näher an den Pool trat und seinen Namen leise rief. "Apollo?"

Apollo, der offensichtlich nicht mit meinem Besuch gerechnet hatte, drehte sich überrascht um und sah mich am Rand des Pools stehen. Seine Augen weiteten sich, und er schien kurzzeitig sprachlos zu sein. Dann schwamm er zum Rand und stieg aus dem Wasser.

Die Tropfen des Poolwassers glänzten auf seiner gebräunten Haut, und die Sonne tauchte ihn in ein warmes, verlockendes Licht. Mein Herz begann schneller zu schlagen, und ich spürte, wie eine Welle der Anziehungskraft mich überkam. Apollos athletischer Körper und seine kraftvolle Ausstrahlung zogen mich unwiderstehlich an.

Ich bemerkte, wie ich leicht errötete und versuchte, meine Gefühle zu kontrollieren. Doch es war schwer, meinen Blick von Apollo abzuwenden, als er vor mir stand, sein nasses Haar glänzend, die Wasserperlen auf seiner Haut. Er wirkte müde und nachdenklich.

"Lyanna... Was machst du hier?", fragte er, während er sich das Wasser aus dem Gesicht wischte und versuchte seine Überraschung zu verbergen. Ich schluckte nervös und suchte nach den richtigen Worten. "Ich wollte Erol sein Handy zurückgeben, aber ich konnte ihn nicht finden. Stattdessen bin ich hierher gelangt und habe dich gesehen."

Apollo zog sich ein Handtuch um und trat auf mich zu, wobei sein Gesicht und seine Augen schwer zu deuten waren. "Erols Handy? Warum hast du es?"

Ich holte das Handy aus meiner Tasche und reichte es Apollo. "Ich habe es gefunden, nachdem er es auf der Parkbank vergessen hatte. Ich wollte es ihm zurückgeben."

Apollo nahm das Handy, doch die Spannung zwischen uns war spürbar. Auch er schien unsicher zu sein, wie wir miteinander umgehen sollten, nach all den verwirrenden Ereignissen der letzten Zeit.

"Lyanna, danke, dass du das Handy gefunden hast", sagte Apollo schließlich, während er das Handy betrachtete. "Ich werde mich um Erol kümmern. Du solltest besser gehen."

Ich drehte mich um und verließ den Poolbereich, während ich weiterhin von vielen Fragen geplagt wurde. Ich fühlte mich nun unbehaglich in Apollos Gegenwart, und die Spannung zwischen uns schien nicht nachzulassen.

Während ich mich auf den Weg zum Ausgang des Anwesens machte, hörte ich plötzlich Schritte hinter mir. Ich drehte mich um und sah, dass Apollo mir gefolgt war. Seine Miene schien nachdenklicher, und er sah mich intensiv an.

"Lyanna, warte", sagte Apollo leise. "Ich habe eine Entscheidung getroffen." Ich blieb stehen und sah ihn erwartungsvoll an. "Was ist los?"

Apollo trat näher, seine Augen fest auf mich gerichtet. "Ich möchte mich entschuldigen für neulich."

Ich war überrascht von Apollos unerwarteter Entschuldigung. Ich hatte nicht erwartet, dass er auf mich zukommen und Verantwortung übernehmen würde. Mein Herz schlug schneller, als ich auf seine Worte wartete.

Apollo fuhr fort: "Ich verstehe, dass ich mich dir gegenüber unfair und rätselhaft verhalten habe. Ich möchte, dass du weißt, dass es mir leidtut, dich in Verwirrung und Unsicherheit zurückgelassen zu haben. Das war nicht meine Absicht."

Ich konnte die Ehrlichkeit in seinem Blick erkennen, und mein Misstrauen begann sich allmählich aufzulösen. "Danke, Apollo, ich nehme deine Entschuldigung an."

Apollo lächelte leicht, aber es war ein trauriges Lächeln. "Ich möchte, dass du verstehst, dass ich dich nicht verletzen wollte und auch in Zukunft nicht will. Wir haben etwas Besonderes, Lyanna."

Ich spürte, wie die Wärme der Erleichterung sich in meinem Inneren ausbreitete. "Apollo, ich möchte es verstehen. Ich möchte, dass wir ehrlich zueinander sind und die Dinge klären. Wir können Alles zusammen schaffen."

Apollo nickte zustimmend. "Ich wünsche dir noch einen schönen Abend und danke nochmal für das Handy." Ich lächelte. "Gern geschehen, schöne Grüße an die anderen."

Apollo

Auf der Suche nach Erol, wurde meine Stimmung immer ungehaltener. Als ich ihn dann endlich in den Tunneln des Anwesens entdeckte, brummte ich los: "Erol, wir müssen über das Handy sprechen, das du auf der Parkbank liegenlassen hast. Das war sehr fahrlässig von dir."

Erol seufzte und senkte den Blick. "Ich weiß, Apollo, es war ein grober Fehler von mir. Es wird nicht wieder vorkommen."

Ich runzelte die Stirn. "Du verstehst nicht, wie gefährlich das hätte sein können. Andere würden alles tun, um an Informationen von uns zu gelangen. Die Ferragostos sind skrupellos. Ich erwarte, dass du besser auf unsere Sicherheit achtest."

Erol nickte und nahm die Verantwortung auf sich. "Du hast recht, Apollo. Das war unverzeihlich von mir. Ich verspreche, dass so etwas nicht mehr passieren wird."

Ich starrte Erol weiter an und sprach in einem ruhigeren Ton: "Es geht nicht nur um die Sicherheit unserer Familie, sondern auch um Lyanna. Sie darf nicht in solche Situationen hineingezogen werden. Du hast sie bereits mit diesem Vorfall unnötig gefährdet." „Hat Lyanna das Handy vorbeigebracht?", fragte Erol schließlich mit einem verschmitzten Lächeln.

Ich nickte, aber die Ernsthaftigkeit in meinen Augen blieb. „Wie kommst du auf Lyanna? Was hast du gemacht?"

Erol antwortete entschlossen: "Apollo, wir kennen uns schon so viele Jahre. Mir kannst du nichts verheimlichen. Diese Frau hat es dir angetan. Beiläufig gesagt wohl nicht nur dir, aber was ich damit sagen will. Das Handy ist nur ein wertloses Stück. Ohne Daten, ohne irgendwas. Mein Handy trage ich immer bei mir." In dem Moment zog Erol aus seiner Hosentasche sein richtiges Handy heraus, um es mir zu zeigen. „Siehst du? Ich wollte einfach Lyanna dazu bewegen, einen Schritt auf dich zuzumachen. Dass ihr euch aussprecht. Ich würde niemals absichtlich so fahrlässig handeln."

Ich seufzte und entspannte mich etwas. Erol nickte verständnisvoll. "Ich bin immer vorsichtig. Aber du solltest wirklich mit Lyanna sprechen, Apollo. Ihr habt einige Dinge zu klären."

Ich stimmte zu und entschied, dass es an der Zeit war, Lyanna zu finden und mich mit ihr auszusprechen. Ich hoffte, dass sie die Wahrheit verstehen und akzeptieren würde.

Aiden

In den letzten Wochen hatten Aurel und ich beobachtet, wie sich unser Bruder Apollo immer mehr veränderte. Seine düstere Seite schien überhandzunehmen, und wir machten uns Sorgen um ihn. Besonders seit Lyanna nicht mehr in seinem Leben war, schien er in einen Abgrund zu fallen.

Apollo zog sich emotional von uns und seinen Freunden zurück. Er antwortete knapp und distanziert auf unsere Anliegen und schien desinteressiert an unseren Belangen. Er suchte immer wieder nach gefährlichen Situationen, sei es beim Geschäft oder in persönlichen Aktivitäten. Er schien ohne Rücksicht auf seine Sicherheit oder die seiner Mitmenschen zu handeln.

Er vermied es, über seine Gefühle und Gedanken zu sprechen. Er wich Gesprächen über Lyanna oder seine Veränderungen aus, was uns frustrierte und besorgte.

Die düstere Atmosphäre, die ihn umgab, spiegelte sich in seiner Laune und seinem Verhalten wider. Er hatte oft Wutausbrüche und neigte dazu, sich in finsteren Gedanken zu verlieren.

Manchmal verschwand er spurlos für Tage, ohne uns zu sagen, wohin er ging oder was er vorhatte. Seine geheimnisvollen Abwesenheiten beunruhigten uns sehr. Aurel und ich saßen in unserem gemeinsamen Arbeitszimmer und sprachen über Apollo.

"Aiden, wir können so nicht weitermachen. Apollo verliert sich selbst, und wir müssen etwas unternehmen."

Ich nickte zustimmend und starrte auf den Schreibtisch vor mir. "Ich weiß, Aurel. Er war so glücklich mit Lyanna. Seit sie weg ist, ist er kaum wiederzuerkennen. Seine dunkle Seite hat die Kontrolle übernommen."

Aurel seufzte und fuhr fort: "Wir sollten mit ihm sprechen, versuchen, ihm zu helfen. Vielleicht kann er sich öffnen und mit uns teilen, was passiert ist." Ich stimmte zu, doch ich war skeptisch. "Du kennst Apollo. Er ist stur und verschlossen, wenn es um persönliche Dinge geht. Aber wir können es versuchen. Wir sollten auch Erol um Hilfe bitten. Er kennt Apollo gut und kann uns vielleicht unterstützen."

Wir beschlossen, Erol zu kontaktieren und uns auf einen Plan zu einigen, wie wir Apollo helfen konnten. Wir waren entschlossen, unseren Bruder aus der Dunkelheit zu ziehen und ihm beizustehen, selbst wenn es schwierig werden sollte.

Erol

Aiden, Aurel und ich saßen in einem kleinen Be-
sprechungszimmer auf dem Anwesen. Die Sorge,
die wir alle um Apollo teilten war sehr prägnant.

Ich bin ein enger Vertrauter der Caelus-Brüder
und hatte oft als Vermittler zwischen den Brüdern
gedient. Aiden brach das Schweigen und räusperte
sich, bevor er das heikle Thema ansprach.

"Apollo hat sich in letzter Zeit verändert, und
nicht zum Guten", begann Aiden und sah uns beide
besorgt an. "Wir machen uns ernsthafte Sorgen um
ihn. Er ist düsterer geworden, nimmt gefährliche
Risiken in Kauf, und er verschwindet ohne Erklärung."

Aurel nickte zustimmend. "Wir sind uns sicher,
dass er uns etwas verschweigt, aber er weigert sich,
darüber zu sprechen. Wir dachten, dass du vielleicht eine Ahnung haben könntest, was in ihm vor-
geht, da du ihm nahestehst."

Ich seufzte und schüttelte den Kopf. "Ich
wünschte, ich könnte mehr tun, aber selbst mir gegenüber hat er sich distanziert. Aber es gibt einen
Vorfall, der mir in den Sinn kommt."

Aurel und Aiden horchten auf. "Was für ein Vorfall?", fragte Aiden gespannt.

Ich erinnerte mich an die vergangenen Wochen
und erzählte: "Es gab einen Abend, an dem Apollo
plötzlich verschwunden ist. Er war tagelang nicht
erreichbar, und ich hatte keine Ahnung, wo er war.
Als er schließlich zurückkam, war er noch ver-
schlossener und düsterer als zuvor. Vielleicht
hängt das mit dem zusammen, was er in dieser Zeit
erlebt hat."

Aurel kniff nachdenklich die Augen zusammen.
"Das könnte es sein, an dem er sich verändert hat.
Wir müssen mehr über diese Zeit herausfinden."

Aiden stimmte zu. "Wir werden Apollo nicht aufgeben. Wir müssen herausfinden, was ihm passiert
ist und wie wir ihm helfen können. Aber dazu
brauchen wir deine Hilfe, Erol."

Ich nickte schließlich zustimmend. "Ich werde
mein Bestes tun, um euch zu unterstützen. Apollo
ist mir ebenfalls wichtig, und ich hoffe, dass wir
ihm helfen können, aus diesem düsteren Zustand
herauszufinden."

Aurel

Aiden und ich machten uns entschlossen daran, herauszufinden, wo sich Apollo während seiner Zeit des Verschwindens aufgehalten hatte. Wir wussten, dass es keine leichte Aufgabe sein würde, da Apollo stets äußerst verschwiegen war.

Zuerst wandten wir uns an einige enge Vertraute von Apollo, darunter auch Erol. Wir baten um Informationen und Hinweise, die uns helfen könnten, Apollos Aufenthaltsorte zu ermitteln. Erol erwähnte, dass Apollo in einer abgelegenen Waldhütte war, aber er konnte keine genauen Angaben darüber machen, wo sich diese Hütte befand.

Wir führten Gespräche mit weiteren Freunden und Geschäftspartnern von Apollo, in der Hoffnung auf Spuren oder Anhaltspunkte. Doch die meisten Menschen, die Apollo kannten, waren genauso unwissend wie wir selbst. Apollo hatte sein Verschwinden äußerst diskret gehalten.

In einem Gespräch mit einem langjährigen Freund von Apollo erfuhren wir, dass Apollo erwähnt hatte, dass er die Zeit allein in der Natur genießen wollte und seine Gedanken sortieren musste. Dies schien ein Hinweis darauf zu sein,

dass er sich in der Nähe eines einsamen Ortes aufhielt.

„Es sieht so aus, als ob Apollo bewusst einen abgelegenen Ort gewählt hat, um seine Gedanken zu
ordnen", sagte Aiden.

„Ja, aber wir müssen herausfinden, welcher abgelegene Ort das ist", stimmte ich zu.

Schließlich wandten wir uns an einen diskreten
Ermittler aus unseren Reihen, um uns bei der
Suche nach der abgelegenen Waldhütte helfen
sollte. Er nutzte alle verfügbaren Mittel, um
Informationen zusammenzutragen. Es war ein
mühsamer Prozess, und es schien fast unmöglich,
Apollos Aufenthaltsort ausfindig zu machen.

Aiden und ich ließen jedoch nicht locker. Wir
wussten, dass es wichtig war, Apollo zu helfen und
ihm beizustehen. Schließlich, nach Wochen intensiver Nachforschungen, erhielten wir eine vielversprechende Spur. Ein einsamer Fischer, der in der
Nähe einer Waldhütte lebte, hatte Apollo gesehen
und konnte uns den ungefähren Standort
beschreiben.

Mit dieser Information machten wir uns auf den
Weg in die abgelegene Gegend, um die Zeit von
Apollo rekonstruieren zu können. Wir kamen
schließlich bei der abgelegenen Waldhütte an, die
Apollo in den Tagen aufgesucht haben soll. Die

Hütte war sehr rustikal und lag tief im Wald, umgeben von Stille und Bäumen. Als wir näherkamen, bemerkten wir, dass das Gebäude in einem schlechten Zustand war. Die Fenster waren zerschlagen, und die Tür hing schief in den Angeln.

Aiden öffnete vorsichtig die Tür, und wir traten ein. Im Inneren herrschte Chaos. Möbel waren umgeworfen, und das Inventar war größtenteils zerstört. Wir sahen uns um und erkannten, dass etwas Schlimmes hier passiert sein musste.

„Es sieht so aus, als ob hier jemand wütend gewesen ist", sagte ich. „Wir sollten herausfinden, was hier passiert ist, um zu verstehen, warum er sich so verhält", antwortete Aiden.

Wir durchsuchten die Hütte und fanden verbrannte Papierreste und Kohlereste in einer Ecke.

„Hier wurde definitiv ein Feuer gelegt. Aber warum?", fragte ich.

„Warum hat er sich hier aufgehalten? Hoffentlich können uns die verbliebenen Spuren Hinweise auf sein Verhalten und seine Gedanken geben", sagte Aiden.

In den Papierresten fanden wir Fragmente von Apollos Notizen. Er sprach von Albträumen, die ihn geplagt hatten, und von einem tiefen Gefühl der Einsamkeit. Er schrieb, dass er auf der Suche nach

Antworten und innerem Frieden hierhergekommen war, aber anscheinend hatte er das Gegenteil gefunden.

„Es scheint, als ob Apollo hierherkam, um mit seinen inneren Dämonen zu kämpfen. Die Antwort kennen wir bereits, die Dunkelheit in ihm ist stärker geworden", bemerkte ich. „Wir müssen herausfinden, was genau diese Albträume ausgelöst hat und warum er sich so verändert hat. Vielleicht sollten wir Erol um Rat bitten. Er kennt Apollo ebenfalls schon lange und könnte uns helfen, die Puzzleteile zusammenzufügen", schlug Aiden vor.

„Lass uns zurückfahren", stimmte ich zu.

Apollo

Ich hatte mich an jenem Abend alleine auf-
gemacht, ohne meinen Brüdern Bescheid zu geben.
In den folgenden Tagen und Nächten war ich von
der Außenwelt abgeschnitten gewesen, ohne
Kontakt zu meinen Freunden oder meiner Familie.
Ich war in eine abgelegene Waldhütte gefahren, die
seit Jahren leer stand. Ich hatte einiges über diese
Hütte erfahren und war neugierig geworden.

Die Waldhütte war von dichtem Wald umgeben,
und der Ort strahlte eine beunruhigende Stille aus.
Als ich die Hütte betrat, fand ich sie in einem Zustand des Verfalls vor. Alte Möbel waren mit
Tüchern bedeckt, und die Fenster waren staubig
und verschmutzt.

In der Hütte schien die Zeit stillzustehen. Ich begann, die Räume zu erkunden, und stieß auf ein
altes Bücherregal, das mit vergilbten Seiten gefüllt
war. Die Bücher enthielten seltsame Symbole und
Rituale, die mit Dunkelheit und Macht in Verbindung standen. Ich war fasziniert und gleichzeitig
verängstigt von dem, was ich entdeckte.

Ich vertiefte mich immer mehr in die Bücher und
begann einige der Rituale auszuprobieren. Die Tage

vergingen. Ich fühlte, wie die dunklen Energien um mich herum zu wirken schienen, und war besessen davon, mehr über die Geheimnisse der Hütte und ihrer Vorbesitzer herauszufinden.

In der Dunkelheit der Hütte hörte ich seltsame Geräusche und sah unheimliche Schatten, die sich zu bewegen schienen. Doch ich konnte nicht aufhören, weiter in die Dunkelheit einzutauchen. Je tiefer ich in die Rituale und die Macht eintauchte, desto mehr verlor ich den Kontakt zur Realität.

Während dieser Zeit der Isolation hatte ich versucht, meine eigenen inneren Dämonen zu bezwingen. In der Einsamkeit der Hütte begann ich, mich intensiv mit meinen eigenen Ängsten, Unsicherheiten und Schuldgefühlen auseinanderzusetzen. Ich hatte versucht, Frieden mit meiner Vergangenheit zu schließen, insbesondere mit dem schrecklichen Vorfall, der Jahre zuvor das Leben meiner damaligen Verlobten genommen hatte.

In meinen Gedanken und Visionen hatte ich die tragischen Ereignisse von damals immer wieder durchlebt. Ich konnte die Schuld nicht abschütteln, die ich für ihren Tod empfand, obwohl ich keine Schuld an dem Vorfall trug. Diese Gedanken hatten mich gequält und mein Inneres zerrissen.

Während dieser Zeit in der Waldhütte hatte ich auch den Versuch unternommen, mich meinen Emotionen zu stellen.

Ich hatte geweint und geschrien, ich hatte Wut und Verzweiflung erlebt. Es war ein innerer Kampf, den ich ausgefochten hatte, und ich hatte versucht, die Trauer zu überwinden.

Schließlich, nach Tagen der Introspektion und emotionalen Achterbahnfahrten, hatte ich das Gefühl, dass ich einen Schritt weitergekommen war.

Ich hatte das Gefühl, dass ich einen Teil meiner Menschlichkeit abgelegt hatte, auch wenn sie noch nicht vollständig verschwunden war.

Dieses Erlebnis hatte mich verändert, doch die Dunkelheit, die ich in mir trug, war präsenter denn je. Es würde Zeit und die Unterstützung meiner Brüder und vielleicht auch die Hilfe von Lyanna erfordern, um einen Weg zurück in das Licht zu finden.

Aiden

Als Aurel und ich schließlich nach Hause zurückkehrten, hofften wir, Apollo dort anzutreffen. Als wir die Tür öffneten, fanden wir ihn in seinem Arbeitszimmer, wo er über Plänen und Dokumenten brütete. Sein Gesicht zeigte Erschöpfung und Anspannung.

Ich trat näher und sprach ihn an: "Apollo, wir müssen endlich reden. Was ist passiert? Du hast dich massiv verändert."

Apollo sah auf und wirkte überrascht, seine Miene wurde jedoch schnell wieder undurchdringlich. "Was habt ihr herausgefunden?", fragte er.

Ich sagte besorgt: "Was ist in der Waldhütte passiert?"

Apollo lehnte sich zurück und sein Blick wurde finster: "Was habt ihr in der Hütte gefunden?"

Aurel trat ebenfalls näher und erklärte: "Wir haben Seiten gefunden und die Hütte, die stark zerstört war. Rede mit uns. Was ist in dieser Zeit passiert, Apollo."

Apollo seufzte und schien einen Moment lang zu zögern, bevor er antwortete: "Es ist schwer zu erklären. Ich habe versucht, Antworten auf Fragen zu finden, die mich schon lange quälen. Aber es hat mich auf eine dunkle Reise geführt, die ich nicht kontrollieren konnte."

Aurel und ich tauschten besorgte Blicke aus. Wir wussten, dass Apollo normalerweise sehr beherrscht war und selten über seine Gefühle sprach. Diese Veränderung beunruhigte uns zutiefst.

Aurel sagte leise: "Apollo, wir sind hier, um dir zu helfen. Wir sind Brüder. Wir sind eins."

Apollo blickte zwischen uns hin und her und schien zu kämpfen, ob er seine Geheimnisse preisgeben sollte. Schließlich atmete er tief durch und begann zu erzählen: "Könnt ihr euch noch an die Geschichten unserer Nanny Sonia erinnern? Ich glaube das waren keine Geschichten, sondern Wirklichkeit. Meine Nachforschungen über die andere Hölle, brachten mich auf die Spur der Waldhütte. Dort habe ich Dinge entdeckt, von denen ich nie gedacht hätte, dass sie real sein könnten. Dunkle Rituale und geheimnisvolle Symbole, die auf finstere Praktiken hindeuteten. Ich habe versucht, diesen Geheimnissen auf den Grund zu gehen, aber sie haben mich in ihren Bann gezogen."

Ich hörte gespannt zu, als Apollo fortfuhr: "In dieser Zeit hatte ich seltsame Visionen und Albträume. Ich fühlte mich von Schatten verfolgt und hatte das Gefühl, dass etwas in mir erwachte, dass ich nicht kontrollieren konnte. Es war, als ob mich die Dunkelheit selbst verschlingen wollte."

Apollo senkte den Blick und fuhr fort: "Ich weiß, dass es verrückt klingt, aber ich habe versucht, diese Dunkelheit zu verstehen und zu beherrschen. Ich habe Reinigungsrituale durchgeführt und mich auf Meditation konzentriert. Aber die Dunkelheit scheint immer noch in mir zu lauern."

Ich war schockiert von Apollos Enthüllungen. Ich hatte nie gedacht, dass unser Bruder in solch Dinge verwickelt sein könnte.

Aurel war ein wenig verwirrt: "Du meinst die Geschichte, wo die Eltern einer Familie, jahrhundertealte Rituale praktizierten, um an Macht und Reichtum zu gelangen. Doch diese Rituale waren nicht ohne einen verhängnisvollen Preis. Sonia erzählte etwas von schattigen Opfern, die von den Eltern verlangt wurden, um den Pakt mit den dunklen Kräften zu schließen. Der Preis für die Macht und den Reichtum war der erstgeborene Sohn der Familie, der sich ebenfalls der Dunkelheit verschreiben musste.

Sie erzählte von den Schicksalen anderer Familienmitglieder, die diesem dunklen Pfad gefolgt waren, und wie sie ihre Menschlichkeit verloren hatten. Wir fanden diese Geschichten spannend, und versprachen uns gegenseitig, niemals dem Pfad der Dunkelheit zu verschreiben. Du meinst das es in der Geschichte um unsere Familie geht?"

Ich ergriff das Wort: "Apollo, wir werden dir helfen. Wir werden zusammen einen Weg finden, um diese Dunkelheit zu vertreiben und dich wieder zu dem zu machen, der du einmal warst. Sag mal, ...Sonia ist eine alte Frau mit tiefem Wissen über magische Traditionen. Woher weiß sie von diesen düsteren Praktiken? Kann sie uns eventuell helfen?"

Apollo nickte und schien dankbar für die Unterstützung zu sein. "Ich hoffe, dass wir eine Lösung finden können, bevor es zu spät ist. Die Dunkelheit wird nicht aufhören, nach mir zu suchen. Sie wird jeden Tag stärker. Ich vermute das die Rituale in der Hütte der Tropfen auf dem heißen Stein waren und das Ganze nur noch beschleunigt hat."

Gemeinsam beschlossen wir, uns auf die Suche nach Antworten und Hilfe zu machen, um Apollo vor seinem dunklen Schicksal zu bewahren.

Apollo

Die Sonne schien durch die Fenster des Café Au Soleil, als ich die Tür mit einem sanften Klingeln öffnete. Es war schon eine Weile her, seit ich hier gewesen war, und eine seltsame Sehnsucht zog mich zurück an diesen vertrauten Ort.

Ich schlenderte zur Theke, und Emily, eine Freundin von Lyanna, lächelte mich an. "Guten Tag, du siehst aus, als hättest du etwas Zeit in der Sonne verbracht." Ich erwiderte ihr Lächeln. "Es ist wirklich schön draußen. Ich habe ein paar freie Stunden und dachte, ich schaue mal vorbei."

Ich suchte mir einen Tisch in der Ecke des Cafés, bestellte einen Kaffee und ließ meinen Blick durch den Raum schweifen. Die Zeit verging, und ich konnte nicht anders, als mich über die leichte Unruhe in meinem Inneren zu wundern. Ich war hierhergekommen, um Lyanna zu sehen, aber ihre Abwesenheit überraschte mich mehr, als ich erwartet hatte.

Doch die Zeit verstrich, und es schien, als hätte sie schon Feierabend. Emily lächelte mir zu und bemerkte: "Lyanna hat heute etwas früher Feierabend gemacht. Sie ist vor einer Weile gegangen."

Ich nickte und zwang ein Lächeln auf meine Lippen. "Danke, Emily. Ich werde sehen, ob ich sie in der Stadt finde."

Ich verabschiedete mich höflich und verließ das Café. Die Sonne neigte sich dem Horizont zu, als ich durch die belebten Straßen der Stadt schlenderte. Mein Blick schweifte von Geschäft zu Geschäft, auf der Suche nach einer Spur von Lyanna.

Ich fragte mich, ob sie vielleicht in einem der Buchläden war, die sie so oft besuchte, oder ob sie sich in einem der Parks aufhielt, die sie liebte. Ich wollte einfach in ihrer Nähe sein, ihre Gegenwart spüren und mit ihr Zeit verbringen.

Als die Abenddämmerung hereinbrach und die Straßenlaternen aufflammten, fand ich mich auf einer kleinen Brücke über einem malerischen Fluss wieder. Der Anblick des glitzernden Wassers und die Stille des Ortes beruhigten mich.

Ich setzte mich auf die Brüstung der Brücke und starrte auf das Wasser. Ich konnte nicht anders, als darüber nachzudenken, wie sehr Lyanna mein Leben verändert hatte. Ihre bloße Anwesenheit brachte Licht und Freude in meine Welt.

Plötzlich hörte ich leichte Schritte, und als ich mich umdrehte, sah ich Lyanna, die auf die Brücke zukam. Ein Lächeln breitete sich auf meinem Gesicht aus. "Da bist du ja, Lyanna."

Sie lächelte zurück und kam näher. "Ich habe nicht mit dir hier gerechnet."

Ich beobachtete sie aufmerksam. Ihr Lächeln war so strahlend, wie immer, und ihre Augen funkelten vor Lebensfreude. Es war, als würde sie die Welt um sich herum erhellen.

Ich erhob mich von meinem Platz, und bevor ich mich versah, umarmte ich sie. "Es ist gut, dich wiederzusehen, Lyanna. Wollen wir was essen gehen? Hier um die Ecke gibt ein gutes Restaurant. Du hast doch bestimmt auch etwas Hunger. Da könnten wir in Ruhe reden."

„So stürmisch. Ich bin gerade etwas überfordert. Was essen klingt gut, wollte mir gerade auf dem Heimweg eine Pizza mitnehmen."

Ich nahm Lyannas Hand und wir gingen ein paar Straßen weiter zu einem schicken Restaurant. Vielleicht kann ich dort mit ihr reden.

Lyanna

Ich fühlte mich unsicher, als wir in einem der elegantesten Restaurants der Stadt eintrafen. In den letzten Wochen war Apollo zunehmend unberechenbar geworden, und ich wusste nicht, was ich erwarten sollte. Er hatte mich eingeladen, und ich hatte seine Einladung angenommen, obwohl ich nicht sicher war, was er vorhatte.

Das Abendessen begann ruhig, doch Apollo schien ständig zwischen extremer Freundlichkeit und Kälte zu wechseln. Einerseits umschmeichelte er mich mit Komplimenten und Aufmerksamkeit, doch dann konnte er plötzlich in stille Starre verfallen. Sein Verhalten machte es unmöglich, seine wahren Absichten zu ergründen.

Während des Abendessens schien Apollo alles daran zu setzen, sich von seiner besten Seite zu zeigen. Er erzählte fesselnde Geschichten über seine Arbeit, seine Reisen und seine Erfolge. Doch dann, mitten in einem Lachen, konnte er abrupt verstummen und in die Ferne blicken, als ob er in Gedanken verloren wäre. Ich versuchte, mich auf das Gespräch zu konzentrieren und seine Stimmungsschwankungen zu ignorieren, doch es war nicht einfach. Ich fragte mich, was in ihm vorging, was ihn so unberechenbar machte. In seinen Augen konnte ich eine Mischung aus Verlangen und Melancholie sehen, aber ich konnte die Gründe für sein seltsames Verhalten nicht verstehen.

Ich schluckte schwer und versuchte, die Tränen in meinen Augen zu unterdrücken. Ich konnte nicht verstehen, warum Apollo sich plötzlich so feindselig verhielt. Ich hatte gehofft, ihm näherzukommen, doch stattdessen schien er mich von sich zu stoßen.

Nachdem Apollo mich so behandelt hatte, beschloss ich, mich zurückzuziehen und mich nicht weiter in seine Angelegenheiten einzumischen. Ich konnte die Dunkelheit in seiner Seele sehen, aber ich wusste, dass ich ihm nicht helfen konnte, wenn er sich nicht selbst öffnen wollte. Ich sah den Kampf den er mit sich trug.

Die Atmosphäre zwischen uns wurde angespannt, und es schien, als würden sich die Abgründe zwischen Apollo und mir immer weiter vertiefen. Es würde Zeit brauchen, um zu verstehen, was in Apollos Innerem vorging und wie ich ihn erreichen konnte.

Als das Abendessen schließlich endete und wir uns verabschiedeten, spürte ich eine innere Verwirrung. Apollo hatte eindeutig eine Agenda, doch ich konnte nicht genau herausfinden, was er von mir erwartete. Sein unberechenbares Verhalten hatte mich unruhig und unsicher gemacht, und ich konnte nicht anders, als mich zu fragen, was als Nächstes kommen würde.

Aiden

Nach Tagen intensiver Nachforschung und dem Durchforsten alter Dokumente und Aufzeichnungen hatte ich endlich eine vielversprechende Spur entdeckt. Es war wie das Finden eines fehlenden Puzzlestücks, das uns vielleicht näher an die Wahrheit über unsere Familiengeschichte heranführen könnte.

Mit einem aufgeregten Herzklopfen rief ich meine Brüder zusammen, um ihnen die Neuigkeiten mitzuteilen. Wir versammelten uns im Wohnzimmer, und ich konnte ihre gespannten Gesichter sehen, als ich begann: "Ich habe Sonia gefunden, unsere ehemalige Nanny. Sie könnte uns entscheidende Informationen über unsere Familiengeschichte und die dunklen Rituale geben."

Apollo und Aurel reagierten gleichermaßen aufgeregt und besorgt. Apollo erkundigte sich sofort: "Wo befindet sich Sonia, Aiden? Können wir sie treffen?"

Ich konnte ein Lächeln nicht zurückhalten, als ich antwortete: "Sie lebt nicht weit von hier. Ich habe bereits mit ihr gesprochen, und sie ist bereit, uns zu treffen und uns alles zu erzählen, was sie weiß."

Die Spannung im Raum war förmlich greifbar, als Aurel zustimmend nickte und meinte: "Das ist großartig, Aiden. Wann können wir sie treffen?"

„Sie wartet bereits. Wir können gleich los."

Mit einem Entschluss in unseren Herzen und der Hoffnung auf Antworten machten wir uns auf den Weg, um Sonia zu treffen. Vielleicht würden ihre Enthüllungen uns endlich das Antworten liefern, um Apollos düstere Veränderungen zu verstehen, aufzuhalten und ihm zu helfen.

Sonia

Die Jahre hatten ihre Spuren hinterlassen, und ich zeigte nun das Alter und die Weisheit, die mit der Zeit kamen. Als Aiden mich heute anrief und zu den alten Geschichten fragte, wusste ich es das der Zeitpunkt gekommen war. Eigentlich hatte ich bereits schon vor ein paar Jahren mit einem Anruf gerechnet.

Mehrere große Autos fuhren an meinem Haus vor. Ich musste ein wenig schmunzeln, sie haben etwas gelernt. Auf ihre Sicherheit zu achten. Als sie aus ihren Autos stiegen, empfing ich sie mit einem warmen Lächeln. Diese Jungs, die ich einst betreut hatte, waren nun zu Männern herangewachsen.

Aiden trat vor und sagte höflich: "Sonia, es ist so lange her. Wir sind dir dankbar, dass du einem Treffen zugestimmt hast." Ich erwiderte herzlich: "Es ist mir eine Freude, euch alle wiederzusehen. Bitte, kommt herein. Wir haben viel zu besprechen."

Die Brüder folgten mir in mein gemütliches Zuhause und setzten sich ins Wohnzimmer. Die Atmosphäre war gespannt, doch die Neugier in ihren Augen war deutlich zu sehen. Sie wollten Antworten, und ich war bereit, sie ihnen zu geben.

Apollo sprach zuerst, seine Stimme ruhig, aber eindringlich: "Sonia, wir haben von den Geschichten gehört, die du uns als Kinder erzählt hast. Geschichten über Rituale und Opfer, die mit Macht und Reichtum einhergingen. Kannst du uns mehr darüber erzählen? Und vor allem, wie betrifft es unsere Familie? Sind die wirklich war?"

Ich nickte und begann zu erzählen. "Ich musste das dieser Tag irgendwann mal kommen wird. Ich habe euch aber bereits schon vor Jahren erwartet. ....Eure Familie hat über Generationen hinweg uralte Rituale praktiziert, um an Macht und Reichtum zu gelangen. Doch diese Macht kam nicht ohne einen hohen Preis. Der erste Sohn der Familie wurde der Dunkelheit geopfert und verlor dadurch seine Menschlichkeit." Aurel fragte besorgt: "Sonia, bedeutet das, dass unser Bruder Apollo ...?"

Ich seufzte und sah ihn traurig an. "Ja, es scheint so. Ich fürchte, Apollo hat sich unfreiwillig diesen dunklen Mächten verschrieben. Es ist ein uralter Fluch, der eure Familie verfolgt."

Apollo blickte tief betroffen, von Schuld und Verwirrung erfüllt. "Was müssen wir tun, Sonia? Gibt es eine Möglichkeit, diesen Fluch zu brechen?"

"Es gibt eine Möglichkeit," antwortete ich bedächtig. "Doch der Weg wird gefährlich sein. Ihr müsst euch den dunklen Mächten stellen um den Fluch auf zu heben. Dazu müsst ihr auf jeden Fall stärker sein als die Dunkelheit selbst."

Die Brüder tauschten entschlossene Blicke aus. Ich sah die Entschlossenheit in ihren Augen und nickte zustimmend. "Ihr seid mutig, und ich werde euch so gut ich kann unterstützen. Doch um den Fluch zu brechen und Apollo zu retten, muss er die wahre Liebe finden. Die Liebe ist das einzige Licht, das die Dunkelheit durchdringen kann."

Apollo sah nachdenklich aus. Er wusste, dass er eine tiefe Bindung zu Lyanna spürte, aber konnte er sicher sein, dass es die wahre Liebe war? Die Brüder tauschten bedeutungsvolle Blicke aus und beschlossen, gemeinsam nach einer Lösung zu suchen. Aiden ergriff das Wort: "Sonia, wir werden alles in unserer Macht Stehende tun, um den Fluch zu brechen. Du wirst uns dabei unterstützen, nicht wahr?"

Ich lächelte sanft. "Selbstverständlich werde ich euch unterstützen. Gemeinsam könnt ihr den Fluch brechen. Doch ihr müsst vorsichtig sein. Vor allem musst du, Apollo, daran glauben, dass du die wahre Liebe finden kannst. Egal was passiert. Auch dir steht sie zu, mein Junge", und legte meine Hand an seine Wange. Sein Blick war traurig.

„Wieviel Zeit haben wir?", fragte Aurel. „So wie ich es einschätze nicht mehr so viel." „Was passiert, wenn wir es nicht rechtzeitig schaffen?", wollte Aiden wissen.

Apollo antworte im leisen Ton, „ich werde wie unser Vater. Keine Gefühle, keine Rücksicht, keine Menschlichkeit..."

Traurig schaute ich Apollo an, legte meine Hand unter sein Kinn. „Apollo, schau mich dann. Du wirst es schaffen. Du kannst es. Wir sind bei dir und helfen dir so gut wir können, aber du musst es wollen und zulassen. Kämpfe! Kämpfe für dich!"

Mit diesen Worten verabschiedeten sie sich von mir, mit dem festen Entschluss, den Fluch zu brechen. Sie wussten, dass der Weg vor ihnen gefährlich und voller Herausforderungen sein würde, auch mit dem Wissen gegeben falls alles zu verlieren.

Aurel

Die Rückfahrt nach Hause war von stiller Nachdenklichkeit geprägt. Die Worte von Sonia hatten uns tief berührt und mit einer Mischung aus Hoffnung und Ungewissheit erfüllt. Als wir schließlich im Wohnzimmer ankamen, fühlte ich, dass es an der Zeit war, das Schweigen zu brechen.

"Sonia hat von der wahren Liebe gesprochen, die die Dunkelheit durchdringen kann," begann ich. "Sie hat angedeutet, dass diese Liebe der Schlüssel zur Lösung des Fluches sein könnte. Könnte es sein, dass Lyanna diese Liebe ist, von der sie spricht?"

Apollo stützte sein Kinn auf seine Hände und blickte nachdenklich in den Raum. "Es ist möglich. Ich spüre eine starke Verbindung zu ihr, die ich mir selbst nicht erklären kann. Aber bedeutet das automatisch, dass es die wahre Liebe ist, von der sie spricht?"

Aiden dachte einen Moment nach, bevor er antwortete. "Vielleicht sollten wir es herausfinden. Wenn es auch nur die geringste Chance gibt, dass Lyanna die wahre Liebe ist und uns helfen kann, den Fluch zu brechen, dann müssen wir alles dafür tun."

Wir wussten, dass wir bei ihr nicht mit diesen Gedanken einfach in durch die Tür fallen können, aber wie finden wir heraus, ob sie die Richtig ist? "Wir müssen einen Plan entwickeln," sagte ich.

"Wir dürfen Lyanna nicht unnötig in Gefahr bringen oder sie unter Druck setzen. Wir müssen behutsam vorgehen und herausfinden, ob ihre Gefühle für Apollo genauso stark sind."

Apollo nickte zustimmend. "Ich werde versuchen, mehr Zeit mit Lyanna zu verbringen, um herauszufinden, ob diese Verbindung wirklich so tief ist, wie wir hoffen. Aber ich will sie nicht belasten oder ihr Angst machen."

Aiden fügte hinzu: "Vielleicht gibt es auch noch andere Wege oder Rituale, die wir nutzen können. Aurel und ich werden uns in dieser Richtung mal umhören. Kümmere du dich ganz um die Liebe."

Aiden und ich konnten uns das Grinsen nicht verkneifen, auch wenn die Situation mehr als Aussichtslos erschien. Wir hatten eine Richtung, in die wir gehen konnten, und das gab uns neuen Mut.

Irgendwie sollte es doch möglich sein so ein Ritual rückgängig zu machen. Noch dazu, da es gegen den eigenen Willen praktiziert wurde. Eine große Unbekannte gab es dennoch. Was wäre, wenn wir es schaffen? Was wäre der Preis? Würde alles zusammenbrechen? Was würden wir verlieren? Was gewinnen wir, außer die Freiheit?

"Lasst uns morgen beginnen," sagte ich entschlossen, "Wir haben keine Zeit zu verlieren." Wir nickten einvernehmlich.

Apollo

Ich saß in meinem Arbeitszimmer und grübelte darüber nach, wie ich auf Lyanna zugehen könnte. Ihre Anwesenheit war für mich zu einer Art Anker geworden, und ich wusste, dass ich vorsichtig sein musste, um sie nicht zu verschrecken. Schließlich entschied ich, dass Ehrlichkeit der beste Weg war.

Am nächsten Tag suchte ich sie im Café au Soleil. Als ich sie dort fand, trat ich zögerlich an ihren Tisch und setzte mich ihr gegenüber. Sie sah überrascht auf und lächelte.

"Apollo, das ist eine Überraschung. Was verschafft mir die Ehre deines Besuchs?" fragte sie freundlich.

Ich räusperte mich und suchte nach den richtigen Worten. "Lyanna, ich weiß, dass ich mich in letzter Zeit seltsam verhalten habe, und ich möchte mich dafür entschuldigen. Es gibt Dinge in meiner Vergangenheit, über die ich nicht gesprochen habe und die mich belasten. Aber ich möchte, dass du weißt, dass du mir sehr wichtig bist und ich möchte, dass wir ehrlich zueinander sind."

Lyanna lächelte warm und legte ihre Hand auf meine. "Apollo, ich schätze deine Ehrlichkeit. Ich habe gespürt, dass etwas los ist, und ich möchte, dass du weißt, dass du mir ebenfalls wichtig bist. Wir können gemeinsam durch alles hindurchgehen. Das hatte ich dir bereits gesagt, aber du musst es wollen."

Ich fühlte eine Last von meinen Schultern fallen und lächelte erleichtert. Es war ein erster Schritt, aber es war der richtige.

Die Gedanken ließen mich nicht los. Wie sollte ich die wahre Liebe finden? Diese Antwort schien mir immer wieder zu entgleiten, bis ich in einer ruhigen Nacht, nachdem ich lange darüber nachgedacht hatte, auf eine Idee kam.

"Lyanna", begann ich sanft, "ich habe über etwas nachgedacht. Ich habe eine Geschäftsreise geplant, und ich frage mich, ob du mich begleiten würdest."

Sie sah überrascht aus. "Eine Geschäftsreise? Wohin geht es?"

Ich erklärte: "Es ist ein kurzer Trip in eine charmante Stadt an der Küste. Es wird sicherlich viel Arbeit geben, aber ich dachte, es wäre eine großartige Gelegenheit, wenn du dabei wärst. Es wird nicht nur Arbeit sein; vielleicht haben wir auch etwas Zeit, die Stadt zu erkunden."

Lyanna lächelte und antwortete: "Das klingt interessant. Nur kann ich mir das im Moment nicht leisten. Auch wenn ich gerne mitkommen würde."

„Du musst nichts bezahlen. Ich lade dich ein, das heißt du brauchst nur deine persönlichen Sachen und ein wenig Zeit."

„Ok. Du meinst es ernst?" „Ja, ich möchte dich gerne dabeihaben. Du würdest mich glücklich machen, wenn du zustimmst."

Ich spürte, wie mein Herz schneller schlug. Dies war der erste Schritt, um die Bedingungen zu erfüllen, die mich von der Dunkelheit befreien konnten. Es war auch ein Schritt auf eine gemeinsame Reise mit ihr, die mich vielleicht zu der wahren Liebe führen könnte, die ich suchte.

Lyanna war aufgeregt. "Ich komme mit. Wann genau geht es los? Ich muss das noch mit meinem Chef abklären. Und was sollte ich für die Reise einpacken?"

Ich lehnte mich zurück, mein Blick ruhte auf ihr. "Wir fliegen morgen früh, also solltest du heute Abend alles packen. Denk an Business-Kleidung, da werden sicherlich wichtige Meetings stattfinden.

Außerdem ein paar bequeme Sachen für die Freizeit, falls wir etwas von der Stadt erkunden."

Sie nickte und begann, sich Notizen zu machen. "Gut, ich werde sicherstellen, dass ich alles dabei habe. Hast du spezielle Anforderungen?"

Ich lächelte leicht. "Nicht wirklich. Ich denke, du solltest das mitnehmen, was du für nützlich hältst. Wir werden in einem erstklassigen Hotel übernachten, also brauchst du dir über die Unterkunft keine Sorgen zu machen."

Lyanna entspannte sich und lächelte. "Wau... Ich freue mich schon auf die Reise. Ich gehe mal schnell Mr. Rodriguez fragen, das sollte aber kein Problem sein."

Ich spürte die Vorfreude in ihren Augen und erwiderte ihr Lächeln. "Ich freue mich auch, Lyanna. Ich bin sicher, es wird eine aufregende Erfahrung."

Lyanna

Am nächsten Morgen holte Apollo mich ab. Ich hatte meine Sachen gepackt und war bereit für die Geschäftsreise. Er half mir, mein Gepäck in den Wagen zu laden, und dann machten wir uns auf den Weg zum Flughafen.

In kurzer Zeit erreichten wir das Gate, wo bereits ein Privatflugzeug auf uns wartete. Die Crew bereitete alles vor, und wir stiegen ein. Der Luxus des Privatjets beeindruckte mich, und ich fühlte mich auf Anhieb wohl.

Während des Fluges unterhielten wir uns über die anstehenden Geschäftstermine und Pläne. Apollo erklärte mir die Details und besprach, was er von mir erhoffte. Ich hörte aufmerksam zu und war bereit, meinen Teil beizutragen. Es war erstaunlich, wie strukturiert und klar er alles darlegte. Seine Professionalität beruhigte mich und ich fühlte mich gut vorbereitet auf die bevorstehenden Meetings.

Schließlich landeten wir in der beeindruckenden Stadt, die für ihre atemberaubende Architektur und ihre reiche Kultur bekannt war. Apollo und ich stiegen aus dem Flugzeug und fuhren im luxuriösen Wagen zum Hotel. Die Fahrt führte uns durch die lebhaften Straßen der Stadt, vorbei an beeindruckenden Gebäuden und Menschen, die geschäftig ihrem Alltag nachgingen.

Ich war fasziniert von der Lebendigkeit und genoss den Anblick. Jede Ecke schien ein eigenes Statement zu haben und erzählte ihre eigene Geschichte. Ich konnte es kaum erwarten, mehr von dieser wunderbaren Stadt zu entdecken. Ich fühlte mich wie ein kleines Mädchen das alles zum ersten Mal entdeckt. Eine Freude und Leichtigkeit überfielen mich. Wir unterhielten uns während der Fahrt über die verschiedenen Sehenswürdigkeiten, die wir hoffentlich zwischen den Geschäftsterminen besuchen konnten.

Als der Wagen vor dem Hotel stoppte, war ich überwältigt von der Eleganz und der Schönheit des Ortes.

Apollo

Im Hotel angekommen, traten wir in die luxuriöse Lobby ein. Der Empfangsbereich war elegant eingerichtet, und ein imposanter Kronleuchter hing von der Decke. Wir gingen zur Rezeption, um einzuchecken, doch das Hotelpersonal schien in diesem Moment in Unruhe versetzt zu sein.

Die Dame an der Rezeption sah auf ihren Computerbildschirm und seufzte. "Es tut mir leid, Mr. Caelus, Ms. Parker, aber wir haben im Moment ein Problem mit unserer EDV, und es scheint, dass unsere Einzelzimmer nicht verfügbar sind. Wir haben jedoch eine wunderschöne Suite als Ersatz für Sie zur Verfügung. Wäre das für Sie in Ordnung?"

Lyanna und ich warfen uns einen kurzen Blick zu. Die Suite war sicherlich eine großartige Lösung, wenn auch unerwartet. Ich antwortete schließlich: "Ja, die Suite ist in Ordnung. Wir nehmen sie zum selben Preis."

Die Dame an der Rezeption lächelte erleichtert. "Vielen Dank für Ihr Verständnis. Ich werde sicherstellen, dass Ihr Aufenthalt angenehm wird. Ein Hotelpage wird Sie zu Ihrer Suite begleiten."

Nachdem wir unsere Schlüsselkarten für die Suite erhalten hatten, folgten wir dem Hotelpagen zu unserem Zimmer. Die Suite war geräumig und stilvoll eingerichtet, mit einem beeindruckenden Blick auf die Stadt. Es war ein unerwarteter Luxus, den wir für diese Nacht genießen konnten.

Nachdem wir unsere Koffer ausgepackt hatten, beschlossen wir, uns auf das bevorstehende Geschäftsessen vorzubereiten. Während wir uns im Badezimmer frisch machten, begannen wir, uns über die Details des Geschäftsessens auszutauschen. Ich betonte die Bedeutung der anstehenden Verhandlungen und welche Erwartungen ich hatte. Lyanna hörte aufmerksam zu und machte sich Notizen, um sicherzustellen, dass sie gut vorbereitet war, falls während des Abends Fragen aufkamen.

Anschließend gingen wir in das Schlafzimmer, um uns für den Abend umzuziehen. Ich wählte einen eleganten Anzug, der meine Autorität und meinen Geschäftssinn unterstrich. Sie entschied sich für ein elegantes Abendkleid, dass ihre Schönheit und ihr Selbstbewusstsein betonte.

Während wir uns umzogen, führten wir weiterhin ein Gespräch über unsere Rollen beim Geschäftsessen und wie wir am besten zusammenarbeiten konnten, um einen guten Eindruck zu hinterlassen. Ich war beeindruckt von Lyannas Professionalität und wie gut sie sich auf die Situation vorbereitete.

Schließlich waren wir fertig angezogen und betrachteten uns im Spiegel. Ich lächelte und sagte: "Du siehst wunderschön aus, Lyanna. Zusammen werden wir diesen Abend meistern."

Sie erwiderte das Lächeln und antwortete: "Danke, Apollo. Ich bin bereit, es kann nur schief gehen. Lass uns los und diesen Abend erfolgreich gestalten."

Gemeinsam verließen wir unsere Suite und machten uns auf den Weg zu dem wichtigen Termin, bei dem wir uns als Team beweisen wollten.

Das Restaurant war edel, und die Gäste schienen in ihren teuren Anzügen und Abendkleidern um die Wette zu glänzen. Als wir eintraten, wurden wir sogleich von neugierigen Blicken umringt.

Es war ein wichtiges Treffen mit einflussreichen Persönlichkeiten. Ich wusste, dass ich die Unterstützung dieser Männer für mein bevorstehendes Projekt benötigte. Daher hatte ich Lyanna gebeten, mich zu begleiten, um meinen Status zu unterstreichen.

„Apollo, mein Freund! Schön, dich zu sehen," begrüßte mich Mr. Ramirez.

„Guten Abend, Pablo. Lassen Sie mich Ihnen Lyanna vorstellen, meine charmante Begleitung für heute Abend," antwortete ich.

Pablo nahm ihre Hand und lächelte sie freundlich an. „Oh, wie bezaubernd. Es freut mich, sie kennenzulernen."

Lyanna lächelte zurück und sagte: „Die Freude ist ganz meinerseits, Mr. Ramirez."

Ich konnte sehen, dass wir bereits einen guten ersten Eindruck gemacht hatten. Der Abend versprach, erfolgreich zu werden.

"Du hast eine wahre Schönheit an deiner Seite heute, Apollo," bemerkte Mr. Hernandez. "Danke, Karl. Lyanna, dies ist Mr. Hernandez und seine Begleitung, Frau Elisa," stellte ich vor.

"Es freut mich, sie beide zu treffen," antwortete Lyanna freundlich.

Die anderen Geschäftspartner begrüßten uns herzlich, und das Geschäftsessen begann. In dieser glamourösen Atmosphäre zeigte sich Lyanna als eloquente und intelligente Begleitung, die die Aufmerksamkeit der Anwesenden auf sich zog.

"Apollo, du scheinst ein echtes Juwel gefunden zu haben. Wie hast du Lyanna überzeugt, dich zu begleiten?" fragte mich Mr. Juan Carlos.

"Lyanna schätzt Integrität und Erfolg. Wir teilen ähnliche Werte und Ziele," antwortete ich mit einem Lächeln.

"Lyanna, du bist wahrlich bezaubernd. Würdest du vielleicht Lust auf einen Tanz haben? Meine Frau tanzt nur ungern," bot Mr. Hernandez galant an. "Vielen Dank, aber ich möchte diesen Abend nicht missen. Vielleicht gerne später," lehnte sie höflich ab.

Die Blicke der Männer wurden intensiver, und sie begannen, höflich und charmant mit Lyanna zu plaudern. Die einflussreichen Männer versuchten, ihre Aufmerksamkeit zu gewinnen, indem sie ihr Komplimente machten und versuchten, mit Witz und Eloquenz zu punkten.

Sie reagierte jedoch souverän und charmant auf ihre Avancen, indem sie höflich und bestimmt antwortete, dass sie nicht an romantischen Annäherungen interessiert war und sich auf das Geschäftsessen konzentrieren wollte.

"Du machst das großartig, Lyanna," bemerkte ich stolz.

Während des Abends zeigte sie sich als kluge, charmante und selbstbewusste Frau, was die Männer in ihren Bann zog. Ihre Anwesenheit bei mir sorgte für eine unverkennbare Aura der Eleganz und Integrität, die den Erfolg des Geschäftsessens sicherstellte.

"Apollo, ich muss sagen, deine Begleitung ist äußerst beeindruckend. Sie hat eine erstaunliche Ausstrahlung und Präsenz," lobte mich Mr. Ramirez. "Das freut mich zu hören, Pablo. Lyanna ist eine bemerkenswerte Frau," antwortete ich dankbar.

"Aber jetzt zum Geschäftlichen. Ich habe mir noch einmal die Details deines Projekts angesehen, und ich muss sagen, es hat großes Potenzial," begann Mr. Ramirez das geschäftliche Gespräch.

Das war der Moment, auf den ich gewartet hatte. Die Verhandlungen begannen, und ich wusste, dass ich die richtige Entscheidung getroffen hatte, indem ich Lyanna gebeten hatte, mich zu begleiten.

Mr. Ramirez brachte das Thema der finanziellen Absicherung auf den Tisch. "Aber du verstehst sicher, dass wir uns finanziell absichern müssen, wenn wir uns auf dieses Projekt einlassen. Wir brauchen klare Garantien."

"Natürlich, ich bin bereit, alle notwendigen Schritte zu unternehmen, um eure Investition abzusichern," antwortete ich bestimmt.

Mr. Ramirez zeigte sich zufrieden. "Das ist gut zu hören. Ich denke, wir können eine Einigung erzielen, wenn die Verträge stimmen. Lass uns unsere Anwälte daran arbeiten lassen."

"Das klingt vernünftig. Ich werde meine Leute in die Vorbereitungen einbeziehen, und wir werden sicherstellen, dass alles reibungslos verläuft," erwiderte ich, während ich bereits mental die nächsten Schritte durchdachte.

Während des Geschäftsessens begann einer der Geschäftspartner, Juan, der offensichtlich zu viel getrunken hatte, zunehmend aufdringlicher gegenüber Lyanna zu werden. Seine anzüglichen Bemerkungen und Versuche, ihre Aufmerksamkeit zu erregen, wurden unangemessen und unangenehm.

Lyanna, die sich der Situation bewusst war, reagierte freundlich, aber bestimmt, indem sie seine Avancen abblockte. Sie wollte die Stimmung nicht weiter anheizen und konzentrierte sich stattdessen auf die laufenden Gespräche am Tisch.

Juan, leicht angetrunken, versuchte auf ungeschickte Weise weiter die Aufmerksamkeit von Lyanna auf sich zu lenken. Mit einem unsicheren Lächeln und einem gewissen Übermut sagte er:

"Lyanna, du bist viel zu schön, um nur Apollos Begleitung zu sein. Vielleicht könntest du mal mit einem richtigen Mann wie mir ausgehen."

Leicht gereizt antwortete sie: "Juan, ich schätze ihr Interesse, aber ich bin hier, um geschäftliche Gespräche zu führen und nicht, um romantische Verabredungen zu treffen. Lass Sie uns bitte beim Thema bleiben."

Juan ließ jedoch nicht locker und fuhr fort: "Komm schon, du und ich, wir könnten eine großartige Zeit haben. Apollo wird das nie erfahren."

Die ganze Szene hatte ich aufmerksam beobachtet und entschied mich schließlich einzugreifen. Ruhe bewahrend erhob ich mich von meinem Platz und stellte mich schützend zwischen Lyanna und Juan. "Juan, ich denke, du hast genug getrunken. Es wäre angebracht, wenn du dich jetzt zurückhalten würdest," sagte ich mit ernster Stimme.

Juan, überrascht von meiner plötzlichen Ernsthaftigkeit, versuchte die Situation herunterzuspielen. Doch ich blieb unnachgiebig. "Lyanna ist meine Begleitung, und ich erwarte, dass du sie mit dem nötigen Respekt behandelst. Sie ist nicht hier, um deine Annäherungsversuche zu erwidern. Verstanden?"

Die anderen Geschäftspartner und ihre Begleitungen sahen betreten auf ihre Teller, als die Spannung am Tisch spürbar stieg. Juan, nun eingeschüchtert und kleinlaut, nickte und entschuldigte sich bei ihr.

Ich hatte durch meine Haltung deutlich gemacht, dass ich entschlossen war, sie zu schützen und zu respektieren. Ich stand zu ihr und stellte sicher, dass ihre Anwesenheit und ihre Position als meine Begleitung respektiert wurden. Die Situation beruhigte sich, und das Geschäftsessen konnte fortgesetzt werden, diesmal ohne unangenehme Zwischenfälle.

Die Verhandlungen verliefen erfolgreich, und ich konnte die Unterstützung meiner Geschäftspartner für mein Projekt sichern. Lyanna hatte einen bleibenden Eindruck hinterlassen und bewiesen, dass sie nicht nur eine charmante Begleitung, sondern auch eine kluge Geschäftsfrau war.

Als wir das Restaurant verließen und einen Spaziergang im nahegelegenen Park machten, konnte ich nicht umhin, sie zu loben. "Lyanna, du warst heute Abend unglaublich. Du hast nicht nur mich beeindruckt, sondern auch die Geschäftspartner. Deine Art und Vorgehensweise haben mir sehr geholfen."

"Es war zwar eine interessante Erfahrung. Es freut mich, dass ich dir helfen konnte, aber ich habe den Eindruck, dass du das auch sehr gut allein gemeistert hättest."

Ich nickte zustimmend. "Es ist wichtig, Geschäftspartner zu beeindrucken und Vertrauen zu gewinnen. Das kann oft schwierig sein, aber mit dir an meiner Seite fühle ich mich stärker."

Lyanna schaute mich neugierig an und fragte „Warum hast du eigentlich mich gebeten dich zu begleiten und nicht jemanden aus deinem Unternehmen?"

"Ich habe gemerkt, dass du nicht nur eine charmante Begleitung bist, sondern auch klug und selbstbewusst. Du verstehst dich darauf, in solchen Situationen zu agieren. Außerdem wollte ich dir die Gelegenheit geben, dich in dieser Welt zu bewegen und dich zu präsentieren. Du hast das heute Abend großartig gemacht", antwortete ich. Nachdem ich einen Moment gezögert hatte flüsterte ich: "Und weil ich dich an meiner Seite haben wollte um mit dir alleine Zeit zu verbringen."

Ein dankbares Lächeln breitete sich in ihrem Gesicht aus. "Das bedeutet mir viel, Apollo. Ich habe von diesem Abend viel gelernt. Ich bin froh, dass ich mitfahren konnte."

Wir schlenderten weiter durch den Park, und die Sterne funkelten am Himmel über uns. Der Abend war sowohl beruflich als auch persönlich von Bedeutung für uns.

Plötzlich setzte ein starker Regen ein. Die dicken Tropfen fielen in dichten Schauern vom Himmel, und binnen Sekunden waren wir klitschnass. Wir lachten über das unerwartete Wetter und rannten gemeinsam zum Auto.

Der Chauffeur wartete bereits auf uns und öffnete uns schnell die Tür. Das Wasser tropfte von unseren nassen Kleidern auf die Polster des Wagens.

Lyanna und ich tauschten amüsierte Blicke aus und lachten über das Missgeschick. Ich schlug vor, dass der Chauffeur uns direkt zum Hotel bringen sollte, um uns umzuziehen.

Als wir durchnässt im Hotel ankamen, lief das Wasser von unseren Haaren und den Wangen hinunter. Der Empfangschef sah überrascht aus, als er uns bemerkte. Lächelnd erklärte ich: "Wir wurden von einem plötzlichen Regenschauer überrascht."

Er schmunzelte: "Ich lasse ihnen gleich etwas Warmes zu trinken bringen, Mr. Caelus. Wünschen Sie noch weiteres?"

„Nein, danke. Sehr freundlich."

Ich führte Lyanna zum Aufzug. Als sich die Tür des Fahrstuhls öffnete, betraten wir in der obersten Etage den eleganten Flur, der zur Suite führte. In der Suite angekommen atmeten wir erleichtert auf.

Ich ging in das Schlafzimmer, um trockene Kleidung zu holen, und Lyanna machte sich auf den Weg ins Badezimmer, um sich abzutrocknen.

Wenig später saßen wir im Bademantel im Wohnzimmer, die nassen Kleider zum Trocknen aufgehängt. Der Raum wurde von einem warmen Licht erhellt, und sie genossen die Aussicht auf die Stadt. Der Zimmerservice brachte die angekündigten heißen Getränke.

Ich sah Lyanna an und lächelte. "Das war sicherlich ein aufregender Tag. Das Geschäftsessen lief gut, aber der plötzliche Regen hat uns überrascht."

Sie nickte zustimmend und lächelte. "Ja, das war unerwartet, aber ich bin froh, dass wir hier sind und uns aufwärmen können."

Ich nippte an meinem Getränk und fragte: "Was denkst du über Juan? Er war ziemlich aufdringlich heute Abend, oder?"

"Ja, er war ziemlich unhöflich, besonders gegenüber den anderen Frauen. Aber du hast ihn in seine Schranken gewiesen, das fand ich gut."

Stolz breitete sich in meinem Inneren aus, als ich ihr antwortete: "Ich lasse niemanden so mit dir umgehen, Lyanna. Du bist meine Begleitung, und ich schätze und respektiere dich."

Ich konnte die Wärme in ihrem Herzen spüren, als sie mich ansah. "Danke, Apollo. Ich schätze, du zeigst gern, dass ich zu dir gehöre."

Ich legte sanft meine Hand auf ihre und sagte: "Du gehörst zu mir, Lyanna, und ich bin stolz darauf, dich an meiner Seite zu haben."

Der Regen prasselte noch immer leise gegen die Fenster, und der Raum wurde von gedämpftem Licht erhellt. Wir saßen nebeneinander, und die Neugier zwischen uns war spürbar.

Ich legte sanft meine Hand auf Lyannas Wange und strich ihr eine lose Strähne ihres nassen Haares aus dem Gesicht. "Lyanna, ich kann nicht anders, als von dir beeindruckt zu sein. Du bringst so viel Freude und Leidenschaft in mein Leben."

Lyanna schaute mir tief in die Augen und ich spürte wieder diese Verbundenheit. "Apollo, ich fühle mich genauso. Du bist anders, auf eine so besondere Art und Weise."

Unsere Blicke trafen sich, und in diesem Moment schien die Welt um uns herum zu verschwinden. Wir fühlten uns von einer unsichtbaren Kraft zueinander hingezogen, und unsere Herzen schlugen schneller.

Lyannas Augen waren auf meine Lippen gerichtet, und ich spürte ihre Wärme.

Langsam beugte ich mich vor, und unsere Lippen trafen sich in einem leidenschaftlichen Kuss. Die Unsicherheit, die wir zuvor empfunden hatten, schien in diesem Augenblick zu verblassen. Die Welt um uns herum verschwand, und wir verloren uns in unserer innigen Umarmung.

Unsere Küsse wurden intensiver und verzweifelter, während wir uns aneinanderklammerten, als ob wir die Welt um uns herum vergessen hätten. Es war ein Kuss, der all unsere Emotionen ausdrückte - die Nervosität, die Leidenschaft und die unerklärliche Anziehung, die wir zueinander fühlten. In diesem Moment waren wir gefangen in einem Wirbelwind der Gefühle, der unsere Herzen schneller schlagen ließ und unsere Verbindung vertiefte.

Unsere Küsse dauerten an, und die Welt draußen verschwamm in unserem Bewusstsein. Es war ein Moment der Intimität, den wir miteinander teilten, ein Ausdruck unserer tiefen Verbundenheit und der Leidenschaft, die zwischen uns brannte.

Lyanna legte sanft ihre Hand auf meine Wange, und ihre Finger glitten durch mein nasses Haar. Ich hielt sie fest in meinen Armen, als ob ich sie nie wieder loslassen wollte. Die Leidenschaft in unseren Küssen wurde stärker, und wir verloren uns in diesem Moment, der uns gehörte.

Als wir uns schließlich voneinander lösten, blieb die Intensität unserer Gefühle in der Luft hängen. Wir blickten uns tief in die Augen, und in diesem Moment war alles klar. Wir konnten die unerklärliche Anziehung zwischen uns nicht leugnen.

Mit einem liebevollen Lächeln auf den Lippen flüsterte ich: "Lyanna, du gehörst mir. Ich lasse dich nie mehr gehen." Lyanna nickte zustimmend und erwiderte: "Ich fühle das Gleiche, Apollo."

Die Kulisse der abendlichen Stadt, die durch das Fenster zu sehen war, verlieh diesem Augenblick eine zusätzliche Magie. Der Regen draußen verstärkte die Gemütlichkeit im Zimmer und betonte die Einzigartigkeit dieses Moments. In diesem Augenblick wussten wir, dass es etwas Besonderes war, was wir ineinander gefunden haben, etwas, das schwer in Worte zu fassen war, aber nie wieder loslassen wollten.

Als wir Trost in den Armen des anderen fanden, begannen unsere Hände, wie erfahrene Liebende, die Körper des anderen zu erkunden. Unsere Küsse wurden mit jedem Augenblick intensiver; es fühlte sich an, als würden wir in Verlangen und Sehnsucht ertrinken, einander weiter zu probieren.

Ich umfasste ihre Taille, hob sie hoch und trug sie ins Schlafzimmer. Langsam ließ ich sie auf die weiche Matratze sinken und nahm jede Kurve ihres geschmeidigen Körpers in mich auf, während sie sich verführerisch über die seidenen Laken streckte. Ihre Brüste hoben und senkten sich mit ihren schweren Atemzügen, was die Schönheit ihrer weiblichen Figur betonte. Ich konnte nicht anders, als mich näher zu ihr zu beugen und sanft an ihrem Hals zu knabbern, bevor ich erotisch flüsterte: "Lass mich dir zeigen, was passiert, wenn zwei Menschen mit unersättlichen Leidenschaften zusammenkommen."

In den folgenden Augenblicken nahm Lyanna es auf sich, ihren Bademantel von sich zu streifen, während sie meinen heißen, hungrigen Blicken standhielt. Als sie nur im sanften Licht der Kerze vor mir lag, konnte ich nicht anders, als ihre Kurven zu bewundern – ihre festen Brüste, die wohlgeformten Oberschenkel und die sanfte Rundung ihrer Taille. Mein Verlangen nach ihr wurde immer größer.

Lyanna lächelte und spürte, wie ein Strudel an Leidenschaft in ihr aufstieg, als meine Hand ihre nackte Haut sanft streichelte. Sie rückte nahe genug heran, um die Wärme zu spüren, die von meiner Brust ausging, denn sie wusste, dass ich sie nicht enttäuschen würde. Meine Finger zeichneten die Umrisse ihrer festen Rundungen nach und reizten ihre Brustwarzen, bis sie unter meiner Berührung hart wurden. Sie stöhnte leise, beugte sich mir entgegen und verlangte nach mehr. Als ich an ihrer Taille entlang glitt und die Geschmeidigkeit ihrer Hüften und Oberschenkel streichelte, spreizte Lyanna bereitwillig ihre Beine und bot sich meinem hungrigen Blick an. Ich knetete ihre runden Brüste, bevor ich sie mit zärtlichen Küssen übersäte.

Als Reaktion darauf zuckte mein Schwanz leicht und ein Schauer lief mir über den Rücken, als ich bemerkte, wie feucht sie bereits war. Als Lyanna meinen Blick auf sich spürte, merkte ich, wie die Hitze in ihrem Körper aufstieg. In mir erwachten meine tiefsten Fantasien und entfachte ein Feuer in mir, das unmöglich zu löschen war.

Meine Hände glitten an ihrem Körper entlang und verweilten auf den weichen Kurven ihrer Hüften, bevor sie sich nach meiner wachsenden Erektion ausstreckte. Sie blickte in meine glühenden Augen und konnte nichts als pure Entschlossenheit erkennen. Ich umfasste ihr Gesicht mit meinen großen Handflächen und flüsterte in Gedanken: "Bist du bereit?" Ihr Herz raste, als sie eifrig nickte, unfähig, inmitten des rohen Hungers, der uns beide durchströmte, Worte zu finden.

Sanft drückte ich mich auf die Knie, positionierte mich zwischen ihren Beinen und beugte mich nach vorne, um meine Lippen auf die glatte Haut ihres Halses zu pressen. Mit weiteren Liebkosungen übersäte ich ihren Körper. Ihr Körper reagierte bei jeder meiner Berührungen. Es war unbeschreiblich. Ich positionierte mich zwischen ihren Beinen um sie ein wenig weiter zu reizen. Ich konnte mich kaum noch zurückhalten. Sie war so wunderschön. Sie hielt sich an der Bettdecke fest und versuchte, das Stöhnen zu unterdrücken, das aus ihrer Kehle entwich. In diesem Moment war ich endlich dort angekommen, wo ich sein wollte – genau dort, schwebend über ihrer warmen Nässe, hielt ich kurz inne und ließ ihre Empfindung in mein Bewusstsein eindringen.

Dann begann ich plötzlich kräftig zuzustoßen, spürte die Dringlichkeit in ihrem Inneren und drang tiefer in ihr Inneres ein, bis sie einen scharfen Schrei ausstieß, dem ein leises flehendes Stöhnen folgte. Lyanna, die nun feststellte, dass ihr eigener Rhythmus perfekt zu meinem passte, krümmte sich unter mir, während die Intensität zunahm. Ihr Atem ging in schweres Keuchen; Schweiß bedeckte unsere Körper wie seidene Schichten und verlieh unserer Verbindung eine weitere Dimension.

Ich spürte, wie mein ganzes Wesen vor Vergnügen zitterte, als ich meine Männlichkeit unerbittlich tief in ihre Weiblichkeit drängte. Jeder kraftvolle Stoß gab ihr das Gefühl, auseinanderzufallen – aber irgendwie auch wieder zusammenzufinden – in einer neu gefundenen Harmonie. Jeder pulsierende Muskel in unserem Körper schien voller Vorfreude zu sein. Immer wenn ich die Augen schloss, tanzten Bilder einer perfekten Harmonie hinter meinen Augenlidern. In dem Moment wurde mir bewusst, wie sehr ich sie begehrte. Sie war mein Licht. Meine zweite Hälfte. Wie sehr sehnte sie sich auch nach mir? Es fühlte sich natürlich und doch elektrisierend an. Wir bewegten uns in perfekter Synkope zusammen und speisten uns gegenseitig mit unserer Energie.

In dieser Welt aus verschlungenen Schicksals- fäden und gebrochenen Träumen trafen sich unsere Blicke in einem leidenschaftlichen Duett. Jeder Hauch, jede Geste wurde zu einem Tanz der Seelen, zu einem stummen Dialog. In unseren Augen fanden wir Verständnis und in unseren Gesten, Harmonie. Eine unsichtbare Verbindung zog uns an, ließ uns verlieren und zugleich ge- funden fühlen.

Unsere Herzen schlugen im selben Rhythmus, und unsere Gedanken verschmolzen zu einem Lied. Es war, als hätten wir eine Sprache gefunden, die wir nie erlernt hatten, und dennoch verstanden wir uns so klar wie die Morgenröte, die den Horizont erhellt.

Die Luft pulsierte vor Energie, die darauf wartete, in einem unvergesslichen Moment zu explodieren. Unsere Augen trafen sich erneut, ein stummer Eid der Leidenschaft, der Liebe und des unendlichen Verstehens.

Ich senkte meine Lippen auf ihre und in diesem Kuss fanden wir die Antwort auf alle Fragen, die wir uns je gestellt hatten. Die Zeit schien stillzustehen, während wir uns in einem Augenblick der Vereinigung verloren, der unsere Liebe besiegelte.

Und in diesem Augenblick verstanden wir, dass wir füreinander bestimmt waren. Keine Worte waren nötig, denn unsere Herzen sprachen die Sprache der Liebe.

Lyanna

Apollo und ich hatten einen erfolgreichen Geschäftsabschluss hinter uns und mussten leider wieder nach Hause zurückzukehren. Wir verließen das luxuriöse Hotel und machten uns auf den Weg zum Flughafen. Die Sonne schien am Himmel, und die Stadt glänzte in ihrem schönsten Licht. Während der Fahrt zum Flughafen sahen wir uns immer wieder an, unsere Blicke voller Zuneigung und Liebe. In den letzten zwei Tagen hatten wir nicht nur beruflich, sondern auch persönlich eine enge Bindung entwickelt, die uns noch tiefer miteinander verband. Am Flughafen angekommen, stiegen wir in den Privatflieger. Wir nutzten die Zeit, um Erinnerungen an die Reise auszutauschen und Pläne für die Zukunft zu schmieden. Es war offensichtlich, dass wir uns füreinander und für die gemeinsame Zeit begeisterten.

"Erinnerst du dich an unseren ersten Kuss am See?", fragte ich und fuhr fort: "Es fühlte sich an, als ob die Welt stillstehen würde."

Apollo nickte und erwiderte: "Ja, ich werde diesen Moment nie vergessen. Es war so ein besonderer Augenblick."

Apollo lächelte und wir unterhielten über die letzten Stunden und wie wir als Team erfolgreich waren. "Der Geschäftstermin mit dir an meiner Seite war eine großartige Erfahrung", sagte er. "Du hast mich so stolz gemacht, Lyanna. Die Zeit mit dir möchte ich nicht missen. Ich habe diese Gefühle bislang noch nie erlebt."

Ich blickte Apollo tief in die Augen und lächelte warm. Meine Augen leuchteten vor Glück und Liebe, als ich auf sein Geständnis reagierte. "Apollo, ich kann dir gar nicht sagen, wie glücklich ich bin, das zu hören. Diese Zeit mit dir war auch für mich etwas ganz Besonderes. Du bist ein unglaublicher Mann, und ich fühle mich so glücklich, dass ich an deiner Seite sein kann." Ich legte meine Hand auf seine, und unsere Finger verschränkten sich sanft. "Ich möchte keine Minute davon missen."

Wir lächelten uns verliebt an, und in diesem Moment wussten wir, dass wir gemeinsam alles meistern konnten, was das Leben für uns bereithält.

Nach der Landung kehrten wir wieder in unsere vertraute Umgebung zurück. Wir fühlten uns glücklich und erfüllt von der Reise und der Zeit, die wir miteinander verbracht hatten. Unsere Liebe war gewachsen, und sie war echt. Wir waren bereit.

*

Ich freute mich schon darauf, Emily nach meiner Rückkehr zu treffen. Ich hatte so viel zu erzählen und konnte es kaum erwarten, meine beste Freundin an all meinen Erlebnissen teilhaben zu lassen. Wir verabredeten uns in unserem Lieblingscafé, und als wir uns gegenübersaßen, konnte ich vor Aufregung kaum stillsitzen.

"Emily, du glaubst nicht, was in den letzten Tagen passiert ist!", begann ich aufgeregt. "Ich war mit Apollo auf einer Geschäftsreise in einer anderen Stadt. Er hatte ein Geschäftsessen und es lief einfach perfekt. Er war so stolz auf uns!"

Emily lächelte und sagte: "Das klingt großartig, Lyanna! Ich wusste, dass du und Apollo ein starkes Team seid. Aber erzähl weiter, wie lief der Rest der Reise?"

Ich errötete leicht und fuhr fort: "Nun ja, nach dem Geschäftsessen verbrachten wir einige leiden-schaftliche und intensive Stunden im Hotel. Emily, ich kann es kaum in Worte fassen, aber ich habe mich in Apollo verliebt."

Emily strahlte vor Freude und sagte: "Lyanna, das ist wunderbar! Ich habe gehofft, dass du je-manden findest, der dich so glücklich macht. Erzähl mir mehr darüber, du wirkst sehr glücklich."

Wir verbrachten den Nachmittag damit, über meine Gefühle für Apollo und unsere gemeinsamen

Erlebnisse zu sprechen. Es tat gut, mit meiner Freundin darüber zu reden, und ich war mir sicher, dass diese Liebe etwas ganz Besonderes war.

Emily hörte aufmerksam zu, während ich von den letzten Tagen sprach. Aber ich bemerkte, dass ein nachdenklicher Ausdruck über ihr Gesicht huschte. Ich sah Emily direkter an. Fühlte in sie. Offensichtlich freute Emily sich für mich, aber ich spürte das ein kleiner Stich der Eifersucht in ihrem Herzen aufstieg. Sie konnte es nicht verhindern, dass mir in diesem Moment bewusstwurde, dass sie Apollo schon lange bewunderte, aber anscheinend nie den Mut hatte es jemandem zu sagen oder es ihm zu gestehen. Emily fühlte sich innerlich wie zerrissen an.

Mit nachdenklichem Gesichtsausdruck fragte ich sie besorgt: "Ist etwas nicht in Ordnung, Emily?" Ich wollte ihr die Möglichkeit geben, mit mir zu reden.

Emily schüttelte den Kopf und lächelte gezwungen. "Nein, es ist alles in Ordnung, Lyanna. Ich freue mich wirklich für dich und Apollo. Es ist nur so, dass ich in letzter Zeit viel Arbeit hatte und nicht viel Zeit für mein eigenes Liebesleben gefunden habe."

Ich nickte verständnisvoll und sagte: "Ich verstehe das, Emily. Du findest bestimmt auch jemanden Besonderen, wenn du am wenigsten damit rechnest. Und wer weiß, vielleicht wartet da draußen schon jemand auf dich, ohne dass du es merkst."

Wir setzten unser Gespräch fort, aber ich konnte nicht umhin zu bemerken, dass Emily immer wieder gedanklich abzudriften schien. Sie wirkte abwesend und in sich gekehrt, was für sie ungewöhnlich war. Ich machte mir Sorgen um sie und fragte mich, warum sie mir nicht alles erzählte. Trotzdem war es ein schöner Nachmittag, und ich war dankbar, meine Erlebnisse mit ihr teilen zu können.

Ich beschloss, das Thema vorerst ruhen zu lassen und ihr die Zeit zu geben, ihre Gefühle zu verarbeiten. Ich hoffte, dass wir einen Weg finden würden, um mit allem umzugehen, ohne jemanden zu verletzen. Schließlich war unsere Freundschaft mir genauso wichtig wie meine neue Liebe zu Apollo.

Emily

Am nächsten Tag strahlte die Sonne über dem Café au Soleil, und der Duft von frisch gebrühtem Kaffee und frischen Croissants erfüllte die Luft. Lyanna hatte wieder alle Hände voll zu tun, während sie die Gäste bediente und sich um die Bestellungen kümmerte.

Als die Eingangsglocke läutete und Apollo durch die Tür trat, konnte ich nicht anders, als mein schönstes Lächeln auf zu setzen. Ich stand hinter der Theke und flirtete charmant mit den Kunden, doch als er näher kam, wurde mir ganz warm.

"Hey, Apollo", begrüßte ich ihn mit einem Hauch von Verspieltheit in meiner Stimme. "Es freut mich, dich wiederzusehen. Wie war deine Geschäftsreise?"

Apollo erwiderte mein Lächeln höflich. "Die Geschäftsreise war erfolgreich, Emily. Danke der Nachfrage. Und wie war es hier im Café?"

Ich zupfte leicht an meiner Schürze und blickte Apollo in die Augen. "Oh, hier ist alles gut gelaufen. Aber es war nicht dasselbe ohne dich. Wir haben dich vermisst."

Apollo spürte die subtile Anspielung in meinen Worten und lächelte höflich. "Das ist sehr nett von dir, Emily. Du bist eine großartige Angestellte."

Während wir weiter miteinander sprachen, konnte Apollo mein Flirten nicht übersehen, und ich wusste, dass er meine Signale bemerkte. Doch sein Herz und seine Gedanken gehörten bereits Lyanna, und ich merkte, dass es ihm schwerfiel, auf meine Avancen einzugehen, ohne mich zu verletzen. Dennoch genoss ich die angenehme Unterhaltung und die Aufmerksamkeit, die er mir schenkte.

Ich zwinkerte ihm leicht zu und fragte: "Du musst mir unbedingt mehr von deiner Reise erzählen. Gibt es vielleicht interessante Details, die du mir verschweigst?"

Apollo spürte die zweideutige Note in meinen Worten und lächelte leicht. "Oh, Emily, du bist so neugierig. Aber nein, es war eine geschäftliche Reise, nichts Aufregendes."

Ich legte meinen Kopf leicht schief und näherte mich ihm noch einen Schritt. "Aber du bist doch sicher auf etwas Interessantes gestoßen, oder? Vielleicht in deinem Hotelzimmer?"

Apollo musste schmunzeln, während er meine Anspielung verstand. Er wirkte dennoch sehr diszipliniert und entschlossen, seine Gefühle für

Lyanna nicht preiszugeben. "Emily, es war wirklich eine gewöhnliche Geschäftsreise. Keine besonderen Vorkommnisse."

Obwohl ich leicht enttäuscht war, akzeptierte ich seine Antwort mit einem charmanten Lächeln. "Na gut, wenn du es sagst. Aber falls du jemals mehr aufregende Geschichten erlebst, komm einfach ins Café und erzähle sie mir."

Während wir plauderten, konnte ich nicht anders, als ihn zu beobachten. Mein Herz machte einen kleinen Sprung, jedes Mal, wenn er lächelte. Doch ich wusste, dass seine Gedanken und sein Blick bei Lyanna waren. Es war schwer, diese Gefühle in mir zu unterdrücken, aber ich wollte weder Apollo noch meine Freundin verletzen.

Ich wusste, dass ich meine Bewunderung für Apollo in den Griff bekommen musste. Vielleicht würde ich eines Tages jemanden finden, der meine Gefühle erwiderte. Aber bis dahin würde ich weiterhin eine gute Freundin und Angestellte sein und versuchen, das Beste aus der Situation zu machen.

Lyanna

Als ich Apollo erblickte, grinste er vor Aufregung. Ich lächelte zurück und ging auf ihn zu. "Hey Apollo, wie war dein Tag?" fragte ich und gab ihm einen sehnsuchtsvollen Kuss.

Apollo erwiderte den Kuss und ergriff meine Hand. "Lyanna, ich habe eine aufregende Über-raschung für dich. Du wirst es lieben."

Neugierig sah ich ihn an. "Wirklich? Erzähl!"

Er lehnte sich näher und flüsterte: "Ich möchte mit dir in eine romantische Berghütte fliehen, nur du und ich, weit weg von allem."

Meine Augen leuchteten vor Begeisterung. "Oh, Apollo, das klingt fantastisch! Ich liebe Über-raschungen wie diese."

Apollo lächelte und sagte: "Ich dachte, es wäre eine großartige Gelegenheit, ein wenig Zeit mit-einander zu verbringen, um uns noch näherzu-kommen."

Ich war begeistert und drückte seine Hand. "Du bist so süß, Apollo. Ich kann es kaum erwarten!"

Während Apollo und ich uns auf unser bevorstehendes romantisches Wochenende freuten, bemerkte ich, wie Emily an einem anderen Tisch im Café saß und uns beobachtete. Ein Stich der Eifersucht und des Neids durchzuckte sie, das konnte ich sehen. Ihr Herz fühlte sich schwer an, und ich merkte, wie sie ihre eigenen Gefühle für Apollo unterdrückte.

Emily hatte schon seit einiger Zeit Gefühle für Apollo, aber sie hatte nie gewagt, sie ihm zu gestehen. Sie wollte unsere Freundschaft nicht gefährden. Doch jetzt, da sie uns beide so eng miteinander sah, konnte sie die Eifersucht und den Wunsch, an meiner Stelle zu sein, nicht mehr verbergen.

Während Apollo und ich uns weiterhin leidenschaftlich unterhielten und in unserer eigenen Welt zu versinken schienen, seufzte Emily leise und wandte ihren Blick ab. Ihr Herz schmerzte, und ich spürte ihr Dilemma, nicht das zu bekommen, was sie sich insgeheim gewünscht hatte.

Emily

Ich beschloss, mich abzulenken und meine Gedanken auf andere Dinge zu lenken. Doch in meinem Inneren kämpfte ich mit den aufkeimenden Gefühlen der Eifersucht und des Verlangens nach Apollo, die ich in diesem Moment nicht kontrollieren konnte.

Während ich in meinem Gedankenkarussell gefangen war, kam mir eine Idee. Ich wusste, dass ich etwas tun musste, um Apollo für mich zu gewinnen, auch wenn es bedeutete, unsere Freundschaft zu gefährden. Nachdem ich meinen Entschluss gefasst hatte, stand ich auf und ging in das Büro unseres Chefs, wo ich entschlossen anklopfte und eintrat.

"Chef, ich habe eine Idee für das Catering-Event morgen, das sicherlich für Aufmerksamkeit sorgen wird und die Umsätze steigern könnte." Unser Chef, ein erfahrener Mann, sah mich neugierig an. "Erzähl mir mehr, Emily. Ich bin gespannt."

Ich erklärte meine Idee im Detail und wie ich eine romantische Veranstaltung planen wollte, bei der Paare eine besondere Zeit verbringen konnten. Ich betonte, wie wichtig es sei, den Gästen ein besonderes Erlebnis zu bieten, um die Liebe und Romantik zu feiern.

Unser Chef war beeindruckt von der Idee und nickte zustimmend. "Das klingt nach einer großartigen Initiative, Emily. An welches Budget dachtest du?"

Ich setzte mich gleich an die Aufstellung und bringe sie dir. Es sollte aber nicht allzu teuer werden." „Ok, mach das. Bin gespannt", antwortete Mr. Rodriguez.

Ich fühlte mich erleichtert und dankbar für die Unterstützung unseres Chefs. Jetzt, da ich meinen Plan in die Tat umsetzen konnte, hoffte ich, dass dies der erste Schritt auf dem Weg zu einer romantischen Beziehung mit Apollo sein würde.

*

In schicker Garderobe gekleidet, standen wir, Jason, Lyanna und ich, hinter dem Catering-Stand auf dem "Sternenhimmel der Liebe" Event-Wochenende. Der Ort ist in ein wunderschönes Märchenland verwandelt, mit funkelnden Lichtern und romantischer Musik in der Luft. Die Gäste, ebenfalls schick gekleidet, genossen die zauberhafte Atmosphäre und die romantische Stimmung.

Ich trug ein elegantes Abendkleid, das meine Anmut betont. Mein Lächeln war strahlend und ich war aufgeregt, die romantische Veranstaltung zu leiten. Jason trug einen scharfen Anzug und begrüßte herzlich die Gäste, während er mit einem Tablett köstliche Appetithäppchen servierte. Lyanna, stand in ihrem schicken Cocktailkleid am Getränkestand und mixte Cocktails und alkoholfreie Getränke für die Gäste. Sie strahlte vor Freude und genoss ebenfalls das romantische Event.

Die Singles und Paare flanierten in ihren schicken Outfits über die Wiese, plauderten miteinander und amüsierten sich über die Flirtspiele und Aktivitäten. Die Live-Band spielte sanfte und romantische Musik, um die Atmosphäre noch magischer zu machen.

Wir arbeiten hart daran, sicherzustellen, dass die Veranstaltung reibungslos abläuft und die Gäste eine unvergessliche Nacht erlebten.

Während ich mit einer Gruppe von Gästen plauderte, bemerke ich plötzlich eine vertraute Gestalt in der Menschenmenge. Mein Herz begann schneller zu schlagen, als ich Apollo entdecke, der in schicker Abendgarderobe suchend in der Nähe stand. Er sieht unglaublich gut aus und machte aus der romantischen Atmosphäre der Veranstaltung ein absolutes Highlight.

Ich zögerte einen Moment, bevor ich entschied, auf ihn zuzugehen. Mit einem strahlenden Lächeln und meinem Tablett mit Champagnergläsern bewaffnet, näherte ich mich Apollo und sagte: "Apollo! Ich freue mich so, dich hier zu sehen. Willkommen beim 'Sternenhimmel der Liebe' Event!"

Apollo war sichtlich überrascht, mich hier zu treffen, und erwiderte mein Lächeln. "Emily, das ist wirklich eine angenehme Überraschung. Ich hatte keine Ahnung, dass heute hier arbeitest."

Ich reichte ihm ein Champagnerglas, und wir prosteten uns zu. "Ich habe mir gedacht, es könnte ein großartiges Event sein, um Leute kennenzulernen und möglicherweise die Liebe zu finden."

Apollo schaute um sich, die funkelnden Lichter und die romantische Atmosphäre aufsaugend. "Es ist auf jeden Fall ein wunderschöner Ort für so etwas."

Ich bemerkte die leicht erstaunte Miene in seinem Gesicht, als ich ihn bat, unter dem Pavillon Platz zu nehmen. "Apollo, es wird gleich weitere Spiele geben. Von hier aus hast du den besten Blick auf das Geschehen", erklärte ich mit einem charmanten Lächeln.

Apollo stimmte zu und folgte mir unter den Pavillon. Er nahm auf einem der bereitgestellten Stühle Platz und blickte neugierig auf das, was kommen würde.

Die ersten Spiele begannen, und die Singles nahmen begeistert daran teil. Die Stimmung war ausgelassen und voller Hoffnung, da die Teilnehmer die Gelegenheit hatten, neue Bekanntschaften zu machen. Immer wieder beobachtete ich Apollo aus den Augenwinkeln, während er sich die Spiele anschaute.

Die Spannung zwischen uns war unverkennbar, und er konnte doch nicht leugnen, dass er nicht von meiner Initiative überrascht und fasziniert war.

Plötzlich veränderte sich sein Ausdruck. Er hatte wohl Lyanna bei den Spielen entdeckt. Ich schaute in seine Blickrichtung und sah sie mit einem anderen Mann.

Ja, Apollo, siehst du..., deine Lyanna sucht sich bereits einen neuen Mann. Sie lachten ausgelassen, hatten offensichtlich Spaß miteinander und wirkten vertraut. Apollo sah nicht erfreut aus.

Ich ging mit einem charmanten Lächeln auf Apollo zu, als die Spiele eine kurze Pause einlegten. "Apollo, wie gefällt dir unser Event bisher?" fragte ich mit einem Hauch von Schmeichelei in der Stimme.

Apollo

Ich konnte es nicht leugnen, dass ich mich unwohl fühlte, Lyanna so nah mit einem anderen Mann zu sehen, der offensichtlich ihr Interesse geweckt hatte. Einige gemischte Gefühle stiegen in mir auf. Doch gleichzeitig wusste ich, dass ich keine Rechte hatte, sie zu besitzen oder ihr vorzuschreiben, mit wem sie ihre Zeit verbrachte.

Dennoch konnte ich nicht anders, als sie zu taxieren, während ich versuchte, meine Gefühle zu sortieren und die eifersüchtigen Gedanken beiseite zu schieben. Was auch immer zwischen uns war, ich musste mich damit auseinandersetzen und entscheiden, wie ich damit umgehen wollte.

Auf einmal stand Emily neben mir. Ich habe sie gar nicht kommen sehen. Diese Frau geht mir echt auf die Nerven mit ihrer offensichtlichen Anmache.

Sie fragte mich ob mir das Event bisher gefallen würde. Ich lächelte höflich. "Es ist wirklich beeindruckend, Emily. Du hast großartige Arbeit geleistet."

Emily kam näher und flüsterte leise, als ob wir ein Geheimnis teilten würden. "Hast du schon

Lyanna und ihren neuen Freund gesehen? Sie scheinen so viel Spaß zu haben. Wer könnte das sein?" Dabei legte sie einen betont neugierigen Ton an den Tag.

Ich spürte, dass in Emilys Frage eine gewisse Absicht steckte, aber ich spielte mit. "Ja, ich habe sie gesehen. Anscheinend kennt sie ihn schon eine Weile. Sieht aus, als hätten sie sich wirklich gut angefreundet."

Emily nickte zustimmend, während sie einen finsteren Blick auf Lyanna und ihren Begleiter warf. "Es ist wirklich interessant, wie schnell manche Menschen enge Verbindungen eingehen, nicht wahr?"

Obwohl ich merkte, dass Emily versuchte, mich auf irgendeine Weise zu beeinflussen, entschied ich mich, diplomatisch zu reagieren. "Ja, das ist es. Aber Freundschaft ist eine wunderbare Sache, nicht wahr?"

Emily ließ nicht locker und versuchte weiterhin, mich zu verunsichern. "Ja, Freundschaft kann so wertvoll sein. Manchmal kann es jedoch auch kompliziert werden, wenn mehr Gefühle im Spiel sind."

Ich erkannte die versteckte Botschaft hinter Emilys Worten, doch behielt ich die Fassung und antwortete ruhig: "Das ist wahr, Emily. Aber manchmal ist es wichtig, dass wir die Freundschaft und das Glück anderer Menschen respektieren."

Damit wandte ich mich ab und lenkte meinen Blick auf die laufenden Spiele, um Emilys Intrigen nicht weiter zu unterstützen.

Während ich mich wieder den Spielen zuwandte, bemerkte ich, wie Emily weiterhin aufmerksam Lyanna beobachtete.

Emily schien unbedingt an meiner Seite sein zu wollen, und sie war entschlossen, alles zu tun, um mich für sich zu gewinnen.

Die Situation wurde komplizierter, als Emily vorschlug, dass wir als Team gegen Lyanna und ihren Begleiter antreten sollten. Ich zögerte kurz, willigte dann aber ein, um Lyanna nicht vor den Kopf zu stoßen.

Während des Spiels versuchte Emily subtil, mir näher zu kommen und meine Aufmerksamkeit auf sich zu lenken. Sie flirtete diskret, doch hielt ich Abstand, denn ich war mir der Spielchen bewusst.

Schließlich endete das Spiel unentschieden, und höflich wandte ich mich an Lyanna und ihren Begleiter. "Das war ein tolles Spiel. Ihr wart ein großartiges Team."

Lyanna lächelte und bedankte sich, doch auch sie spürte die Spannung in der Luft. Während die Spiele weitergingen, versuchte Emily weiterhin, mich für sich zu gewinnen, und die Situation zwischen uns wurde zunehmend komplizierter und es war offensichtlich, dass sich etwas zwischen uns veränderte.

Die Atmosphäre zwischen Lyanna, Emily und mir wurde immer angespannter, und ich konnte förmlich spüren, dass wir kurz vor einer Explosion standen. Während die Spiele und Aktivitäten auf dem Event fortgesetzt wurden, fühlte ich mich zwischen den beiden Frauen hin- und hergerissen. Da Emily Lyannas Freundin ist, wollt ich sie nicht so vor den Kopf stoßen.

Lyanna schien zu bemerken, dass etwas nicht stimmte, auch wenn sie nicht genau sagen konnte, was es war. Ihr Begleiter versuchte die Stimmung zu lockern, indem er vorschlug, dass wir gemeinsam tanzen sollten, und Lyanna und ich stimmten zu.

Während des Tanzes versuchte ich, die angespannte Situation zu entspannen, indem ich Lyanna anlächelte und ihr versicherte, wie sehr ich ihre Gesellschaft genoss. Doch gleichzeitig spürte ich die Blicke und die Aufmerksamkeit von Emily auf mir lasten.

Als Lyanna mit ihrem Begleiter einen Moment allein verbrachte, um die Dinge zu klären, wandte ich mich an Emily. "Emily, ich weiß, dass du versuchst, meine Aufmerksamkeit zu gewinnen. Aber ich möchte, dass du verstehst, dass meine Gefühle für Lyanna stark sind, und ich werde nichts tun, um meine Liebe zu ihr zu gefährden."

Ich konnte den traurigen Ausdruck in ihren Augen sehen, als sie nickte. "Ich verstehe, Apollo. Es ist nur... schwer für mich, wenn ich sehe, wie glücklich du mit ihr bist."

Ich legte ihr sanft eine Hand auf die Schulter. "Ich schätze unsere Freundschaft, Emily. Lass hier keine Intrigen zwischen uns entstehen."

Währenddessen führte Lyanna ein Gespräch mit ihrem Begleiter, als sie zu uns zurückkehrten, spürte ich, dass die Atmosphäre etwas leichter geworden war. Ich zog Lyanna etwas zur Seite, so dass nur sie mich hören konnte.

„Alles gut? Was habt ihr besprochen?" „Ich habe ihm nur erklärt wie wichtig Du für mich bist. Das ich mich bereits für dich entschieden habe."

„Ok, und was sagt er dazu?", ich nickte kurz in die Richtung von ihrem Begleiter. „Er hat kein Problem damit. Er findet mich interessant, aber ich soll auch auf mein Herz hören und für mich die richtige Entscheidung treffen."

Emily und ich schienen uns ausgesprochen zu haben, und wir konnten nun zumindest freundlich miteinander umgehen.

Die Veranstaltung ging weiter, und wir versuchten uns auf die gemeinsamen Erlebnisse zu konzentrieren, anstatt auf die Spannungen.

Ich schaute zu Lyanna und bemerkte, dass sie erschöpft aussah. "Lyanna, ich sehe, dass du erschöpft bist. Kann ich dich nach Feierabend nach Hause fahren? Es ist das Mindeste, was ich für dich tun kann."

Lyanna lächelte dankbar. "Das wäre wirklich schön. Danke."

Geduldig wartete ich, bis das Event vorbei war und die Gäste die Wiese verließen. Dann begleitete ich sie zu meinem Auto, öffnete ihr die Tür und wir fuhren los.

Während wir durch die Straßen fuhren, schaute ich immer wieder zu ihr rüber. Sie sah wirklich müde aus. Das Event schien ihr einiges abverlangt zu haben.

Als wir schließlich vor ihrer Wohnung ankamen, fragte sie lächelt: "Danke, dass du mich nach Hause gebracht hast, Apollo. Es war wirklich nett von dir. Magst du noch mit reinkommen?"

„Ja, gerne."

Ich begleitete sie in ihre Wohnung und ließ mich auf das Sofa sinken. Wir unterhielten uns über verschiedene Themen und lachten über die Erlebnisse des Tages.

Lyanna bot mir etwas zu trinken an, und ich nahm das Angebot an. Während sie in die Küche ging, um die Getränke vorzubereiten, sah ich mich in ihrer gemütlichen Wohnung um. In ihrer Gegenwart fühlte ich mich wohl und entspannt.

Ihr Wohnzimmer war trotz der minimalistischen Ausstattung gemütlich eingerichtet. Mir viel auf das sie keinerlei Bilder an den Wänden hatte. Das machte mich ein wenig stutzig. Kein Hinweis auf ihre Vergangenheit.

Lyanna kehrte mit den Getränken zurück, und wir verbrachten noch einige angenehme Stunden miteinander. Wir kamen uns näher und tauschten persönliche Geschichten aus. Die romantische Spannung zwischen uns wurde immer stärker, und wir spürten wieder die Anziehung zueinander.

Schließlich saßen wir uns auf dem Sofa gegenüber, hielten Blickkontakt und verloren uns in den Augen des anderen. Langsam beugte ich mich vor und küsste sanft Lyannas Lippen. Der Kuss war zärtlich und voller Leidenschaft, und er drückte unsere Gefühle füreinander aus.

Ich sah Lyanna fragend an und fragte sanft: "Warum hast du an den Datingspielen teilgenommen?"

Lyanna seufzte leicht und erklärte: "Das war mein Chef, er kam unerwartet dazu und bat mich und Emily, bei den Spielen auszuhelfen. Es fehlte eine Dame, und Emily hat mich förmlich vorgeschoben. Es tut mir leid, wenn das missverständlich war."

Ich nickte verständnisvoll. "Es ist okay, Lyanna. Ich verstehe. Kanntest du ihn schon vorher?"

„Nein, ich habe ihn heute das erste Mal gesehen", sagte sie entschlossen.

Ich hörte ihrer Erklärung aufmerksam zu, während ich ihre Hand festhielt. Ein nachdenklicher Ausdruck lag auf meinem Gesicht, als ich die Details über Emilys Manipulation erfuhr.

"Das erklärt einiges," sagte ich ruhig. "Emily hat wirklich versucht, uns auseinanderzubringen, Lyanna."

Lyanna lächelte leicht und drückte meine Hand. "Ich lasse nicht zu, dass jemand unsere Verbindung stört. Du bist mir zu wichtig, Apollo. Wie kommst du darauf? Apollo, ich habe das Gefühl, da ist etwas, das du mir erzählen möchtest. Was war das heute mit Emily?"

Ich spürte, dass Lyanna meine Gefühle erkannt hatte, und seufzte leicht. "Lyanna, ich sollte ehrlich zu dir sein. Emily hat versucht, eine romantische Verbindung zwischen uns zu schaffen. Sie hat mich zu diesem Event eingeladen, um mich mit ihr näher zu bringen."

Lyanna schaute überrascht aus. "Warum hat sie das getan?"

Ich antwortete bedacht: "Emily hat Gefühle für mich, aber ich möchte, dass du verstehst, dass meine Gefühle einzig und allein dir gehören. Sie hat gehofft, dass das Event uns näherbringt, aber es gab für mich nur die Bestätigung, dass mein Herz allein für dich schlägt."

Lyanna lächelte leicht. "Danke, dass du mir das erzählt hast. Ich war mir ihrer Gefühle für dich bereits bewusst. Sie hatte es zwar nicht eindeutig ausgesprochen, aber.... Naja... ich hätte nicht gedacht, dass sie so weit geht. Dachte sie ist meine Freundin."

„Mach dir kein Kopf. Wir gehören zusammen."

Ich erwiderte das Lächeln und beugte mich vor, um Lyanna sanft zu küssen. Der Kuss war voller Zuneigung und Vertrauen, ein Symbol für unsere gemeinsame Stärke.

Emily

Ich saß allein zu Hause und konnte Apollo nicht aus dem Kopf bekommen. Die Sehnsucht nach ihm erfüllte meine Gedanken, und ich spürte den Drang, ihn für mich zu gewinnen. In meinem Eifer, meine eigenen Wünsche zu erfüllen, schmiedete ich Pläne, um einen Keil zwischen Lyanna und Apollo zu treiben.

Ich grübelte darüber nach, wie ich subtil Zweifel und Missverständnisse zwischen dem Paar säen könnte. Gedanken an mögliche Intrigen und Manipulationen füllten meine Gedanken, während ich mir vorstellte, wie ich Lyanna in ein schlechtes Licht rücken und Apollo endlich Augen für mich bekommt.

Entschlossen, meine eigenen Bedürfnisse über die Freundschaft mit Lyanna zu stellen, riskierte ich dabei, das Glück der beiden zu gefährden. Mein Herz pochte vor Aufregung, während ich meine Pläne weiter schmiedete, ohne zu bemerken, dass meine Handlungen dunkle Schatten über die Verbindungen zwischen den Menschen warfen.

*

Am nächsten Tag im Café hoffte ich, dass Raphael wieder zu Besuch kommen würde. Mein Herz schlug schneller, als die Tür aufging, es hoffe dennoch ein Eintreten von Apollo. Irgendwie muss ich auf andere Gedanken kommen und die Geschehnisse vom Event-Wochenende vergessen.

Als Raphael das Café betrat, schlich sich ein Grinsen in mein Gesicht. Ich begrüßte ihn herzlich und lud ihn ein, sich zu setzen. Wir begannen uns zu unterhalten, schließlich war nichts Verwerfliches dran. Er war mittlerweile ja sowas wie ein Stammgast. Entschlossen seine Aufmerksamkeit zu gewinnen und meinen Plan in die Tat umzusetzen, war ich gewählt alle Register zu ziehen.

Während des Gesprächs versuchte ich subtil meine eigenen Interessen und Gefühle einzubringen. Ich machte Andeutungen, die darauf hindeuteten, dass ich jemanden Besonderen im Auge hatte, ohne direkt auf Apollo einzugehen. Mein Ziel war es, Raphael neugierig zu machen und ihn möglicherweise auf meine Seite zu ziehen.

Ich hoffte, dass diese Strategie erfolgreich sein würde, und dass Raphael vielleicht sogar eine Rolle in meinem Plan spielen könnte, um Apollo und Lyanna voneinander zu trennen.

Nach einer Weile des lockeren Gesprächs, wagte ich schließlich, Raphael um Hilfe zu bitten. Ich sah ihn mit großen, unschuldigen Augen an und sagte:

"Raphael, es gibt da etwas, über das ich gerne mit dir sprechen würde. Es ist etwas kompliziert, aber ich denke, du könntest mir helfen."

Raphael, der neugierig wurde, nickte zustimmend und ermutigte mich, fortzufahren. "Was ist los, Emily? Du kannst mich alles fragen."

Ich atmete tief durch und begann, meine Pläne zu enthüllen. Ich erzählte ihm von meiner heimlichen Zuneigung zu Apollo und wie ich glaubte, dass Lyanna und Apollo nicht wirklich zusammenpassen. "Ich denke, ich könnte besser zu Apollo passen als Lyanna. Aber ich brauche deine Hilfe, um sicherzustellen, dass er mich wirklich bemerkt."

Raphael hörte aufmerksam zu, während ich meine Gedanken offenbarte. Er warf einen nachdenklichen Blick auf mich und überlegte, wie er mir am besten helfen konnte. "Emily, ich weiß nicht, ob das eine gute Idee ist. Manipulation und Spielchen könnten alles nur komplizierter machen. Vielleicht wäre es besser, die Dinge auf natürliche Weise zu entwickeln."

Ich seufzte und blickte Raphael mit einem flehenden Ausdruck an. "Raphael, bitte. Ich bin wirklich verzweifelt. Wenn du mir hilfst, könnte alles so viel einfacher sein."

Raphael überlegte einen Moment und sagte schließlich: "Ich werde dir helfen, Emily, unter einer Bedingung. Du bist mir anschließend einen Gefallen schuldig."

Ich blickte Raphael mit einem Hauch von Unsicherheit an, aber die Aussicht auf seine Unterstützung überwog meine Zweifel. "Natürlich, Raphael. Was immer du möchtest. Wenn du mir hilfst, bin ich bereit, dir einen Gefallen zu schulden."

Obwohl ich nicht genau wusste, worauf ich mich einließ, stimmte ich zu. Raphael grinste diabolisch. "Du bist mutiger, als ich dachte. Du hast noch gar keine Ahnung was ich verlangen werde. Bist du dir ganz sicher?" „Ja, das bin ich. Er soll mir gehören.“

„Na gut. Ich werde bei passender Gelegenheit meinen Gefallen einfordern. Du wirst alles tun was ich will, ohne Kompromisse. Also, was ist dein Plan?"

Gemeinsam schmiedeten wir einen Plan, wie ich Apollo auf subtile Weise näherkommen konnte, ohne dass es für Lyanna offensichtlich wurde. Dabei musste ich unbedingt rausbekommen was das für ein Gefallen sein könnte, den ich Raphael schuldig war.

Aurel

Als ich das Café au Soleil betrat, fühlte ich mich von der lockeren Atmosphäre und dem Duft frisch gebrühten Kaffees umgeben. Ich suchte nach Lyanna, konnte sie jedoch nicht gleich entdecken.

Auf dem Weg zum Tresen begegnete ich Emily, die Bestellungen aufnahm. Ein Lächeln huschte über mein Gesicht. "Guten Tag, Emily. Ist Lyanna da?"

Emily erwiderte mein Lächeln. "Hallo, Apollo. Ja, Lyanna bereitet gerade hinten die Tische mit Raphael vor. Kann ich etwas für dich tun?"

Mit einem charmanten Lächeln lehnte ich mich an die Theke. "Nun, eigentlich wollte ich Lyanna abholen. Wir hatten vor, etwas Zeit miteinander zu verbringen."

Ein Hauch von Enttäuschung schien durch Emilys Blick zu huschen, den sie jedoch schnell verbarg. "Oh, das klingt schön. Ich glaube, sie wird gleich rauskommen. Die Beiden sind schon sehr lange dahinten. Hab sie auch eine Weile nicht mehr gehört. Ich glaube Raphael hat Interesse an ihr.

Aber was sag ich...Habt einen schönen Tag zusammen."

Ich nickte dankend und wartete gespannt darauf, dass Lyanna von hinten wieder auftauchte. Was sucht Raphael hier? Er hilft ihr beim Tischeindecken?

Schließlich kam sie lachend mit Raphael an ihrer Seite nach vorne. Er legte gerade einen Arm um sie, als sie mich sah, strahlten ihre Augen. Ich schüttelte leicht den Kopf und deutete Lyanna damit an, nichts zu sagen. "A... schön dich zu sehen! Du bist schon da?"

Ich erwiderte ihr Strahlen. "Ich dachte, ich könnte dich heute ein wenig entführen und etwas Zeit mit dir verbringen. Wie wäre es?"

Lyanna freute sich über das Angebot. "Das klingt nach einer großartigen Idee. Ich bin gleich fertig hier. Emily, kannst du für mich hinten übernehmen?"

Emily nickte, ihre Enttäuschung geschickt verbergend. "Natürlich, Lyanna. Viel Spaß euch beiden!"

Raphael hob kurz den Blick, und seine Miene verfinsterte sich, als er mich begrüßte. "Na, wer hätte das gedacht? Was verschafft uns die Ehre?"

Ich erwiderte die Begrüßung mit einem höflichen Nicken. "Hallo, Raphael. Lyanna und ich hatten vor, den Tag gemeinsam zu verbringen. Ich hoffe, das ist kein Problem."

Raphael zuckte leicht mit den Schultern und versuchte, seine Missbilligung zu verbergen. "Kein Problem, mach was du willst. Ich bin sowieso beschäftigt." Damit wandte er sich ab und verließ vor uns das Café.

Während unserer gemeinsamen Fahrt fragte ich mit einem entspannten Lächeln "Lyanna, was ist eigentlich deine Beziehung zu Raphael? Ihr scheint ziemlich viel Spaß zu haben."

Lyanna lächelte leicht und erklärte: "Oh, Raphael und ich sind gute Freunde. Wir kennen uns schon eine Weile. Es ist einfach schön, sich mit ihm zu unterhalten und Zeit zu verbringen. Nichts Ernstes, nur eine nette Freundschaft."

Apollo

Ich stand gerade am Fenster des Flures, als ich Aurel und Lyanna auf dem Weg zur Terrasse sah.

Sie schlenderten über gepflasterte Wege und erreichten schließlich den Innenhof des Anwesens. Eine große Terrasse erstreckte sich vor ihnen, und Aurel deutete auf die komfortablen Gartenmöbel. "Was hältst du davon, wenn wir uns hier setzen? Ich kann für Getränke sorgen, wenn du möchtest."

Lyanna stimmte zu, und sie ließen uns auf den gemütlichen Stühlen nieder. Aurel winkte einem Bediensteten zu, der bald darauf mit einer Auswahl an erfrischenden Getränken erschien.

Sie genossen die angenehme Atmosphäre auf der Terrasse, als Aurel erwähnte: "Apollo sollte eigentlich jeden Moment hier sein. Er freut sich sicher darauf, dich wiederzusehen."

Lyannas Lächeln ließ mein Herz höherschlagen.

Während sie plauderten, eilte ich zur Terrasse hinunter. Mein Blick hellte sich auf, als ich sie sah. "Da bist du ja, Lyanna!" Ich kam auf sie zu und umarmte sie herzlich. "Es freut mich, dich wiederzusehen." Lyanna erwiderte die Umarmung, und ich spürte eine Wärme, die mich durchströmte. "Ich mich auch. Dachte du holst mich ab?" „Ich musste noch was erledigen. Aurel war so freundlich dich ab zu holen", lächelte ich sie an.

Aurel Geschichtsausdruck gefiel mir gar nicht. "Apollo, hast du einen kurzen Moment?" fragte er und zog mich ein kleines Stück zur Seite, "Ich muss dir etwas erzählen, was heute im Café passiert ist."

Mein Interesse war geweckt. "Was ist denn passiert?" Aurel zögerte einen Moment, bevor er begann: "Ich bin ins Café gegangen, um Lyanna abzuholen. Als ich ankam, war sie mit Raphael dort."

Ein Hauch von Unbehagen durchzuckte mich. "Raphael?" Aurel erklärte: "Ja. Sie kamen zusammen aus dem Hinterzimmer und schienen sich gut zu verstehen. Aber ich hatte den Eindruck, da ist was im Busch. Emily hatte mich schon vorgewarnt." Ich runzelte die Stirn. "Was meinst du damit?"

Aurel seufzte. "Es sah so aus, als wären sie mehr als nur Freunde. Sie kamen von hinten, während Raphael ein Arm um sie legte. Es tut mir leid, dass ich dir das sagen muss." Diese Information traf mich unerwartet. "Danke, dass du es mir gesagt hast, Aurel. Ich werde Lyanna darauf ansprechen." Ein Stich der Eifersucht durchzuckte mich beim Gedanken daran, dass Raphael mehr als ein

Freund für Lyanna sein könnte. Ich atmete tief durch, als ich über die Situation nachdachte. "Lyanna sollte wissen, worauf sie sich einlässt. Danke, dass du mir das gesagt hast." Die Brüder teilten einen entschlossenen Blick.

Während ich mich umdrehte, schaute ich sie ernst an: "Lyanna, könnten wir kurz drinnen sprechen? Es gibt etwas, das ich mit dir besprechen muss." Lyanna, von der Ernsthaftigkeit in meinem Blick getroffen, nickte zustimmend. "Natürlich."

"Lyanna, ich möchte mit dir über etwas sprechen, das ich gerade von Aurel erfahren habe", begann ich und rang um Fassung.

Wir standen uns im Wohnzimmer gegenüber, unsere Blicke trafen sich in einem stummen Kampf der Emotionen. Die Spannung zwischen uns wuchs. Mein Blick schien sie förmlich zu durchbohren. Meine Augen wirkten normalerweise kühl und distanziert, jetzt aber glüht ein unerklärliches Feuer in ihnen.

"Was hast du mit Raphael zu tun?" Meine Stimme war ruhig, aber darunter lag eine gefährliche Intensität, die mein Herz noch schneller schlagen ließ.

Sie rang nach Worten, ihre Stimme zitterte leicht. "Raphael? Ich habe nichts mit ihm zu tun, Apollo. Ich weiß nicht, worüber du redest."

Ich trat näher, meine Schritte bedacht und bedrohlich zugleich. "Lüg mich nicht an, Lyanna. Ich weiß, dass cr nach dir gesucht hat. Was hat er vor?"

Sie spürte die Panik in sich aufsteigen. "Er hat nach mir gesucht? Ich weiß es nicht, Apollo! Er ist nur ein Freund, das weißt du doch! Es ist nichts zwischen uns."

Meine Fäuste ballten sich, und meine Augen glühten vor Wut. "Ich weiß, dass er gefährlich ist! Aber du hast eine Verbindung zu ihm, Lyanna. Ich spüre es."

Tränen stiegen in ihre Augen, und ihre Stimme brach. "Ich habe keine Verbindung zu ihm, Apollo! Ich schwöre es."

Ich trat noch näher, meine Wut war erdrückend. "Du lügst, Lyanna. Ich kann es fühlen."

„Du siehst Gespenster, Apollo, da ist absolut nichts", erwiderte sie bockig.

"Du kannst doch nicht so naiv sein, Lyanna!", schrie ich mit erhobener Stimme.

Lyanna wich zurück, Tränen rannen über ihre Wangen. "Warum glaubst du mir nicht, Apollo? Warum glaubst du mir nicht? Habe ich dir irgendwann mal ein Anlass gegeben mir nicht zu vertrauen?"

Meine Augen blitzten vor Zorn auf. "Weil du mir nie die Wahrheit sagst, Lyanna! Raphael macht nichts ohne Hintergedanken, ohne dass etwas für ihn herausspringt. Denk an die Sache mit Emily, sie scheint auch ihre Finger mit im Spiel zu haben."

Sie schluchzte, ihre Hände ballten sich zu Fäusten. "Das ist nicht wahr, Apollo! Ich bin immer ehrlich zu dir gewesen. Sicherlich machst du mir manchmal Angst mit deinem Verhalten. Ich vertraue dir, obwohl du mir nie die Wahrheit über dich erzählst. Was verheimlichst du mir? Du hältst mich immer auf Abstand, als ob ich dir nicht wichtig wäre! Du bist zwar oft bei mir gewesen, und trotzdem fühlte es sich an, als wärst du verschwunden. Was ist los mit dir?"

Ich trat noch näher, meine Stimme ein gefährliches Flüstern. "Ich verheimliche nichts, Lyanna. Ich beschütze dich."

Lyanna schrie vor Verzweiflung auf. "Du beschützt mich nicht, Apollo! Du hältst mich gefangen in deinen Geheimnissen und Lügen! Ich kann nicht mehr!"

Die Worte trafen mich wie ein Schlag ins Gesicht. Ich starrte sie an, mein Herz zerriss vor Schmerz und Wut. "Du verstehst es einfach nicht, Lyanna. Ich tue alles für dich. Aber du würdest das nie verstehen. Du hörst nicht auf mich, und das macht mich verrückt! Wir, meine Brüder und ich, haben einige Feinde da draußen, und da du zu unserem Kreis gehörst, gilt das auch für dich, und du ignorierst alle Warnungen!"

"Und genau das ist es, was mich wahnsinnig macht", erwiderte Lyanna. "Du nennst es Schutz, aber ich fühle mich wie eine Gefangene in deiner Welt voller Geheimnisse. Du vertraust mir nicht genug, um mir die Wahrheit zu sagen!"

Die Worte verletzten mich zutiefst, aber ich kämpfte gegen die lodernde Wut an. "Du weißt nicht, was du da redest, Lyanna. Du hast keine Ahnung, wie gefährlich diese Leute sind."

Lyanna schüttelte den Kopf. "Es ist nicht nur das, Apollo. Du siehst mich nicht als gleichwertigen Partner in dieser Beziehung. Du nimmst mir die Wahl, selbst zu entscheiden, welche Risiken ich eingehen möchte."

Der Streit eskalierte weiter, und wir warfen uns gegenseitig Vorwürfe an den Kopf, während wir versuchten, unsere unterschiedlichen Sichtweisen zu verteidigen. Die Beziehung schien an einem entscheidenden Wendepunkt angelangt zu sein, und sie beide wussten, dass es Zeit brauchen würde, um die Verletzungen zu heilen und eine gemeinsame Lösung zu finden.

*

Ich spürte mein Handy vibrieren. Schnell zog ich es aus der Tasche und sah den eingehenden Anruf von einem meiner Geschäftspartner. Ein Ausdruck der Besorgnis überzog mein Gesicht, als ich den Anruf entgegennahm.

"Entschuldigt mich bitte einen Moment", baffte ich zu Lyanna und Aurel und ging aus dem Zimmer. "Es tut mir leid, aber ich muss diesen Anruf entgegennehmen. Es ist dringend." Lyanna nickte.

Ich ging einige Schritte weiter weg, um sicherzustellen, dass meine Unterhaltung privat blieb. Mit einem gedämpften "Hallo" nahm ich den Anruf entgegen und hörte aufmerksam zu, während sich meine Stirn in Falten legte. Unerwartete Probleme in einer geschäftlichen Angelegenheit – das war das Letzte, was ich jetzt gebrauchen konnte.

Nachdem das Telefonat beendet war, kehrte ich zu Lyanna und Aurel zurück. Mein Blick war nachdenklich. "Es tut mir leid, etwas Unerwartetes ist aufgetreten, und ich muss sofort weg", informierte ich Aurel.

Schnell ging ich und packte meine Sachen. Laptop, Unterlagen, wichtige Dokumente – alles musste mit. In Windeseile steckte ich alles in meine Aktentasche, während mein Blick immer wieder auf die Uhr fiel. Lyanna und Aurel standen im Türrahmen als ich die Treppe runter eilte. Ihre besorgten Blicke verriet mir, dass sie die Situation nicht ganz einschätzen konnten. "Vielleicht ist es nichts Ernstes. Apollo wird das schon regeln", versuchte Aurel, Lyanna zu beruhigen.

Wenig später war ich bereits an der Haustür. "Aurel, halte die Stellung. Ich melde mich", sagte ich bestimmt, bevor ich nach draußen eilte.

Meine Schritte hallten auf der leeren Einfahrt wieder, während ich mich zu einem der wartenden Wagen begab. Meine Gedanken rasten. Die Ernsthaftigkeit der Situation spiegelte sich in meinem Gesicht wider, doch gleichzeitig brannte eine Entschlossenheit in mir, die Probleme zu lösen.

Als ich schließlich in einen der wartenden Wagen stieg und die Motoren starteten, spürte ich die Verantwortung auf meinen Schultern lasten. Es war an der Zeit, die Herausforderungen anzunehmen und nach einer endgültigen Lösung zu suchen. Die Scheinwerfer schnitten durch das Abendlicht und bahnten sich ihren Weg durch die Straßen der Stadt.

Aurel

Als ich das Brummen der Motoren allmählich leiser wurde, spürte ich eine Welle der Besorgnis durch mich hindurchfließen. Ich tauschte einen besorgten Blick mit ihr aus, während ich versuchte, sie zu beruhigen. "Er wird das regeln, Lyanna. Er ist stark und weiß, was er tut."

Lyanna nickte zwar, aber die Ungewissheit lag weiterhin schwer auf ihren Schultern. Ich versuchte, optimistisch zu bleiben, auch wenn ich innerlich nervös war. Die Frage, was genau passiert war, schwebte über uns. Wir mussten darauf warten, dass Apollo zurückkehrte oder warten bis er sich später meldete, und ich hoffte inständig, dass alles gut lief.

Als Aiden in das Zimmer kam und unseren besorgten Gesichtern begegnete, versuchte er, die Situation zu klären. Ich seufzte. "Es ist Apollo. Er ist geschäftlich verreist. Hat uns kurz Bescheid gegeben und ist dann losgefahren."

Verwirrung zeichnete Aidens Gesicht, aber er versuchte, ruhig zu bleiben. "Hat er gesagt wohin?" "Nein, er hat nicht viel gesagt", antwortete Lyanna mit tränender Stimme. "Es ist ungewöhnlich für ihn, so plötzlich zu verschwinden, ohne uns Details zu geben."

Ich nickte. "Ich denke, es wird alles gut sein. Apollo wird sich sicher bald melden." Aiden stimmte zu. Lyanna nickte, aber in ihren Augen spiegelte sich weiterhin Sorge. "Ich mache mir trotzdem Gedanken", murmelte sie. Aiden versuchte, sie zu beruhigen: "Es ist okay, Lyanna. Wir werden das klären. Warum weinst du?"

Aiden bemerkte ihre Unruhe und beschloss ihr ein wenig Ablenkung zu verschaffen. "Hey, wie wäre es mit einem kleinen Ausflug morgen? Wir könnten etwas Zeit im Park verbringen oder vielleicht ins Kino gehen." Lyanna lächelte schwach. "Danke, Aiden. Apollo und ich haben uns eben gestritten."

"Ohh. Da wäre eine Ablenkung doch genau das Richtige, außerdem habe ich gehört, dass im Museum eine neue Ausstellung eröffnet wurde. Vielleicht könnten wir uns das ansehen", schlug Aiden vor und versuchte, ihre Aufmerksamkeit auf angenehmere Dinge zu lenken. Sie nickte zustimmend. "Ja, das wäre auch gut. Es ist lange her, seit ich im Museum war. Ich könnte etwas Ablenkung gebrauchen."

"Perfekt. Lass uns morgen einen schönen Tag machen, okay?" Aiden lächelte, hoffnungsvoll. Ich griff nach ihrer Hand und zog sie langsam in meine Arme. „Komm ich bring dich nach Hause."

Lyanna

Seit den aufregenden Ereignissen der vergangenen Tage war ich in einer beneidenswert
ruhigen Routine gefangen. Heute Morgen machte
ich mich früh auf, um für das Café einige
Besorgungen zu erledigen. Auch an diesem
sonnigen Tag morgen pulsierte die Stadt.

Auf dem Markt war ein lebhaftes Treiben und der
Duft von Blumen lag in der Luft. Ich genoss diese
Momente, in denen ich die frischen Zutaten für die
leckeren Gerichte und Getränke im Café besorgte.
Es war immer ein Vergnügen, über den Markt zu
schlendern, die bekannten Verkäufer zu grüßen
und ein paar Worte mit den Lieferanten zu
wechseln. Dabei fühlte ich mich wie ein wichtiger
Teil der Nachbarschaft.

Nachdem ich alles Notwendige besorgt hatte,
machte ich mich auf den Weg zurück. Ich konnte
es kaum erwarten, die neuen Zutaten zu verwenden, um neue Gerichte für unsere Gäste auszuprobieren.

Als ich mit einer Tasche voller Einkäufe zur Tür
des Cafés hereintrat, erstarrte ich für einen
Moment. Apollo saß allein an einem Tisch, las

Zeitung und trank Kaffee. Als er mich herein-
kommen sah, lächelte er leicht und hob grüßend
die Hand. „Da bist du ja, Lyanna. Es ist lange her."
Ich erwiderte den Gruß und ging auf seinen Tisch
zu. „Ja, es ist eine Weile her. Was machst du hier?"

Apollo lehnte sich in seinem Stuhl zurück und
sagte mit einem schelmischen Lächeln: „Kein wie
geht es dir? Mir geht es übrigens großartig. Und
dir? Aber ich habe gehört, du warst in meiner
Abwesenheit sehr beschäftigt."

Ich runzelte die Stirn, unsicher, was er meinte.
„Wie meinst du das?"

Apollo deutete mit einem Blick auf einen Mann,
der an der Theke saß und auf sein Handy starrte.
„Na ja, ich habe gehört, du hattest hier Besuch.
Jemanden, der nicht so aussah, als würde er nur
für den Kaffee hier sein."

Ich wurde rot und wusste, dass er auf meine
kleine Flirtsituation anspielte. „Oh, das war nichts.
David ist öfters hier, um einen Kaffee zu trinken.
Nichts Verwerfliches in dieser Lokalität, oder?
Außerdem sollte es dich nicht interessieren."

Apollo lachte leise. „Natürlich, ich verstehe. Aber
sei vorsichtig, Lyanna. Du weißt nie, mit wem du
dich einlässt."

Ich spürte, wie ich gereizt wurde. "Ich kann auf mich selbst aufpassen, Apollo. Ich brauche keine Ratschläge in dieser Hinsicht."

Apollo zuckte mit den Schultern und nahm einen Schluck Kaffee. "Gut, wie du meinst. Aber du weißt, ich mache mir Sorgen um dich."

Ich schüttelte den Kopf und ging zurück zur Theke, um die Einkäufe an meinen Kollegen abzugeben. Währenddessen beobachtete mich Apollo mit einem mysteriösen Lächeln.

Ich schenkte mir eine Tasse Kaffee ein und trat hinter die Theke. Mein Blick fiel auf David, der immer öfter das Café au Soleil besuchte und stets einen neuen Vorwand fand, um mit mir ins Gespräch zu kommen. Sollte Apollo recht haben? Mit einem charmanten Lächeln schaute David auf und lehnte sich leicht nach vorne.

"Lyanna, du siehst heute wieder bezaubernd aus, wie immer", bemerkte er mit einem schelmischen Grinsen. Ich erwiderte sein Lächeln höflich. "Vielen Dank, das ist sehr nett von dir."

David begann ein lockeres Gespräch, und ich nahm mir die Zeit, ihm aufmerksam zuzuhören.

Wir führten eine Unterhaltung über die Sehenswürdigkeiten in der Stadt und wie sein Museumsbesuch war. Er schien freundlich und interessiert.

Während ich bereitwillig Informationen über das Museum teilte, sah ich aus den Augenwinkeln, dass Apollo aufgestanden war und näher herankam. Er beobachtete unser Gespräch mit zusammengekniffenen Augen und lehnte sich mit verschränkten Armen gegen den Tresen.

"Lyanna, ich dachte, du musstest heute viel arbeiten," sagte Apollo plötzlich. David reagierte auf Apollos Anwesenheit und wurde etwas nervös. "Oh, ich will nicht stören."

Ich sah zwischen Apollo und David hin und her und versuchte, die Situation zu entschärfen. "Nein, nein, das ist ein Freund. Du kannst gerne bleiben."

Apollo versteifte sich ein wenig bei dem Wort "Freund", setzte aber ein gezwungenes Lächeln auf. Als David mich nach meiner Telefonnummer fragte, zögerte ich einen Moment, bevor ich sie ihm gab. In diesem Moment griff Apollo ein. Er trat zwischen uns und sagte mit einem Hauch von Sarkasmus: "Entschuldigung, dass ich unterbreche, aber ich denke, Lyanna und ich haben hier noch einiges zu besprechen. Du kannst sicher verstehen, dass wir nicht gestört werden wollen, oder?"

David sah zwischen uns hin und her und erkannte die angespannte Atmosphäre. Er nickte höflich und sagte: "Natürlich, ich verstehe. Vielen Dank für das nette Gespräch, Lyanna. Wir können später telefonieren, wenn es dir passt."

Ich nickte und wandte mich David zu. "Ja, das sollten wir. Ich rufe dich an." Ich lächelte und drehte mich dann zu Apollo um. Bevor David ging, warf er Apollo einen vielsagenden Blick zu, als wollte er ihm zeigen, dass er keine Absichten hatte, mich für sich zu gewinnen. Dann verließ er das Café.

Apollo beobachtete ihn, bis er draußen war, und wandte sich dann wieder an mich. Er führte mich zu einem Tisch am Fenster, seine Miene immer noch leicht angespannt. "Ich dachte, wir hätten eine Vereinbarung, Lyanna."

Ich setzte mich und seufzte. "Apollo, David ist nur ein Gast. Es war höflich von mir, mich mit ihm zu unterhalten."

Apollo stützte sich auf den Tisch und sah mir tief in die Augen. "Ich weiß, aber gibt's du jedem gleich deine Telefonnummer? Nicht jeder hat gute Absichten. Ich mache mir Sorgen um dich."

Ich konnte die Aufrichtigkeit in seinen Worten spüren und lächelte sanft. "Danke, Apollo. Aber du musst nicht eifersüchtig sein. Ich bin erwachsen und kann auf mich selbst aufpassen. Nur zur Information, die Nr. die ich aufgeschrieben habe, war vom Cafe, nicht meine."

Apollo lächelte zurück, aber sein Blick war immer noch besorgt. "Ich weiß, aber du bist mir wichtig,

Lyanna. Ich will nur sicherstellen, dass nichts passiert."

Ich starrte ihn mit verständnislosem Blick an, als es mir wieder einfiel. "Drei Wochen? Du warst einfach verschwunden, hast nichts von dir hören lassen und tauchst jetzt einfach so aus dem Nichts wieder auf? Was zur Hölle ist in diesen drei Wochen passiert?"

Apollo seufzte und rieb sich müde die Stirn. "Es tut mir leid, Lyanna. Ich konnte dir in diesen Wochen nicht sagen, wo ich war oder was ich getan habe. Aber es war notwendig."

Ich fühlte mich von den Geheimnissen und dem plötzlichen Auftauchen überfordert. "Aber du könntest mir zumindest sagen, was los ist, warum du gegangen bist und was du getan hast."

Apollo zögerte einen Moment, bevor er antwortete: "Es war ein gefährlicher Auftrag, Lyanna. Ich musste Dinge erledigen, die zu gefährlich waren, um sie mit dir zu teilen. Aber ich bin zurück, das Problem hat sich erledigt."

Ich war immer noch wütend und verletzt, aber ich konnte die Entschlossenheit in Apollos Augen sehen. "Du weichst mir immer aus Apollo. Ich weiß nicht, ob ich dir noch vertrauen kann."

Apollo griff nach meiner Hand und sah mich an. "Lyanna, ich verstehe, dass du verletzt und wütend bist. Eines Tages werde ich dir vielleicht auch alles erzählen oder erklären, nur im Moment nicht. Das muss dir zurzeit als Antwort reichen. Du musst mir vertrauen."

Ich blickte in Apollos Augen, und in diesem Moment spürte ich, was wir füreinander empfanden. Ich seufzte und nickte schließlich. "Okay, Apollo. Ich werde dir eine Chance geben. Aber du musst mir versprechen, dass du ehrlich zu mir sein wirst."

Apollo lächelte erleichtert und zog mich in seine Arme. „Komm morgen Abend zu uns zum Dinner. Ich werde dir einiges erzählen."

„Ok, ich komme morgen um acht zu euch. Keine Ausflüchte mehr. Ich will die Wahrheit hören."

Apollo nickte. „Ich muss jetzt los, Aiden wartet schon draußen. Bis morgen, Lyanna." Mit diesen Worten gab er mir einen Kuss auf die Stirn und verließ das Café.

Ein wenig verstört blickte ich ihm nach, schüttelte dann den Kopf und versuchte, seine Reaktion zu verstehen. Seit wann war er so zugänglich?

Aiden

Ich konnte die Stille nicht länger ertragen. Die Anspannung war fast greifbar, und ich wusste, dass wir reden mussten, bevor es zu spät war. Meine Finger griffen fester um das Lenkrad.

„Wie ist es gelaufen," sagte ich, ohne den Blick von der Straße abzuwenden. Ich spürte, wie Apollo sich leicht zu mir drehte. „Sehr gut." Seine Stimme war ruhig, fast zu ruhig.

Ich atmete tief durch, versuchte meine Gedanken zu ordnen. „Was hast du vor? Du bist so ruhig. Was führt du im Schilde?" Apollo blickte aus dem Fenster. „Ich will es ihr sagen. Sie verdient die Wahrheit."

Seine Worte trafen mich wie ein Schlag. „Die Wahrheit? Seit wann kümmert dich die Wahrheit, Apollo? Welche Wahrheit überhaupt?"

Apollo blieb äußerlich ruhig, aber seine Stimme war fest und entschlossen. „Ich bin es leid, immer Spiele zu spielen, Aiden. Vielleicht hast du recht, vielleicht wird es ein Fehler sein. Aber eins weiß ich mit Sicherheit. Ich werde niemals zulassen, dass unsere Geschäfte ruiniert werden. Ich werde einen Weg finden beides zu schützen."

„Das ist nicht mehr nur ein Spiel für dich, oder? Du hast dich wirklich in sie verliebt. Du willst ihr wirklich alles erzählen? Weißt du, was das für uns bedeuten würde? Für unsere Geschäfte, für unsere Familie? Ich hoffe beim Namen unserer Eltern, dass das nicht nach hinten los geht."

Apollo sah mich an, und ich konnte die Wut in seinen Augen sehen. „Und wenn es so ist? Lyanna ist anders. Sie hat das Recht, die Wahrheit zu erfahren, bevor sie tiefer in diese Welt hineingezogen wird."

Ich schüttelte den Kopf, versuchte, meine eigene Wut zu unterdrücken. „Apollo, denk nach! Wenn sie alles erfährt, kann sie nicht schweigen. Was ist, wenn sie gefoltert wird? Oder ähnliches? Sie ist nicht wie wir. Sie wird uns verraten, und dann ist alles vorbei. Unsere Geschäfte, unsere Macht, alles, wofür wir gearbeitet haben."

Apollo wendete sich wieder dem Fenster zu. „Vielleicht ist es an der Zeit, dass sich etwas ändert, Aiden. Vielleicht sollten wir nicht länger in den Schatten leben. Denk mal an Sonias Worte. Ich denke das Lyanna das Licht ist. Meine zweite Hälfte. Der Twin."

Meine Geduld war am Ende. „Hör auf, dich wie ein verliebter Narr zu verhalten! Du bist der Älteste, du weißt, was auf dem Spiel steht. Wir können uns keine Schwäche leisten. Nicht jetzt, nicht jemals."

Ich atmete tief durch, versuchte, meine eigene Aufgewühltheit zu verbergen. „Es gibt keinen Weg, beides zu haben. Du musst dich entscheiden, Apollo. Die Familie oder Lyanna."

Apollos Stimme wurde leiser, aber nicht weniger entschlossen. „Das ist meine Entscheidung, Aiden. Und ich werde sie treffen. Aber ich werde nicht zulassen, dass du oder jemand anderes mir vorschreibt, wie ich mein Leben lebe."

Ich riskierte einen kurzen Blick zu ihm. Seine Entschlossenheit machte mir Angst. „Du wirst es bereuen, Apollo. Wir werden alles verlieren."

Er sah wieder aus dem Fenster, seine Stimme war ruhig. „Wir werden sehen, Aiden. Wir werden sehen."

Ich richtete meinen Blick wieder auf die Straße, doch meine Gedanken rasten. Die Spannung im Auto war fast unerträglich, und ich wusste, dass dieser Konflikt noch lange nicht vorbei war. Die kommenden Entscheidungen könnten alles verändern.

Apollo

Lyanna war wie angekündigt punkt acht bei uns. Wir haben uns ins Kaminzimmer gesetzt. Ich spürte, wie sie die Veränderung in meinem Blick wahrnahm und geduldig wartete, während ich tief durchatmete. "In meiner Vergangenheit gibt es etwas, das du wissen solltest. Ich bin nicht nur der Mann, der hier vor dir steht. Ich bin auch ein Teil einer Welt, die im Schatten existiert."

Die Worte hingen wie ein schwerer Vorhang im Raum. Wir - Lyanna, Aurel, Aiden und ich - tauschten einen nachdenklichen Blick. Ich betrachtete sie mit einem Gemisch aus Emotionen in meinen Augen, blieb jedoch stumm. Es schien, als verginge eine Ewigkeit, und die Anspannung im Raum war spürbar.

Schließlich seufzte ich und sagte: "Lyanna, es gibt Dinge, die du nicht kennst. Dinge über mich, über meine Vergangenheit... und über das Waldhaus am See."

Ihre Augen weiteten sich vor Neugier. "Was ist im Waldhaus am See passiert, Apollo? Erzähl es mir bitte."

Aiden und Aurel tauschten einen besorgten Blick aus, da sie wussten, dass dies ein entscheidender Moment war. Ich zögerte, bevor ich anfing zu sprechen und ein tief vergrabenes Geheimnis enthüllte.

"Vor langer Zeit war ich in jemanden verliebt. Ihr Name war Isabella. Sie war mit einem damaligen Freund liiert, aber die Gefühle füreinander waren übermächtig. Sie entschied eines Tages, ihn zu verlassen, und stand mit ihren Sachen bei mir vor der Tür. Kurze Zeit später haben wir unsere Beziehung öffentlich gemacht. Es war alles wie im Märchen. Sie wurde schwanger. Das war auch für mich die Krönung unserer Liebe. Wir haben uns entschlossen zu heiraten, bevor das Kind kommt. Die Hochzeit sollte am Waldhaus stattfinden. Es sollte unvergesslich werden und der See war unser besonderer Ort. Doch an diesem Tag ist etwas Schreckliches passiert. Sie... sie... wir wurden angegriffen. Ein heimtückischer Angriff. Es gab viele Verletzte und Tote. Ein Querschläger hatte Isabella getroffen. Ich hielt sie fest in meinen Armen. Man konnte ihr nicht mehr helfen. Sie verstarb... und mit ihr unser noch nicht geborenes Kind."

Mein Herz fühlte sich an, als würde es zerreißen, nach all den Jahren darüber zu sprechen war sehr schmerzhaft. "Es tut mir so leid, Apollo. Das muss für dich verheerend gewesen sein."

Ich nickte, meine Augen erfüllt von Trauer. "Ja, das war es. Ich trage die Last dieses Verlusts seit Jahren. Seitdem habe ich geschworen, niemandem, den ich liebe, jemals wieder so eine Gefahr auszusetzen, besonders nicht du, Lyanna Deshalb habe ich oft Geheimnisse vor dir, und deshalb musste ich für einige Zeit verschwinden. Ich stand im Fadenkreuz."

Sie streckte ihre Hand zu mir aus, ihre Augen voller Mitgefühl. "Apollo, du musst das nicht alleine durchstehen. Ich möchte für dich da sein, dir helfen zu heilen. Kennt ihr diejenigen, die euch angegriffen haben?"

„Ja, die kennen wir. Das war die Ferragosto-Familie", sagte Aurel leise.

Es schien, als würden meine Abwehrmauern ein kleines bisschen bröckeln, als ich in Lyannas Augen schaute. "Du bist anders, Lyanna. Ich habe noch nie jemanden wie dich getroffen. Aber du solltest vorsichtig sein, wenn du in meiner Nähe bist. Ich bin nicht der Mann, für den du mich hältst."

Obwohl ihre Worte von Mitgefühl durchdrungen waren, versuchte ich, mich davon unberührt zu zeigen. "Lyanna, du musst verstehen, dass ich eine gefährliche Welt um mich herum habe. Die Ferragosto-Familie ist mächtig und skrupellos. Ich möchte dich schützen, aber ich kann dir nicht garantieren, dass ich das kann."

Sie ließ ihre Hand sinken und sah mich ernst an. "Ich schätze deine Sorge, Apollo, aber ich bin keine zerbrechliche Blume. Ich habe meine eigenen Stärken und werde nicht einfach aufgeben. Wenn du denkst, dass wir gemeinsam keine Lösung finden können, täuscht du dich."

Ich seufzte und war hin- und hergerissen zwischen meiner Anziehung zu Lyanna und der Angst, sie in Gefahr zu bringen. "Lyanna, du hast keine Ahnung, worauf du dich einlässt. Aber ich kann dir nicht widerstehen, und deshalb müssen wir besonders vorsichtig sein. Es gibt so viel, was du nicht über mich weißt."

Bevor sie antworten konnte, drehte ich mich abrupt um und verließ den Raum. Aiden und Aurel tauschten erneut einen Blick aus, und Aiden seufzte, da ihm bewusstwurde, dass dies erst der Anfang der Offenbarungen und Herausforderungen war, die uns noch erwarten würden.

Lyanna

Aiden und Aurel sahen zu mir, nachdem Apollo den Raum verlassen hatte. Mit einem tiefen Seufzer begann Aiden zu sprechen.

"Lyanna, wir müssen dir erklären, wer die Ferragosto-Familie ist und warum sie so gefährlich sind. Die Ferragostos sind eine mächtige italienische Mafiafamilie, die in verschiedenen illegalen Aktivitäten involviert ist, darunter Drogenhandel, Schmuggel, Erpressung und organisierte Kriminalität. Ihr Anführer, Vittorio, ist berüchtigt für seine skrupellose Natur und seine Fähigkeit, seine Feinde auszuschalten. Laut unseren letzten Erkenntnissen ist der Sohn des Don Ferragosto-Clans zurückgekehrt, um seinen Platz einzunehmen. Vittorio hatte für die Dauer der Abwesenheit die Geschäfte geführt. Lyanna... es ist Raphael."

Aurel setzte die Erklärung fort. "Apollo und wir haben in der Vergangenheit gegen die Ferragostos ermittelt und versucht, ihre kriminellen Machenschaften aufzudecken. Das ist der Grund, warum wir angegriffen wurden. Sie sahen uns als Bedrohung für ihr Geschäft und versuchten, uns aus dem Weg zu räumen."

Ich hörte aufmerksam zu und realisierte die Gefahr, die von dieser mächtigen Mafiafamilie ausging. "Das erklärt also, warum Apollo so vorsichtig ist und mich schützen will. Aber was hat das mit mir zu tun? Ich bin doch nicht in ihre Angelegenheiten verwickelt."

Aiden seufzte und erklärte weiter: "Lyanna, die Ferragostos sind skrupellos. Wenn sie denken, dass du eine Schwachstelle in Apollos Leben bist, könnten sie versuchen, dich als Druckmittel gegen ihn zu verwenden. Deshalb ist es so wichtig, dass du vorsichtig bist und verstehst, in welcher Gefahr du dich befindest."

Ich fühlte mich von den Informationen überfordert, aber verstand auch was auf dem Spiel stand. "Ich verstehe. Ich werde vorsichtig sein, aber ich werde auch nicht zulassen, dass man uns auseinanderbringt. Wir müssen einen Weg finden."

Aurel nickte zustimmend. "Das ist der Geist, den wir brauchen, Lyanna. Wir werden zusammenarbeiten, um eine Lösung zu finden. Aber wir müssen klug vorgehen und unsere Schritte sorgfältig planen."

Mir wurde immer bewusster, dass ich mich in eine gefährliche und komplexe Situation verwickelt hatte. Meine Beziehung zu Apollo war intensiver und komplizierter geworden, als ich es mir je vorgestellt hatte. Während ich mit Aiden und Aurel über die Ferragosto-Familie sprach, wurde mir klar, dass meine Verbindung zu dieser gefährlichen Welt enger war, als ich anfangs gedacht hatte.

"Aiden, Aurel," begann ich vorsichtig, "wie sieht Raphael aus? Ich kenne einen Raphael, den Mann aus meinem Café. Könnte es derselbe Raphael sein? Erol hatte mich vor diesem Raphael zumindest gewarnt." Die mysteriösen Besuche von Raphael in meinem Café und unsere Flirts hatten eine tiefere Bedeutung bekommen.

Aiden und Aurel tauschten einen ernsten Blick aus, bevor Aiden antwortete: "Erol hat was?"

Ich nickte und erklärte: "Ja, Erol hatte mir geraten, vorsichtig mit Raphael zu sein. Er sagte, er sei gefährlich und in dunkle Machenschaften verwickelt. Aber ich wusste nicht, dass er der Anführer der Ferragosto-Familie ist."

Aurel, der ebenfalls besorgt war, fragte: "Warum haben Aiden und ich nichts davon gewusst? Es ist unverantwortlich von Erol, uns nicht aufzuklären. Aiden, wir müssen dringend mit Apollo reden."

Die Sorge und der Ernst in ihren Augen verstärkten mein Gefühl der Dringlichkeit.

Aiden schien besorgt und in Alarmbereitschaft: "Lyanna, du bist bereits im Radar dieser Leute. Wir müssen schnellstmöglich Männer für dich bereitstellen. Aurel, ruf bitte Apollo her."

Aurel nickte und griff nach seinem Handy, um Apollo zu kontaktieren und ihm die dringliche Situation mitzuteilen. Wir waren uns zumindest in dem Punkt einig, das etwas passieren muss.

Kurze Zeit später kam Apollo eilig zu uns. Sein Gesicht zeigte eine Mischung aus Besorgnis und Entschlossenheit. "Was ist passiert? Warum habt ihr mich gerufen?" fragte er.

Ich erklärte ihm die Situation: "Apollo, ich habe gerade herausgefunden, dass Raphael, der Mann aus meinem Café, der Anführer der Ferragosto-Familie ist. Erol hatte mich vor ihm gewarnt, aber ich wusste nicht, wie gefährlich er ist."

Aiden war fest entschlossen: "Wie konnte uns das entgehen?"

Apollo knurrte vor Wut, als er erkannte, dass Raphael nicht aufgeben wird. "Verdammt, hat das Treffen ihn nicht zum umdecken gebracht. Ich werde mein Team mobilisieren, um Lyanna rund um die Uhr zu schützen. Es wird Zeit."

Aurel warf Apollo einen misstrauischen Blick zu und konnte die Geheimniskrämerei seines Bruders nicht länger ignorieren. "Apollo, was war das für ein Treffen, von dem du gesprochen hast?"

Apollo seufzte und schaute seinen Bruder an. "Aurel, das Treffen war geschäftlich. Es gibt Dinge, über die du nicht Bescheid wissen musst."

Aurel war besorgt über die Undurchsichtigkeit seines Bruders und fragte schließlich: "Apollo, Lyanna ist dadurch erst recht zur Zielscheibe geworden."

Apollo seufzte erneut und erklärte: "Aurel, du verstehst das nicht. Es ist komplizierter, als du denkst. Aber ja, ich will nicht, dass sie in irgendetwas verwickelt wird, was uns betrifft. Sie ist zu kostbar, um in Gefahr zu geraten."

Aiden und ich waren sprachlos über Apollos Aussage, dass ich zu kostbar sei. Apollo hatte diesmal anders geklungen als in all den vorherigen Begegnungen. In seinen Worten spiegelte sich eine gewisse Sorge um mein Wohl wieder, die er zuvor vermieden hatte.

Die Worte hallten in der Luft nach, und es herrschte eine unangenehme Stille im Raum. Ich fühlte mich tief berührt von Apollos unerwarteter Fürsorglichkeit und gleichzeitig verwirrt über diese plötzliche Veränderung.

"Also, was machen wir jetzt?" fragte ich schließlich, die Spannung lösend. "Wir können doch nicht einfach warten, bis was passiert."

Apollo nickte, seine Entschlossenheit kehrte zurück. "Wir lassen dich nicht allein, Lyanna. Wir werden alles tun, um dich zu schützen. Ich werde das Team sofort informieren und sicherstellen, dass du immer jemanden an deiner Seite hast. Oder du ziehst hier ein?!"

„Was?", fragte ich erstaunt.

Aiden und Aurel stimmten zu, und ich fühlte eine Mischung aus Erleichterung und Besorgnis. Ich hoffte das mein Gefühl von Sicherheit wieder in mein Leben zurück kehrt.

Aiden schaute zwischen Apollo und mir hin und her und konnte die Überraschung in meinen Augen sehen. Schließlich brach er das Schweigen und sagte: "Apollo, das ist das erste Mal, dass ich dich so über Lyanna reden höre. Du scheinst wirklich besorgt um sie zu sein."

Ich nickte zustimmend und fügte hinzu: "Aiden hat recht. Deine Worte haben mich überrascht, aber auf eine positive Weise."

Apollo seufzte, dieses Mal mit einem Hauch von Erleichterung in seiner Stimme.

"Es tut mir leid, wenn ich euch verletzt habe. Aber ich wollte nur sicherstellen, dass Lyanna keine unnötigen Risiken eingeht. Ich schätze sie wirklich, und ich möchte sie beschützen."

Die Spannungen in der Runde begannen sich zu lösen, und es war klar, dass diese unerwartete Wendung in Apollos Haltung das Potenzial hatte, die Beziehungen zwischen uns zu vertiefen.

Während wir gemeinsam Schutzmaßnahmen diskutierten, wurde mir bewusst, dass es noch viele Dinge gab, die ich nicht wusste. Schließlich fragte ich: "Ich habe eine Frage. Ich weiß, dass ihr irgendeiner Art von Familienunternehmen besitzt, aber ich habe nie wirklich verstanden, womit ihr euer Geld verdient. Könnt ihr mir das erklären?"

Apollo sah zu seinen Brüdern und seufzte, bevor er mir eine Antwort gab: "Lyanna, offiziell bin ich ein erfolgreicher Unternehmer. Ich leite verschiedene Unternehmen und bin in der Geschäftswelt tätig, aber in der Unterwelt leite ich ein Imperium ähnlich wie es Raphael tut. Aiden ist in der Politik tätig und hat in dem Bereich seine Kontakte und weitreichenden Einfluss. Aurel arbeitet im Finanzsektor und steuert von dort aus alles, was wir für unser Familienunternehmen brauchen."

Ich war überrascht von dieser Enthüllung und fühlte mich gleichzeitig erleichtert, dass ich endlich mehr über die Brüder und ihre Tätigkeiten erfuhr. "Das erklärt einiges. Ich habe mich immer gewundert, was ihr tatsächlich macht. Jetzt, da ich mehr darüber weiß, kann ich besser verstehen, warum wir in diese Situation geraten sind."

Apollo kam auf mich zu, blieb ganz dicht vor mir stehen, und sagte in einem kalten und drohenden Ton: "Lyanna, du darfst niemandem, wirklich niemandem von dem erzählen, was du heute Abend hier erfahren hast. Du würdest uns alle in Gefahr bringen. Hast du das verstanden?"

Ich nickte stumm und sagte leise: "Habe ich verstanden, ich werde niemandem etwas erzählen. Auch nicht Emily oder Jason. Versprochen."

Apollo fixierte meine Augen, um sicherzugehen, dass ich die Wahrheit sagte. "Gut, denn sonst müsste ich dich töten," erwiderte er mit einem schelmischen Grinsen.

Es lief mir eiskalt den Rücken hinunter. Nun machten so viele Dinge einen Sinn. Allein das imposante Auftreten und die darauf eintretende Stille, wenn er einen gut besuchten Raum betrat.

Die Brüder erklärten mir weitere Details über ihre Aktivitäten, und mir wurde klar, wer hier welche Fäden zog.. Ich war unbewusst zwischen die Fronten geraten. Ich machte mir Gedanken darüber, an welchem Punkt ich die Ausfahrt verpasst hatte und schnurstracks in die Dunkelheit gerast war.

Trotz der Bedrohung, die über uns schwebte, war ich entschlossen, stark zu bleiben. Ich würde mich nicht einschüchtern lassen. Es war jetzt wichtiger denn je, die richtigen Entscheidungen zu treffen und mich nicht in Angst und Panik zu verlieren.

Apollo, Aiden und Aurel vertrauten mir ihr größten Geheimnis an, und ich würde sie nicht enttäuschen. Auch wenn die Zukunft ungewiss war, fühlte ich eine neue Entschlossenheit in mir aufsteigen. Gemeinsam würden wir einen Weg finden, um diese Herausforderung zu meistern und sicherzustellen, dass niemand von uns zu Schaden kam.

Apollo

Ich betrachtete Lyanna plötzlich mit einem Ausdruck, der weit entfernt von Bedrohung war. In meinen Augen lag ein sanfter Glanz, der das Schelmische ablegte und Platz für eine zärtliche Intensität machte. Sie spürte eine unerwartete Wärme, die meine Worte in einen neuen Kontext rückte.

"Lyanna", sagte ich leise, "ich wünschte, die Dinge könnten anders sein. Du bist in eine Welt geraten, die gefährlich ist. Aber ich verspreche dir, ich werde dich schützen, so gut ich kann."

Der Ausdruck der Zuneigung in meinen Augen widersprach der Dunkelheit meiner Enthüllungen. Es war, als ob ich inmitten des Schattens einen funkelnden Lichtstrahl gefunden hätte. Ich konnte Lyannas Herzschlag fühlen, während sie in meinen Augen verweilte, und sie konnte die Komplexität meiner Gefühle erahnen.

Ich trat einen Schritt näher zu ihr und meine Hand hob sich sanft, um ihr Gesicht zu berühren. Die Berührung war vorsichtig, fast zärtlich, als ob ich ihre Seele erreichen wollte.

"Lyanna, ich weiß, dass das alles überwältigend ist, aber ich hoffe, du verstehst, dass ich keine andere Wahl hatte. Die Welt, in der ich lebe, ist voller Gefahren, aber in deiner Nähe finde ich einen Ort des Friedens."

In der sanften Stille unseres Zuhauses, inmitten von Schattenlichtern und leisen Melodien, saßen wir uns gegenüber. Unsere Blicke trafen sich, und die Welt um uns herum verschwand. Die Worte waren überflüssig, denn wir verstanden uns ohne sie. Ein Lächeln, ein Blick, ein Hauch, und wir kommunizierten auf eine Weise, die tief in unseren Herzen verwurzelt war.

Die Verbindung zwischen uns wurde immer intensiver, als wir uns einander näherten. Das Band, was wir teilten, war magisch und unverkenn- bar. Es war, als würden unsere Seelen miteinander flüstern, ein unsichtbares Miteinander, das uns immer enger zusammenzog.

Und dann, in einem Moment, in dem die Welt innezuhalten schien, fanden unsere Lippen endlich zueinander. Die Leidenschaft, die zwischen uns loderte, entfesselte sich in einem leidenschaftlichen Kuss, der alle Gedanken und Zweifel fortspülte. Wir waren einander so nah, dass es schien, als ob unsere Herzen im selben Rhythmus schlugen.

Trotz der wachsenden Verbundenheit zwischen uns blieb ein Schleier des Geheimnisses. Ein Geheimnis, das mich mit einer undurchdringlichen Maske umgab. Ich konnte Lyanna nicht die ganze Wahrheit über mein Leben enthüllen, über die Entscheidungen, die ich treffen musste, um meine Brüder und sie zu schützen.

In den ruhigen Momenten zwischen unseren leidenschaftlichen Begegnungen spürte Lyanna, dass ich eine Seite von mir verbarg, die im Schatten der Dunkelheit lag. Es war, als ob ich versuchte, sie zu schützen, indem ich sie auf Abstand hielt, während gleichzeitig die Anziehung zwischen uns stärker wurde.

Die Maske, die ich trug, verlieh mir eine undurchsichtige Aura, und ich konnte ahnen, was sich in Lyannas Gedanken wieder spiegelte. Doch sie respektierte meine Entscheidung, dieses Geheimnis zu bewahren, und hoffte, dass die Zeit die Wunden heilen und auch die Mauern, die ich um mein Herz errichtet hatte, langsam einreißen würde.

Aiden

In der Dunkelheit des Zimmers saßen Aurel und ich und beobachteten die leidenschaftliche, romantische Szene zwischen den beiden. Das Kaminfeuer war das einzige Licht, das den Raum erhellte, und die Flammen warfen tänzelnde Schatten auf die Wände.

Ich lächelte leicht, während ich zu meinem Bruder blickte. "Sie sehen glücklich aus, oder?"

Aurel nickte zustimmend. "Ja, es scheint, als hätten sie endlich zueinander gefunden. Lyanna bringt das Licht in Apollos Dunkelheit."

Wir teilten einen stolzen Blick, während wir die Liebe zwischen unserem Bruder und Lyanna beobachteten. Es war, als ob die beiden Welten, die normalerweise voneinander getrennt waren, für einen kostbaren Moment miteinander verschmolzen. Doch gleichzeitig spürten Aurel und ich, dass es immer noch eine tiefe Dunkelheit gab, die Apollo umgab.

Trotz unserer Freude über das Glück unseres Bruders hegte ich eine leise Sorge. "Ich hoffe, Apollo kann Lyanna schützen und gleichzeitig die Dunkelheit in seinem eigenen Leben bewältigen."

Die Flammen eines Feuers warfen gespenstische Schatten auf unsere Gesichter, als wir leise miteinander flüsterten.

Ich rieb mir nachdenklich das Kinn. "Aurel, hast du das Gefühl, dass Apollo Lyanna wirklich alles über sich erzählt hat? Du weißt, was ich meine - das große Geheimnis der Maske."

Aurel senkte die Stimme, um sicherzustellen, dass unsere Unterhaltung privat blieb. "Nein, ich denke nicht, dass er ihr alles erzählt hat. Es gibt da immer noch etwas, etwas, das er sogar vor uns verbirgt. Und solange er es nicht offenbart, wird es zwischen ihm und Lyanna wie ein unsichtbarer Schleier stehen."

Ich seufzte. "Ich mache mir nur Sorgen, dass es sie beide irgendwann einholen könnte. Lyanna ist stark, aber das Unbekannte kann stärker sein."

Aurel stimmte nachdenklich zu. "Wir sollten darauf vorbereitet sein, dass es eines Tages ans Licht kommt. Aber bis dahin müssen wir Apollo und Lyanna unterstützen und hoffen, dass ihre Liebe stark genug ist, um die Geheimnisse zu überwinden."

Lyanna

Mit einem breiten Lächeln im Gesicht stand ich am nächsten Morgen unter der Dusche. Meine Gedanken flogen immer wieder zu dem Kuss mit Apollo. Ein Moment der mich alles herum vergessen ließ. Es war unbeschreiblich. Ja.... Ich hatte auch schon Aurel und Aiden geküsst, aber das kann man nicht vergleichen.

Jeder der Brüder hat etwas Besonderes auf seine Art und Weise. Aurel ist der Sanftmütige unter ihnen, Aiden eher der Abgeklärte und Apollo.... er ist undurchsichtig. Er strahlt eine gewisse Art an Respekt und Dominanz aus, etwas Unergründliches.

Es ist nicht zu leugnen das er mich anzieht. Aber will ich mich auf ihn einlassen? Ich kann noch gar nicht abschätzen was es für mich bedeuten würde, mich weiter auf die Brüder einzulassen, ... auf Apollo einzulassen.

Das warme Wasser prasselte weiter in mein Gesicht, während meine Gedanken wilde Purzelbäume schlugen. Die feinen gleichmäßigen Tropfen sorgten in meinem überdrehten System langsam für Ruhe und ich fing mich an zu entspannen.

Ich werde es einfach auf mich zukommen lassen. Wie heißt es so schön.... Genieße, solange du kannst...

Voll motiviert drehte ich das Wasser aus und machte mich fertig für die Arbeit.

Die Sonne schien, und die Vögel zwitscherten fröhlich, als ich mich auf den Weg zum Café au Soleil machte. Es fühlte sich an, als würde die Welt mir zuzwinkern und mir sagen: Alles wird gut.

Als ich das Café betrat, winkten Jason und Emily mir zu. Jason hielt mir gleich einen frisch gebrühten Kaffee entgegen, während Emily mir ein warmes Croissant unter die Nase hielt. Das duftet so gut. „Komm erstmal frühstücken", sagte Jason.

Während ich die ersten Bestellungen aufnahm und die Gäste bediente, spürte ich eine Leichtigkeit in mir. Die Unsicherheiten und Zweifel waren für einen Moment verschwunden, und ich genoss es, einfach im Hier und Jetzt zu sein. Die Gedanken an Apollo und die Brüder ließen mich nicht los, aber ich beschloss, sie für den Moment beiseite zu schieben. Es war wichtig, sich auf die Arbeit zu konzentrieren und den Tag zu genießen.

Als der Feierabend näher rückte, freute ich mich schon darauf Apollo wiederzusehen. Ich wusste, dass er mich erwartet. Mit einem Lächeln auf den Lippen und einem leichten Herzen verabschiedete ich mich von meinen Kollegen und machte mich auf den Weg zum Treffpunkt mit den Brüdern. Es würde bestimmt ein interessanter Abend werden.

Apollo

Ich hatte mich mit Lyanna im angrenzenden malerischen Stadtpark vom Café au Soleil verabredet. Das sanfte Grün der Bäume, die duftenden Blumen sind wie Balsam nach einem harten Arbeitstag.

Als ich Lyanna schon von weitem sehe, fühle ich die aufsteigende Wärme. Ihr strahlendes Lächeln und ihre sanften Augen zaubern mir automatisch ein Lächeln auf die Lippen, als sie mich zur Begrüßung umarmt.

"Hey", begrüßte sie mich mit diesem freundlichen Tonfall, den ich so an ihr mag.

"Hey", erwiderte ich charmant, während wir gemeinsam durch den Park schlenderten. Die warmen Sonnenstrahlen streicheln unsere Gesichter, und das fröhliche Zwitschern der Vögel begleitet unsere Unterhaltung.

"Wir setzen uns auf eine Bank, und ich lege meinen Arm um ihre Schultern. Die Nähe zu ihr erfüllt mich mit einer inneren Ruhe, die ich nur in ihrer Gegenwart verspüre. Es ist, als ob wir beide in unserer eigenen kleinen Welt versunken sind, weit entfernt von allen Sorgen und Problemen.

"Es ist so friedlich hier", bemerke ich und betrachte die Szenerie um uns herum.

Lyanna nickt zustimmend und lehnt sich sanft an mich. "Ja, das ist es wirklich. Aber das Beste am Park ist, dass ich hier mit dir sein kann."

Ihre Worte treffen mich mitten ins Herz, und ich kann mir nichts Schöneres vorstellen, als genau hier in diesem Moment bei ihr zu sein. Es ist, als ob alle Puzzlestücke meines Lebens endlich an ihrem Platz sind, und ich fühle mich vollkommen und glücklich.

In diesem Moment bin ich unendlich dankbar für die Zeit, die ich mit Lyanna verbringen darf, und ich weiß, dass ich diesen Augenblick für immer in meinem Herzen tragen werde.

"Lyanna, es gibt etwas, das ich schon eine Weile loswerden wollte."

Ihr Herz macht einen kleinen Hüpfer, als sie meinen ernsten Ton hört. "Was ist los, Apollo?"

Ich sehe sie ernst an. "Es ist schwer zu erklären, aber... Ich liebe dich wirklich, Lyanna. Ich möchte mit dir zusammen sein."

Lyanna spürt eine Mischung aus Überraschung und Verlegenheit in sich aufsteigen. "Oh, ähm, Apollo. Ich bin gerade überrascht.... Oder besser gesagt überfordert von deiner Offenbarung."

"Es ist einfach die Wahrheit. Ich wollte es dir nur sagen, bevor ich es vergesse. Ich wusste auch nicht wie du reagieren würdest", lächelte ich verlegen. Lyanna drückt sanft meine Hand.

"Ich muss zugeben, dass ich dieselben Gefühle für dich habe. Mich würde es freuen mit dir zusammen zu sein."

Ihre Worte lassen mein Herz höherschlagen, und ich fühle mich erleichtert und glücklich zugleich. In diesem Moment wurde mir wieder bewusst, dass ich alles für sie tun würde, um sie glücklich zu machen.

Wir beschlossen, weiter durch den Park zu schlendern, griffen automatisch nach der Hand des anderen. Unsere Finger fanden sich ineinander, und wir genossen die Nähe und Verbundenheit, die zwischen uns herrschte.

Wir unterhielten uns angeregt über ihre Arbeit, und über Alltägliches. Lachten über kleine Anekdoten und teilten Gedanken über die Welt. Die Atmosphäre war entspannt und vertraut.

Auf unserem Weg trafen wir wenig später plötzlich auf Aurel und Aiden, die auf einer Bank saßen und sich angeregt unterhielten.

„Hallo ihr zwei", sagte Aurel, und klopfte mit seiner Hand auf die Bank, dass wir uns zu ihnen setzen sollten. Aiden winkte mich zu sich heran, offensichtlich, um über geschäftliche Angelegenheiten zu sprechen.

Ich musste leise seufzten und ließ Lyannas Hand los, bevor ich zu Aiden ging, um die Details zu klären. Lyanna beobachtete uns einen Moment lang, bevor sie sich zu Aurel setzte.

"Apollo, wie läuft es in deinem Geschäft?" fragte Aiden. Wollte er jetzt ernsthaft die Details besprechen?

Ich nickte, "Es läuft gut, wir haben einige neue Projekte am Laufen. Aber es gibt auch ein paar Herausforderungen, die ich angehen muss."

"Wir haben heute eine Information abgefangen, dass ein Anschlag auf uns geplant sein soll", erwiderte Aiden.

„Warum erfahre ich das jetzt erst?"

„Aurel und ich haben schon alles in die Wege geleitet und sind dran."

Ich wandte mich an die anderen: „Wir werden jetzt mal zügig auf direktem Weg zum Auto gehen."

„Was ist los Apollo", fragt Lyanna.

„Erzähle ich dir, wenn wir zu Hause sind."

Doch plötzlich tauchte Raphael auf. Die angenehme Stimmung veränderte sich schlagartig. Lyanna schien sich sichtlich Unbehagen zu fühlen, aber sie versuchte, höflich zu bleiben, während sie sich von Raphael abwandte. Ich hoffte, dass er schnell wieder verschwinden würde.

Plötzlich mischte sich Raphael ein, mit einem leicht spöttischen Tonfall. "Na, na, was haben wir denn hier? Die kleinen Turteltauben und die Wachhunde. Wie süß."

Ich schaute zu Lyanna und sah wie sich ihre Wangen sich leicht röteten, aber sie hielt den Blick aufrecht. "Wir sind einfach nur im Park spazieren und plaudern, Raphael. Nichts Besonderes."

Raphael lachte spöttisch. "Ja, ja, natürlich. Aber jeder weiß doch, dass Apollo und seine Jungs immer ein paar Tricks auf Lager haben. Sei vorsichtig, Mädel, Du weißt nicht, was sie im Schilde führen!"

Ich trat energisch vor und durchbohrte Raphael mit meinem Blick. "Raphael, genug davon. Wir haben keine Lust auf deine Kommentare. Wenn du nicht bereit bist, dich angemessen zu verhalten, dann halt dich besser fern."

Aiden nickte zustimmend und fügte hinzu: "Wir tolerieren keine Störungen in unserem Gespräch, besonders nicht von dir. Also halte dich zurück."

Raphael wich zurück und hob die Hände in einer Geste der Verteidigung. "Hey, ich wollte nur ein wenig Spaß machen. Ihr kennt mich doch. Wir haben doch ein Bombenwetter heute Abend."

"Alles gut, Raphael. Aber lass uns jetzt weitergehen. Wir haben noch einiges zu erledigen."

Raphael nickte widerwillig und ließ uns passieren, während wir unseren Heimweg fortsetzten. Was wollte Raphael mit seinen Kommentaren sagen? Ich hatte ein ungutes Gefühl und wollte nur zusehen Lyanna nach Hause zu bringen.

Nachdem wir den Park verlassen hatten, war die Stimmung ein wenig angespannt. Schweigend gingen wir durch die dunklen Straßen, jeder in seine eigenen Gedanken versunken. Plötzlich hörten wir das Brummen eines Motorrads, das sich schnell näherte. Sofort spürte ich eine unheilvolle Vorahnung und drückte Lyanna schützend hinter mich. „Aurel! Nimm Lyanna", schrie ich.

Das Motorrad raste aus der Dunkelheit hervor, und bevor wir reagieren konnten, sprang eine vermummte Gestalt von ihm ab. Er zog eine Waffe und richtete sie auf Lyanna. "Auf den Boden legen und ruhig bleiben!" brüllte er mit bedrohlicher Stimme.

Aiden und Aurel zögerten nicht und stellten sich schützend mit ebenfalls gezogener Waffe vor uns. "Verschwinde, bevor du Ärger bekommst!" rief Aiden mit ernster Stimme. Der Angreifer zögerte einen Moment, offensichtlich überrascht von der Gegenwehr. Doch dann drückte er den Abzug, und die Kugel zischte knapp an uns vorbei. Panik ergriff Lyanna, während wir uns auf den Angreifer stürzten, um ihn zu überwältigen.

Ein Kampf entbrannte. Schläge wurden ausgeteilt, und das Geräusch von Metall auf Metall füllte die Luft. Schließlich gelang es uns, den Angreifer zu überwältigen und ihn zu Boden zu zwingen. Das Motorrad mit seinem Komplizen heulte auf, und verschwand um die nächste Häuserecke in der Dunkelheit.

Lyanna zitterte vor Angst, während sie sich an Aurel klammerte. Wir hatten sie vor Schaden bewahrt, aber die Bedrohung war noch nicht vorüber. Wer immer hinter diesem Überfall steckte, würde nicht so leicht aufgeben.

Hastig zog ich mein Handy aus der Tasche und wählte Erols Kurzwahl. "Erol! Ich brauche euch!

Sofort! Hier! Wir wurden angegriffen", bellte ich ihn an und steckte das Telefon zurück. "Wir nehmen ihn mit. Er wird uns Antworten geben müssen."

Aurel und Aiden nickten zustimmend, während sich in meinem Kopf bereits Pläne bildeten, wie wir die Situation lösen konnten. Wir durften keine Zeit verlieren, denn wer auch immer der Drahtzieher ist und es wagte uns so öffentlich anzugreifen, hatte offensichtlich Informationen, die wir dringend benötigten. Aber warum zielte er direkt auf Lyanna?

„Lasst uns gehen, bevor es zu spät ist." Mein Blick war entschlossen, als ich sie und die anderen zur Eile drängte. Lyannas Schutz war nun oberste Priorität.

Plötzlich tauchte eine Kolonne schwarzer SUVs auf. Erol sprang aus dem Wagen und rannte auf uns zu. „Was ist passiert? Alle OK?." „Ja, alles gut. Es ist keiner verletzt", antwortete ich ihm. „Nimm ihn mit und bring ihn runter. Wir bringen Lyanna nach Hause und dann werden wir uns unterhalten."

„Ich fahre schon mit Erol mit und kümmere mich um die Details", teilte Aiden uns mit einem Kopfnicken mit und verschwand mit den anderen im Wagen. Aurel, Lyanna und ich stiegen in ein weiteres Auto, begleitet von einem Fahrer, der sie nach Hause bringen sollte.

Unsere Wachsamkeit arbeitete auf Hochtouren, als wir uns von der Szene entfernten. Lyanna konnte immer noch das Adrenalin in ihren Adern spüren, als sie sich auf den Heimweg machten.

Die Ereignisse des Abends schien sie aufgewühlt zu haben, sie war sich verängstigt, was völlig verständlich war. Dennoch war ich froh, dass wir Schlimmeres verhindern konnten.

Als wir schließlich vor Lyannas Haus ankamen, ließ ich erst die Umgebung checken. "Danke, dass ihr mich begleitet habt", sagte Lyanna und versuchte ihre Angst zu verbergen.

Ein knappes Nicken und mit einem gewissen Unterton sagte ich ihr: "Pass auf dich auf, Lyanna. Und vergiss nicht, wir haben immer ein Auge auf dich. Ich liebe Dich. Vergiss das nicht. Damit kommt keiner davon, das verspreche ich dir. Petro wird heute Nacht bei dir bleiben. Vor deinem Haus lass ich auch ein paar meiner Männer. Du bist sicher, hörst du?" Daraufhin gab ich ihr noch einen Kuss und ließ sie los. Lyanna schluckte schwer und nickte, bevor sie eilig mit Petro im Haus verschwand. Wir blieben draußen stehen und beobachteten, wie sie die Tür hinter sich schloss.

"Was meinst du, was hier los ist?", fragte Aurel besorgt, als wir uns auf den Heimweg machten.

"Ich weiß es nicht", musste ich gestehen. "Aber ich habe das Gefühl, dass wir noch mehr Ärger bekommen könnten, als wir ohnehin schon haben."

„Auf jeden Fall, will ich denjenigen Tod sehen, damit kommt er nicht ungestraft davon."

Erol

In einem abgedunkelten Raum, umgeben von Schatten, standen Aiden und ich vor dem gefangenen Angreifer, der gefesselt und verstört wirkte. Das schwache Licht einer einzelnen Glühbirne ließ sein Gesicht in düsterem Schein erstrahlen, während die Spannung in der Luft greifbar war.

Ich trat bedrohlich näher an den Angreifer heran, mein Blick kalt und durchdringend. "Wer hat euch geschickt?", fragte ich mit einer Stimme, die vor Entschlossenheit und Gefahr nur so vibrierte.

Der Angreifer zögerte, seine Augen flackerten nervös zwischen Aiden und mir hin und her. Ein bedrohliches Schweigen legte sich über den Raum, nur unterbrochen vom leisen Knistern der Glühbirne über ihnen.

Aiden trat aus dem Schatten hervor, sein Gesicht in düsterem Halbdunkel verborgen. Seine Stimme klang ruhig, aber gefährlich. "Du hast zwei Möglichkeiten: Entweder reden oder die Konsequenzen tragen. Es ist keine gute Idee uns anzulügen." "Wir werden herausfinden, wer hinter diesem Angriff steckt, also...deine Entscheidung", sagte er ruhig, aber mit Nachdruck. Der Angreifer schluckte schwer, als der Druck der Stille auf ihn lastete.

Derweilen holte ich mein Equipment, welches hervorragend für Verhörtechniken geeignet war. Ganz ruhig und diszipliniert wurde jedes einzelne von ihnen geordnet auf den Beistelltisch gelegt.

Die Augen des jungen Mannes wurden immer größer. Die Angst war offensichtlich. Leider brauchten wir einige Utensilien, um seine Zunge zu lösen.

Schließlich brach er sein Schweigen. "Es war... es war ein Mann. Er hat uns den Auftrag gegeben, eine Frau namens Lyanna zu finden", stammelte er mit zitternder Stimme.

„Der hat uns bezahlt, um euch zu überfallen. Er hat uns gesagt, dass ihr euch in seine Angelegenheiten eingemischt habt und er euch eine Lektion erteilen will."

Wir tauschten einen bedeutungsvollen Blick aus. "Wie heißt dieser Mann?", fragte Aiden mit einem gefährlichen Unterton.

Die Angreifer zögerten einen Moment, bevor er schließlich den Namen preisgab. "Sein Name ist Vittorio. Er ist ein lokaler Gangsterboss, der hier in der Stadt das Sagen hat."

Aiden und ich nickten und zu, als wir den Namen hörten und tauschten einen finsteren Blick aus, bevor ich meine Faust ballte und sie gegen die Wand schlug. "Vittorio, hm? Ihr werdet uns alles erzählen, und zwar sofort", knurrte ich bedrohlich.

"Aber warum?" fragte Aiden, seine Stimme war hart. "Das ... das wissen wir nicht. Wir haben nur den Auftrag ausgeführt", stammelte der schmächtige Angreifer.

Wieder tauschte ich mit Aiden einen bedeutungsvollen Blick aus. Vittorio war kein Unbekannter in ihren Kreisen, aber seine Motive waren immer undurchsichtig gewesen.

"Wachen, bringt ihn weg", befahl Aiden schließlich den Wachen, die hereingeeilt waren, um den Gefangenen abzuführen. "Wir müssen herausfinden, was Raphael im Schilde führt."

Der Angreifer zitterte vor Angst, als er begriff, dass er keine Gnade zu erwarten hatten. „Aiden ich verspreche, Raphael wird dafür bezahlen, was er getan hat."

Mit diesen Worten verließen wir den Raum, um einen Plan zu schmieden, wie wir den Ferragostos Syndikat zu Fall bringen konnten.

Aiden

Apollo, Aurel und ich saßen zusammen mit Erol in unserem Kaminzimmer. Die Atmosphäre war gespannt, als wir über die jüngsten Ereignisse sprachen. "Erol, was hast du herausgefunden?", fragte Apollo ernst.

Erol seufzte und strich sich durch sein Haar. "Es ist nicht gut, Jungs. Die Angriffe, die in letzter Zeit auf uns verübt wurden, haben alle eine Gemeinsamkeit. Sie wurden von Raphaels Handlanger Vittorio organisiert."

Ich runzelte die Stirn, während Aurel mit zusammengekniffenen Augen zuhörte. "Verdammt", murmelte ich. "Das erklärt einiges." "Was ist sein Ziel?", fragte Apollo mit einem scharfen Blick.

Erol zögerte einen Moment, bevor er antwortete. "Es sieht so aus, als ob Raphael eine feindliche Übernahme plant. Er will unser Territorium kontrollieren und uns aus dem Geschäft drängen."

Die Brüder tauschten beunruhigte Blicke aus. Diese Enthüllung war ernsthaft und bedrohlich.

"Aber warum jetzt?", fragte Aurel nachdenklich.

Erol nickte bedächtig. "Ich vermute, dass er sich stark genug fühlt, um einen Angriff zu wagen. Seine Ressourcen und sein Netzwerk haben sich in letzter Zeit erheblich ausgedehnt. .....Und.... Es gibt jetzt einen Schwachpunkt in diesem Syndikat."

Apollo schaute nachdenklich in die Runde und flüsterte: „Lyanna." Ich runzelte die Stirn, während ich Apollo skeptisch ansah. "Was meinst du damit, Apollo?"

"Lyanna ist der Schlüssel zu unserem nächsten Schritt." Seine Worte waren gefüllt mit einem Mix aus Zuneigung und Entschlossenheit. Ich ballte die Fäuste vor Wut. "Das werden wir nicht zulassen."

Apollo seufzte und wartete einen Moment, bevor er antwortete: "Ich meine, dass Lyanna uns einen Vorteil verschaffen könnte. Sie ist klug, loyal und hat Zugang zu Informationen, die für uns von großem Nutzen sein könnten."

Aurel nickte zustimmend. "Er hat recht. Lyanna könnte uns helfen, unsere Position zu stärken und unsere Feinde zu schwächen. Wir müssen sie aber vorher fragen."

Ich blickte zwischen meinen Brüdern hin und her, bevor ich schließlich zustimmte: "Gut, dann lasst uns einen Plan schmieden. Aber denkt daran, dass Lyanna nicht in Gefahr geraten darf."

Apollo nickte ernst. "Natürlich. Ihre Sicherheit steht an erster Stelle."

Wir begannen, unsere nächsten Schritte zu planen, wobei Lyanna als zentrales Element in unseren Überlegungen stand. Apollo konnte nicht leugnen, dass seine Gefühle für Lyanna einen großen Einfluss auf seine Entscheidungen hatten. Er war verliebt in sie und würde alles tun, um sie zu beschützen.

Lyanna

Der Tag im Café au Soleil war düster und von einer ungewöhnlich bedrückten Atmosphäre geprägt. Die dunklen Wolken hingen schwer über der Stadt, und der Regen prasselte unerbittlich gegen die Fensterscheiben. Das Licht drang nur gedämpft herein, und der Raum wirkte trüb und melancholisch.

Emily, Jason und ich standen hinter der Theke und bereiteten Kaffee und Snacks für die wenigen Gäste zu, die an diesem düsteren Tag gekommen waren. Die Stimmung war erfüllt von einer stillen Schwere, die sich auf die Menschen zu legen schien. Selbst das leise Klirren von Geschirr und das Zischen der Espressomaschine vermochten die bedrückte Atmosphäre nicht zu vertreiben.

Die Gäste, die normalerweise fröhlich plauderten und Kaffee tranken, saßen schweigsam an ihren Tischen. Sie alle schienen von ihren eigenen Gedanken und Sorgen vereinnahmt. Die Nachrichten von einem Überfall in der Nachbarschaft hatten die Gemüter der Menschen aufgewühlt, und die Unsicherheit hing wie ein Damoklesschwert über das Viertel.

Emily, Jason und ich bewegten uns ruhig und bedächtig, als ob wir die gedrückte Stimmung der Gäste respektierten. Es gab kein fröhliches Geplänkel oder fröhliches Lachen, das den Raum erfüllte. Die düsteren Gedanken und Ängste der Menschen hatten das Café au Soleil in ein tristes und melancholisches Ambiente verwandelt.

Jason war der Erste, der das Schweigen brach und mit gedämpfter Stimme sprach. "Habt ihr gehört, was die Leute draußen tuscheln? Irgendwelche Neuigkeiten über den Überfall?"

Ich sah besorgt aus, als ich antwortete. "Nicht viel. Es gab wohl mehrere Überfälle in den letzten Tagen. Die Polizei ermittelt immer noch, aber sie haben noch keine Verdächtigen gefasst. Die Leute sind verängstigt und wissen nicht, was sie denken sollen."

Emily fügte hinzu: "Es ist so beängstigend, dass so etwas direkt bei uns in der Nähe passiert ist. Man kann nie sicher sein, wo es als Nächstes zuschlägt."

Jason nickte zustimmend. "Ja, die Straßen sind nicht mehr sicher."

Ich seufzte und blickte aus dem Fenster auf den regennassen Bürgersteig. "Ich hoffe, die Polizei kann bald herausfinden, wer dahintersteckt. Es ist wichtig, dass sich jeder sicher fühlen kann."

Die Worte waren nicht ganz ausgesprochen, so wurde schon die Tür auf brutale Weise aufgestoßen, und dunkel gekleidete Gestalten mit finsteren Masken stürmten hinein. Die Gäste und das Personal im Café erstarrten vor Schreck und wussten nicht, wie ihnen geschah. Die Eindringlinge trugen bedrohliche Masken, die ihre Gesichter verhüllten, und ihre Augen funkelten vor Aggressivität und Brutalität.

Mit wütenden und bedrohlichen Parolen verlangten sie das Geld aus der Kasse und schrien die Menschen im Café an, sich auf den Boden zu legen. Die Angst in der Luft war greifbar, und die Gäste gehorchten aus Selbstschutz den befehlenden Gesten der Räuber.

Der Anführer der Gruppe, dessen Maskengesicht von einer finsteren Aura umgeben war, trat hervor und schrie seine Anweisungen heraus. Seine Worte waren von roher Gewalt durchtränkt, und er schwenkte eine gefährlich aussehende Waffe bedrohlich durch dic Luft.

Die düstere Atmosphäre im Café wurde noch bedrohlicher, als die Männer die Einnahmen in Taschen stopften und sich auf weitere Beute vorbereiteten. Die Gäste wagten es nicht, sich zu bewegen oder Widerstand zu leisten.

In einem furchterregenden Augenblick wandten sich die Männer Lyanna zu. Sie zerrten sie von ihrem Platz und hielten sie mit brutaler Gewalt fest.

Die Gäste im Café erstarrten vor Entsetzen, während Lyanna von Angst erfüllt war. Ihre Augen trafen sich mit denen von Emily und Jason, die von der Lage überwältigt waren. Die Fremden begannen, Forderungen zu stellen und drohten, Lyanna wehzutun, falls jemand versuchen sollte, sich ihnen in den Weg zu stellen.

Jason flüsterte zu Emily: "Was zur Hölle passiert hier? Das ist doch nicht echt, oder?" „Ich weiß nicht, Jason, aber das ist verdammt beängstigend", flüsterte Emily ebenso.

„Bitte, lasst mich gehen. Ihr habt das Geld, das ihr wollt. Tut mir oder den anderen hier im Café nichts", bettelte Lyanna den Mann an der sie gefangen hielt. „Du hältst besser den Mund, Süße, sonst passiert dir noch etwas Schlimmeres", antwortete dieser bedrohlich.

Unter den Gästen hörte man leises Getuschel „Denkst du, die Polizei ist schon auf dem Weg hierher?" „Ich hoffe es. Das hier ist wie aus einem schlechten Film. Ich habe solche Angst."

„Wir sollten einen Weg finden, um Hilfe zu holen, wenn sie abgelenkt sind. Emily, siehst du das Tattoo am Unterarm?" sprach Jason leise zu Emily.

„Ja, aber wir müssen vorsichtig sein. Ich will nicht, dass sie herausfinden, was wir vorhaben. Kennst Du das Tattoo?" „Ich habe es irgendwo schon einmal gesehen. Lass mich kurz nachdenken.... Ahh es fällt mir wieder ein. Es war in den Unterlagen bei meinem Bruder. Er hatte mal ein wenig recherchiert über Unterwelt, Clans und so."

„Was hat dein Bruder? Ist der verrückt? Das ist doch gefährlich!", erwiderte Emily erschrocken.

„Nein, alles gut. Sein Kollege hatte dann übernommen, aber jetzt wo ich so recht überlege. Ich habe ihn schon lange nicht mehr gesehen. Es hieß er ist berufsbedingt umgezogen", flüsterte Jason.

Lyanna flehte derweilen weiterhin den Fremden an: "Bitte, lassen Sie mich gehen. Ich habe nichts mit alldem zu tun."

„Ruhe jetzt, oder ich mache Ernst! Wo ist das Geld? Du verschwendest unsere Zeit, Schätzchen. Wir wissen, dass du hier arbeitest. Zeig uns den

Tresor", war die zornige Antwort. Lyanna wimmerte verängstigt: „Ich... Ich kann euch nicht helfen. Ich habe keinen Zugang zum Tresor."

Ein weiterer Angreifer aus dem Überfallkomitee schaltete sich aggressiv ein: "Du lügst, Hübsche. Du arbeitest hier, du musst wissen, wie man darankommt."

Die Gäste im Café flüsterten ängstlich miteinander, während sie nach einer Möglichkeit suchten, aus dieser Situation zu entkommen.

„Warte mal... ich erkenne dich. Du bist eine von den Gespielinnen dieser verfluchten Caelus, oder?", erinnerte sich der erste Mann mit der Maske plötzlich. „Ich... ich weiß nicht, von wem sie reden!", rief Lyanna ängstlich.

„Du belügst uns nicht, Süße. Wir wissen, wer du bist. Du kannst uns nicht täuschen. Keiner rührt sich! Schnell, bindet sie alle! Wir sind schon viel zu lange hier", schrie der Mann drohend.

Die maskierten Männer bewegten sich mit einer bedrohlichen Geschwindigkeit. Sie zwangen die Gäste, sich auf den Boden zu setzen, und benutzten Kabelbinder, um ihre Hände auf den Rücken zu fesseln. Jason und Emily wurden mit Widerstand überwältigt, ihre Hände auf dem Rücken gefesselt, und sie wurden grob zu Boden gedrückt.

Lyanna wurde niedergeschlagen Einer der Männer hob sie hoch, schleuderte sie über seine Schulter und trug sie aus dem Café, ohne Rücksicht auf die besorgten Blicke der anderen Gäste.

Ihr Atem war flach, und ihre Sicht war verschwommen. Die Angst und die ungewisse Zukunft lagen wie ein bleierner Mantel auf ihr.

Einer der Räuber, er war etwas kleiner, flüsterte Lyanna bedrohlich ins Ohr. "Du bist uns eine Menge wert, meine Schöne. Deine Verbindung zu den Caelus-Brüdern wird uns reich machen."

Seine Worte schienen aus einem Albtraum zu stammen, und sie schnitten tiefer in Lyannas Herz als jede Waffe es je könnte.

Währenddessen im Café, sahen Jason und Emily einander hilflos an. Sie wussten nicht, wohin Lyanna gebracht wurde. Sie hatten spürbar Angst.

Die Räuber durchsuchten das Café, und ihr Anführer sprach mit einem abgehackten Ton zu den Gästen. "Wenn ihr kooperiert, wird euch nichts geschehen. Wenn nicht, könnten die Dinge ungemütlich werden."

Die verängstigten Gäste nickten eifrig, und der Anführer fuhr fort: "Richtet den den Caelus aus, wir haben ihr Spielzeug. Wir warten auf ihren Anruf."

Dann verließ er mit seinen Komplizen das Café, und die Dunkelheit der Nacht verschluckte sie.

Jason und Emily starrten fassungslos auf die Tür, durch die die Räuber verschwunden waren. Die Ungewissheit darüber, was als Nächstes passieren würde, lastete schwer auf ihnen, und sie fragten sich verzweifelt, wie sie Lyanna retten könnten.

Der Überfall dauerte nur einen kleinen Augenblick. Ein Augenblick der alles verändere.

Apollo

Das flackernde Feuer im Kamin tauchte den Raum in ein warmes Licht, das einen seltsamen Kontrast zur Nachricht bildete, die gerade überbracht wurde.

Ein Botengänger von mir betrat eilig das Zimmer, den Regen noch auf seiner Kleidung. Sein Blick war gesenkt, als er auf uns traf. Wir saßen in den schweren Sesseln, jeder mit einem Glas Whiskey in der Hand. Mein Blick war heute besonders ungeduldig und missmutig, während Aiden leicht die Stirn runzelte und Aurel einen besorgten Ausdruck machte.

"Boss", begann der Bote, "ich habe schlechte Nachrichten. Das Café au Soleil wurde überfallen. Es scheint, als ob es die Ferragosto-Familie war. Sie haben Lyanna entführt."

Sofort schleuderte ich mein Glas auf den Boden, und der Whiskey spritzte über den Teppich. Mein Gesicht verzerrte sich vor Wut, und ich stand abrupt auf. "Verdammt nochmal! Wo war ihr Schutz? Wo sind die Männer?"

Der Bote schluckte und setzte seine Mütze ab, seine Stirn war von Regentropfen benetzt. "Die Polizei wurde bereits alarmiert und ist auf dem Weg. Es schien, als ob sie alle anderen Gäste gefesselt haben. Ich habe nur gesehen, dass sie Lyanna mitgenommen haben."

Aiden schnappte nach Luft und stand ebenfalls auf. Seine Hände ballten sich zu Fäusten, und sein Gesichtsausdruck war finster. "Die Ferragosto werden versuchen, Informationen von Lyanna zu bekommen, ist egal wie."

„Wo ist die Polizei, wenn man sie braucht? Wo haben sie Lyanna hingebracht?"

Aurel trat näher und berührte Aiden sanft an der Schulter. "Wir sollten ruhig bleiben und auf die Polizei warten. Wir sollten hoffen, dass sie noch unverletzt ist. Wir werden alles tun, um sie zu retten."

Ich fixierte den Boten mit einem durchdringenden Blick. "Was hast du noch gesehen? Gibt es irgendetwas, das uns helfen könnte, die Ferragosto zu finden?"

Der Bote schluckte erneut und bemühte sich, sich zu erinnern. "Ich war nicht in der Nähe des Cafés, als der Überfall passierte. Aber ich habe gesehen, wie sie Lyanna in ein Auto verfrachtet haben und davongefahren sind. Es war ein schwarzer Wagen, ohne Kennzeichen."

Apollo nickte und versuchte, ruhig zu bleiben. "Schwarz, ohne Kennzeichen. Das ist besser als nichts. Aber wir brauchen mehr Informationen. Wir werden uns umgehend mit der Polizei in Verbindung setzen und alles tun, um Lyanna zu finden. Geht jetzt, bevor ihr euch erkältet." Der Bote nickte und eilte hinaus.

Aiden griff nach seinem Handy und wählte die Nummer des örtlichen Polizeireviers. "Wir müssen sicherstellen, dass die Polizei alles unternimmt, um Lyanna zu finden", sagte er, als er auf eine Verbindung wartete.

Aurel und ich hörten gespannt zu, während Aiden mit dem Polizeichef sprach und alle verfügbaren Informationen über den Überfall und die Entführung von Lyanna weitergab. Die Caelus-Brüder würden nicht ruhen, bis sie Lyanna wieder in Sicherheit wussten.

Ich rief derweil nach Erol und seine Männer, erklärte ihnen die Situation: "Wir haben ein ernstes Problem. Lyanna wurde entführt, und wir müssen sie so schnell wie möglich finden. Erol, teilt euch auf, durchkämt die ganze Stadt. Überprüft jeden Winkel, jede Ecke, jedes Versteck. Sie könnte irgendwo oberhalb oder unterhalb der Erdoberfläche sein. Vergesst die Tunnel nicht."

Erol nickte und führte seine Männer hinaus, um mit der Suche zu beginnen.

Dann wandte ich mich an die anderen Männer und sagte: "Ich möchte, dass ihr alle auf der Hut seid. Haltet die Augen und Ohren offen. Wir wissen nicht, was der Zweck dieser Entführung ist, aber wir werden keine Mühen scheuen, um Lyanna zu retten."

Die Männer nickten entschlossen und begaben sich in alle Richtungen, um das Anwesen und unser Gebiet zu durchkämmen und nach Hinweisen zu suchen.

In der Zwischenzeit beendete Aiden sein Gespräch mit der Polizei und wandte sich an uns. "Die Polizei nimmt die Sache ernst und wird alles tun, um sie zu finden. Wir müssen geduldig sein und gleichzeitig selbst wachsam bleiben. Also, auf zur Suche."

Lyanna

Ich wurde in einem finsteren Verlies tief im Territorium des rivalisierenden Clans gefangen gehalten. Es war ein düsterer und trostloser Ort, in dem die Zeit stillzustehen schien. Kalte, feuchte Wände und der modrige Geruch von Verzweiflung umgaben mich. Die Räume waren spärlich beleuchtet, und das Einzige, was ich hörte, waren das Tropfen von Wasser und das ferne Knarren von Türen.

Die Qualen, denen sie mich ausgesetzten, waren unvorstellbar. Die Soldaten des Clans hatten keine Skrupel, Brutalität und Gewalt anzuwenden.

In der Dunkelheit des Verlieses saß ich gefesselt auf dem eiskalten Boden. Die Ketten um ihre Handgelenke und Knöchel schnitten tief in meine Haut, und jeder Versuch, sich zu befreien, war zwecklos. Die Kühle kroch durch meine zerschlissene Kleidung, und ich zitterte vor Kälte und Angst. Keine Ahnung wie spät es war oder welcher Tag. Die Zeit hier unten schien endlos zu sein. Seit meiner Entführung vor ein paar Tagen bekam ich nur Brot und Wasser, gelegentlich mal eine Suppe. Diese Gefangenschaft zog an meine mentale und physische

Gesundheit. Die Kräfte schwanden. Die Fesseln waren einfach zu fest.

Ein grobschlächtiger Soldat namens Luciano und die rechte Hand oder Boss dieses Clans, Vittorio, traten in das Verlies und betrachtete mich mit einem höhnischen Grinsen. Das Gesicht des Soldaten war von Narben gezeichnet, und seine Augen funkelten vor Boshaftigkeit. "Na, meine Schöne, wie gefällt dir bei uns?" spottete er und trat näher.

Ich hob den Blick und versuchte, meine Angst zu verbergen. Ich wollte nicht, dass er die Befriedigung spürte, die er durch meine Furcht erhalten würde. "Ihr werdet nicht bekommen, was ihr wollt", erwiderte ich mit so viel Entschlossenheit, die ich noch aufbringen konnte.

Luciano lachte laut auf und beugte sich bedrohlich über mich. "Ach, du bist so tapfer, nicht wahr? Aber das wird sich bald ändern. Wir werden dich brechen, eine Erziehung wie du sie brauchst."

Er griff nach meinem Gesicht und zwang mich, ihn anzusehen. "Du gehörst jetzt uns. Die Caelus-Brüder können dich nicht retten. Du wirst eine von uns oder stirbst." Seine Worte waren wie ein Dolchstoß in meinem Herz, aber ich weigerte mich, ihm die Genugtuung zu geben, meine Verzweiflung zu zeigen.

"Du dachtest wohl, dass du hier ungeschoren davonkommst, hm? Du und die Caelus-Brüder werden schon sehen, was passiert, wenn wir nicht das bekommen was wir haben wollen", bellte Vittorio mit seiner boshaften Stimme.

"Ihr werdet dafür bezahlen. Sie werden euch finden, und ihr werdet für eure Taten geradestehen müssen", entgegnete ich ihm mit einer letzten Mischung aus Angst und Wut.

Luciano setzte mit einem zynischen Lachen an: "Ach ja? Die können sich auf den Kopf stellen, aber sie werden uns nie finden. Wir sind mächtiger und schlauer als Du denkst."

Vittorio gab spöttisch von sich: "Ach, die Caelus. Glaubst du wirklich, sie könnten uns aufhalten? Ihr seid allein in unserer Gewalt, Täubchen. Und wir werden sicherstellen, dass du dich daran erinnerst."

Luciano baute sich drohend vor mir auf: "Wir könnten dir viel antun, Prinzessin, aber wir sind geduldig. Du wirst uns alle Informationen geben, die wir wollen. Und wenn du das nicht tust, wird die Strafe schlimmer sein."

"Hier friss." Mit einer verachtenden Bewegung schmiss Vittorio lachend mir einen Teller mit etwas trocken Brot und eine kleine Flasche Wasser hin.

Die schwere Eisentür wurde hinter den beiden Männern zugezogen und ihr Lachen verschwand in den Wänden des Gewölbes.

*

Es musste der nächste Morgen sein, als ich durch den Hall von schweren Schritten aufwachte. Mein Kopf dröhnte, ich fühlte mich dehydriert, mir war kalt. Mittlerweile musste ich auch immer wieder husten. Wie oft wollen sie mich noch verhören? Ich weiß doch nichts.

Die Tür wurde aufgeschlossen und ein weiterer Soldat betrat das Verlies. Er hatte Essen und Trinken dabei, was ich zumindest erkennen konnte. Er wirkte freundlicher als die anderen.

„Guten Morgen Sonnenschein. Ich habe dir etwas mitgebracht", sagte der kleine unscheinbare Mann namens Marco. Die letzten Zellen meines Gehirns schienen sich ein wenig zu regen, denn ich erkannte diese Stimme. Mit krächzender Stimme hustete ich ein Dankeschön. Sein Kopf drehte sich in meine Richtung und er sah mir direkt in die Augen. Da erkannte ich ihn.

Das war meine Chance. In diesem Moment versuchte ich meine letzten Kräfte zu mobilisieren, um meinen letzten Funken der Magie einzusetzen. Nun durfte er auf keinen Fall wegsehen, hoffentlich reichen meine letzten Kräfte aus.

Mit einem Ruck drehte er seinen Kopf nach unten und schloss die Augen. „Gut, ich löse deine Fesseln. Dann kannst Du in Ruhe essen und dich waschen. Du stinkst. Ich komme aber gleich wieder", sagte er freundlich, „Los, dreh dich um."

Mit einem klirren fielen die Ketten auf den Boden und er verschwand ohne ein weiteres Wort aus dem Raum. Während die Tür ins Schloss fiel, rieb ich meine Handgelenke. Mir tat alles weh. Schnell griff ich nach dem Brot und nahm ein Schluck Wasser. Kurz überlegte ich ob er soeben die Tür verschlossen hatte. Ich hörte kein klacken des Schlüssels im Schloss.

Mit einem Satz sprang ich auf, so gut es ging und ging zur Tür. Zitternd legte ich meine Hand auf die Klinke. Was ist, wenn er hinter der Tür steht und auf mich wartet? Will man mich vielleicht nur testen? Was ist, wenn das meine einzige Chance ist dem hier zu entkommen? Ich musste es versuchen, wahrscheinlich komme ich hier eh nicht lebend raus.

Um besser hören zu können, legte ich mein Ohr an die schwere Tür. Nichts. Kein Geräusch. Langsam drückte ich die Klinke hinunter und zog die Tür auf. Der Gang in den Tunnel war spärlich beleuchtet. Zu sehen war niemand. Ich nahm das Handtuch, welches er mir zum Waschen mitgebracht hatte, und klemmte es zwischen der Tür und den Rahmen. So schnell ich konnte huschte ich den Gang entlang. Irgendwo muss doch ein Ausgang sein.

Ich sprintete den düsteren Tunnel hinunter, die Panik trieb mich voran. Die Dunkelheit schien mich zu verschlingen, und das Flüstern der Stimmen aus der Nähe des Verlieses verfolgte mich wie ein böser Albtraum. Meine Gedanken wirbelten wild durcheinander, und ich wagte kaum, mich umzusehen.

Der Tunnel führte mich tiefer in die Finsternis, und ich versuchte verzweifelt, die Orientierung zu behalten. Mein Herz raste, und ich konnte den Schweiß auf meiner Stirn spüren. Die kalte, klamme Luft umhüllte mich, und meine Schritte hallten wie ein einsames Echo in der Leere.

Plötzlich hörte ich ein Geräusch hinter mir, ein leises Kratzen und Schlurfen, als ob jemand auf mich zukommen würde. Ich wagte es nicht, mich umzudrehen, sondern rannte weiter, so schnell meine Füße mich tragen konnten.

Ein kalter Schauer lief mir über den Rücken, als plötzlich eine raue Hand meine Schulter packte und mich grob herumriss. Vor mir stand der Soldat, der mich zuvor gedemütigt hatte. Sein Gesicht war verzerrt vor Wut und Gier.

"Du dachtest wohl, du könntest einfach entkommen, nicht wahr?", knurrte er und drückte mich gegen die Wand. "Du bist und bleibst unser Spielzeug."

Mit aller Kraft versuchte ich mich zu wehren, aber er war stärker. Er drängte mich zurück in den dunklen Tunnel, und ich wusste, dass meine Flucht gescheitert war. Wieder hatte mich die Dunkelheit verschluckt, und ich war zurück in meiner grausamen Gefangenschaft.

Ich kämpfte verzweifelt gegen die Tränen an. Vittorio zerrte mich weiter, seine raue Hand immer noch fest umklammert meine Schulter. Jeder Schritt führte mich tiefer in die düstere Unterwelt, die mich gefangen hielt.

"Wenn du jemals daran denkst zu fliehen, wird es noch viel schlimmer für dich werden", zischte er und drängte mich voran. Seine Worte klangen wie eine unheilvolle Drohung, und ich spürte, dass er keine Skrupel hatte, sie wahr zu machen.

Ich wagte kaum zu atmen, während ich durch das Labyrinth aus Gängen und Tunneln getrieben wurde. Kein Ausweg schien in Sicht zu sein, und die Dunkelheit fühlte sich erdrückend an. Aber ich durfte die Hoffnung nicht aufgeben. Meine Freiheit und mein Leben hingen davon ab.

Wieder und wieder versuchte ich, meine Gedanken zu sammeln und eine Gelegenheit zur Flucht zu finden. Doch Vittorio war wachsam und ließ keine Gelegenheit zu. In diesem düsteren Alb-traum schien die Zeit stillzustehen.

Wieder in meiner Zelle angekommen, legte er mir die Ketten erneut an. Dieses Mal zog er sie noch fester. Meine Hoffnung sang immer weiter.

„Versuch es kein weitere Mal Täubchen, bette dafür das der Boss dein Fluchtversuch nicht er-fährt", raunte er und verschwand.

*

Mittlerweile sind zwei weitere Tage und zwei Nächte vergangen. Sie behandeln mich wie ein Tier. Ich liege hier immer noch angekettet, zumindest eine Schale mit Wasser stellen sie mir am Tag hin. Die Kette reicht nur bis zur Toilette. Mein Körper macht langsam schlapp. Keine Ahnung wie lange ich noch durchhalte. Ich weiß bis heute nicht warum sie mich entführt haben. Was für ein Artefakt? Mir fehlen Antworten. Leider werden die ach so freundlichen Soldaten wir keine geben.

*

Schwere gedämpfte Schritte sind hinter der schweren Eisentür zu hören. Die Tür wurde auf-geschlossen und eine Gruppe Männer kam herein. Vorweg Vittorio und Luciano gefolgt von Marco.

„Boss, ich glaube sie ist soweit. Ein Häufchen Elend. Sie sollte jetzt reden, wenn ihr ihr Leben lieb ist", lachte Luciano. Vittorio kam auf mich zu und umfasste fest mein Gesicht. Drehte grob mein Kopf nach links und rechts.

„Kaum Widerstand, das ist gut. Da kommt man gleich auf ganz andere Gedanken", hauchte Vittorio mir ins Gesicht, „steh auf Täubchen."

Hinter ihm tauchte ein weiterer Mann auf. Groß. Dunkelhaarig, der Mann mit der geheimnisvollen Ausstrahlung. Mir lief es eiskalt den Rücken runter. Das war Raphael.

„Hallo Lyanna, so sieht man sich wieder", grinste Raphael. Er kam langsam und bedrohlich auf mich zu. „Wie ich hörte gehörst du den Caelus. Naja... wohl eher gehörtest. Du kannst dich entscheiden. Das ist deine einzige Chance. Entscheide Weise. Entweder du redest und hilfst uns das Artefakt zu bekommen oder ..... du verrottest hier drin. Deine Entscheidung. Hmm.....vielleicht gibt ich dir auch noch eine dritte Option, du bist unser Spielzeug. Wie lautet deine Entscheidung Lyanna?"

„Ich gehöre niemanden. Ich weiß nichts von einem Artefakt. Ich werde einen Teufel tun um dir zu helfen! Oder euer Spielzeug zu sein. Du bist so ein Arschloch."

Raphaels Mine verfinsterte sich. Mit einem großen Schritt stand er direkt vor mir. Sein Atem bliess mir ins Gesicht.

„Sag das noch einmal. Du brauchst wohl ein wenig Anstand und Respekt. Du scheinst keine Ahnung zu haben wer hier vor dir steht, oder?", sagte er wütend.

„Anstand und Respekt bekommt der, der es verdient. Die Brüder haben mich immer mit Respekt behandelt im Gegensatz zu euch", spukte ich ihm regelrecht ins Gesicht mit meinem letzten Funken Selbstachtung.

„Vittorio, ich überlasse sie dir heute Nacht, viel Spaß", höhnte Raphael zu Vittorio und verließ mit Luciano und Marco das Verlies.

„Gerne doch, Boss", gab Vittorio zurück und kam auf mich zu. Sein schmieriges Grinsen machte mir Angst und Bange. Mit großen Schritten stand er vor mir.

„Nein", schrie ich, immer wieder, „geh weg."

„So Täubchen....nun werden wir beide uns ein wenig vergnügen. Darauf habe ich schon so lange gewartet. Um genau zu sein, seit dem Tag als der Boss dich nach Hause gebracht hatte", lachte Vittorio und zerriss mir den Fetzen Bluse die ich noch trug.

Seine Hände waren auf einmal überall auf mir. Er zog meine restliche Kleidung von mir. Ich wehrte mich so gut ich konnte, aber mein Körper war so geschwächt und ich war auch seelisch am Ende. Die Gier in seinen Augen war der pure Ekel. Jede seiner Berührung war wie ätzende Säure auf meinem Körper.

Seine Hände glitten von meinen Hals abwärts. Er umfasste fest meine Brust. Knetete sie, während er mich mit der anderen Hand an sich zog. Er versuchte mich zu küssen. In mir stieg eine Ohnmacht hoch. Lieber Gott lass mich sterben. Lass mich das nicht fühlen. Meine Gedanken überschlugen sich. Seine Hände wanderten immer tiefer. Er gelang zwischen meine Beine. Ich versuchte sie mit aller Macht zusammen zu drücken. Gegen seine Kraft hatte ich keine Chance. Mit einem Ruck drückte er meine Beine auseinander.

„Komm schon, wenn du dich weiter wehrst tut es nur weh, du willst es doch auch", raunte er mir ins Ohr.

„Nein, niemals", schrie ich. Mit allem was mir blieb versuchte ich mich zu wehren.

Er zog seine Hose runter, zog sich ein Kondom über, brachte sich in Position und drang einfach in mich ein. Ein-Zweimal, mehrmals bewegte er sich vor und zurück. Innerlich verkrampfte ich mich. Mir liefern die Tränen in Strömen über mein hageres Gesicht. Ich fing innerlich an zu beten: Lieber Gott, lass es enden. Lass mich sterben. Ich kann nicht mehr.

Ich merkte wie ein unsichtbarer Schleier sich um mein Herz legte. Der Schleier verdichtete sich zu einem Schatten der schwarz wie die Nacht wurde. Er wuchs zu einer festen Mauer, die immer höher wurde, mit jeder Minute die verstrich.

Mit einem lauten Stöhnen kam Vittorio in mir. Er stand auf, zog das Kondom ab und schloss seine Hose.

„Das kommt davon, wenn man nicht hört Täubchen", sagte er mit einer abwertenden Haltung und verließ die Zelle.

Nackt und völlig geschunden, gedemütigt lag ich auf den kalten Betonboden des Verlieses. Ich rollte mich soweit es ging zusammen und wimmerte vor mich hin.

Die Grausamkeit der Männer brach mich mehr und mehr. Doch inmitten all der Dunkelheit und Verzweiflung versuchte ich, an meine Liebe zu den Caelus-Brüdern zu denken, besonders an Apollo. Ich hoffte das er mich retten wird und sich nicht ganz in der Macht der Dunkelheit verliert. Stellte mir vor, wie sie mich ich in den Armen hielten und beschützten.

Die Demütigungen hinterließen tiefe Narben, nicht nur auf meiner Haut, sondern auch in meiner Seele. Ich versuchte, diese schrecklichen Erlebnisse zu verdrängen, aber ich wusste, dass ich sie niemals vergessen werde.

*

Die Caelus-Brüder setzten ihre Suche fort und versuchten, jeden Hinweis auf Lyannas Aufenthaltsort heraus zu finden. Ihre Entschlossenheit war ungebrochen, und sie würden nicht ruhen, bis sie Lyanna befreit hatten.

Während ihrer Gefangenschaft veränderte sich Lyannas Charakter. Sie wurde gefühlskälter und unnahbarer, um sich selbst zu schützen. Ihre Unschuld und Hoffnung verwandelten sich in Entschlossenheit und die Bereitschaft, alles zu tun, um zu überleben.

Ich hoffe Dir hat Band 1 gefallen?

Gibt mir gern eine Feedback.

Vielen Dank!